牽到殺人魔

作者 冰殊靛　插畫 重花

目錄

序章

深夜，一場大雨降臨了。

遼闊的明石潭上，細密的漣漪圈圈盪出，湖魚潛到了深處，萬物的輪廓都變得朦朧起來。

潭邊的半山腰上，一間破破爛爛的小廟亮起了燈。

年近九旬的老廟公裹著厚外套，呼著霧氣走過長廊，從廁所裡拿了幾個塑膠盆，準備去那些逢雨必漏的地方擺一擺。

正忙碌著，突然，側殿那邊傳來一陣怪異的聲響。低低沉沉，忽隱忽現……

老廟公睏乏的腳步頓住。仔細一聽，居然像是有人在笑。

老廟公咕噥著：「啊……是……誰在笑啊？」遂拿著塑膠盆，循著聲音慢吞吞地走過去。

恰逢一道銀白閃電掠過，天地間大亮了一瞬，隆隆雷聲中，轉過廟廊的老廟公看見一個高大的男人。

雨瀑順著廟簷嘩啦而落，這男人就站在濺雨的石製洗手台前，似乎在洗手。

老廟公混濁的眼睛瞇了瞇。

深冬時節，這男人連外套都沒穿，只穿著一件濕透的黑色長袖帽T，寬大的帽子遮住了臉，濃重的陰影讓人看不清面容。後方，從廟窗透出來的暗紅光線照映在男人的背上，就好似照著一團裹著血色的黏膩鬼影般，在這陰冷的雨夜裡，顯得極度不祥。

男人根本沒注意到老廟公，自顧自地低著頭，將手遞在水龍頭下，不斷地搓洗。

洗著洗著，喉嚨裡又洩出詭譎的笑音，貌似心情非常好。

老廟公不明白為何有人會在大半夜的跑進來洗手，還洗得這麼高興。

不過老廟公還是想到了一個原因，和藹地說：「啊……是來……躲……雨的嗎？」

突如其來的嗓音讓男人猛頓了一下！

可這一頓之後，男人並沒有轉過來，而是低著頭，繼續用力地搓洗指甲縫。回答時，男人的聲音浸在大雨聲裡，聽起來格外飄忽。「不，我是特地冒雨過來的，這裡，嗯……」他突然興奮地笑了，笑得渾身顫抖。「這裡的月老很靈驗啊！雖然知道這個時間點廟已經關了，但我還是迫不及待地趕過來表示感謝。真的是，哈，真的是太靈驗了！」

老廟公聞言，也笑了，那張布滿皺紋的老臉被笑容擠出了恐怖的溝壑。蒼老又沙啞的嗓音和善地道：「哦，看來……得……了好姻緣呢？」

濃深的陰影裡，男人拿起擱在水槽裡的空瓶，撕掉柳橙汁標籤，仔仔細細地沖了沖。

「是啊，很棒的姻緣……」

男人回味似的搓了搓指尖，滿足喟嘆。

「棒極了。」

第一章　見鬼的贖命戀愛

暴雨嘩啦啦地敲擊著小小的氣窗。

一間狹小老舊的浴室裡，陸子涼睜開了眼睛。

四周黑漆漆的，只有一點微弱的街燈從氣窗透進來，他倒臥在冰冷的地板上，眼神有一瞬茫然。

身上很冷，而且說不出來的不舒服，陸子涼撐著地板坐起來，一時間想不起自己在什麼地方，只覺得腦子昏昏沉沉，胸腔內彷彿堆積了某種強烈的恐怖感，至今都還在發酵著。

陸子涼按住心口，修長的眉毛輕輕蹙著。

「好難受，是宿醉嗎……奇怪，我原本在幹什麼？這裡是……嘖，燈在哪裡？」

手腳有些使不上力，陸子涼瞇起眼，在黑暗中胡亂地摸，終於摸到了一旁的浴缸。他剛想扶著站起來，手一滑，猝不及防摸到一手潮濕的頭髮！

「——！」

他嚇了一大跳，猛地抽手摔回了地面，就著隱約的光芒看見浴缸邊上竟倚著一顆腦袋，髮頂濕漉漉的，滴著水珠。

浴缸裡面有人。

陸子涼嚇得腦子都清醒了一層。「靠！嚇死，泡澡不開燈的啊！」

浴缸裡的人沒回應。

「喂，燈在哪？這是你家嗎？」

陸子涼攥起僅剩的力氣，搖搖晃晃地從地上爬起來。

他感到莫名虛弱，眉毛一直輕輕蹙著，彷彿連游了好幾十公里的長泳似的，體力透支到離譜的程度。可作為一名專業的運動員，調節體力早已是刻在本能裡的東西，若非必要，他幾乎不會把自己搞得這樣虛脫，何況這裡也不是泳池，而是一間陌生的黑暗浴室。

陸子涼簡直匪夷所思。

難道他喝掛了，跟著陌生人嗨到家裡了？

這種事情確實久久會發生一次。

在浴缸裡忘情泡澡的那位仁兄一直沒有回應，恐怕也是醉慘了，陸子涼忍著難受，微瞇著眼張望了下，試圖找到電源開關，並續道：「你快醒醒吧，大冬天的，水早就冷了，再泡下去會凍死的。」

浴缸裡還是沒人回應。

陸子涼嘖一聲，暫時放棄開燈，轉而望向浴缸，打算在這人因泡澡而死之前先救出來再說。

可這一看又狠狠嚇了一跳，浴缸裡的人靜靜地斜倚著浴缸壁，口鼻竟然都浸在了水裡！

陸子涼瞳孔一縮，即刻攬住那人的後背將人給用力撈出水面，可他忘了自己此刻也是極度虛弱的，突然這麼使力，強烈的虛脫感再次從四肢百骸湧出，他猛晃一下，差點跟著跌進浴缸裡。

他立刻撐住浴缸壁，撈著那人的手也穩住沒放，嘴裡下意識地就道：「先生，你聽得見嗎？你——」

他的話音頓住了。

他感覺到臂彎裡攬著的這具軀體僵冷得如冰塊一般。

這人無力地仰著頭，髮梢滴著冷水，脆弱的頸項毫無防禦暴露出來，胸膛也沒有絲毫起伏。

「……」陸子涼的目光掃回這人的臉上，定住了。

晦澀的光線中，那容貌的輪廓有些熟悉，熟悉到陸子涼尚未反應過來，就已經起了一身的雞皮疙瘩。

正在此時，如雷的暴雨中有一道閃電橫過天際，銀白的炫光從氣窗刺入，老舊的浴室大亮一瞬！

被攬在臂彎中的人，霎時暴露得清清楚楚。

柔軟的黑髮，修長的眉，濃密的睫毛，英挺的鼻梁，單薄優美的唇瓣……

陸子涼瞳孔震動。

……這是他自己的臉！

自甦醒起就囤積在胸膛內的強烈恐懼感忽然爆發，腦子裡登時閃過一幀幀恐怖的片段——

鮮血。

劇痛。

被拖行的軀體。

逐漸淹過口鼻的窒息感……

陸子涼猛地抽回手，屍體嘩啦地摔回浴缸裡，濺起的冷水潑了他一身！

可他不躲不閃，腦子當機似的呆了幾許，呢喃道：「搞什麼？什麼意思……」

他抬起顫抖的雙手看了看，又低頭看了看自己的身體，滿臉茫然。

旋即，他像是想到了什麼，表情驀然變得恐怖，再次將手臂探入冷水撈起屍體的上半身，用力扯開屍體的衣領，往左肩頭看去——

一個鬼畫符似的紅色刺青暴露出來。

陸子涼表情一鬆。「不是他。是我自己沒錯……」

可這份輕鬆只出現短短幾秒，便再次被難以言喻的恐怖和茫然給取代。

他被人殺害了。

……所以他現在就是一隻鬼？

陸子涼徹底沉默了，滿臉都是不可置信。

他佇立在原地，驚呆了似的，簡直無法動彈。

外頭的暴雨聲迴盪在這狹小的破浴室裡，鬼哭狼嚎似的，一聲急過一聲，在轟隆的雷鳴裡彷彿化作了一句話，在陸子涼的記憶深處甦醒過來——

「天雨共患難，必是有緣人。」

晴朗的午後，在一道長滿青苔的小廟石階上，陸子涼回過頭，詫異道：「什麼？」

說話的是那小廟的老廟公。

老廟公非常非常老，陸子涼記憶裡似乎沒見過這麼老的老人。白髮稀疏，雙目混濁，暮氣沉沉，滿臉都是深刻的皺紋，在樹蔭下笑起來時異常悚人，當時的陸子涼覺得光看著那張老臉，就能想像出他說話時沙啞可怖的嗓音。

可很顯然，老廟公的嗓音非但沒有半點氣虛，還低沉渾厚，口齒清晰。

老廟公道：「來都來了，不求個紅線再走嗎？你是來拜月老的吧。」

陸子涼哦了一聲，笑道：「還是算了，我求不到的啦。來這裡之前我已經去拜過好幾間月老了，沒有一次擲得到聖筊，擲到後來都會被圍觀，怪尷尬的。」

「可你這次連擲都沒擲，怎麼知道不是聖筊呢？」

「剛才進到殿裡，不知道為什麼忽然就覺得很沒意思，沒那麼想求了。我先走了，有機會的話下次再見啊爺爺。」

老廟公卻道：「我跟你講，你啊，今天一定可以求到紅線。」

陸子涼停住腳步。半晌，他再次回頭，半信半疑又心懷希冀地問：「真的？」

老廟公衝他一笑，抬起滿是皺紋的手，招了招。「來。你來。」

邊說著，佝僂的身軀已經轉過身，往回走。

陸子涼原地掙扎了一會兒，忍不住快步跟上。

自從被交往一年半的前任狠甩之後，陸子涼開始做什麼都不順。諸如屋子漏水、遭小偷、被騙錢、騎車雷殘，甚至到最後還因受傷而從游泳隊退役，被體育媒體報導了一番。

陸子涼整個人像丟了魂似的。

朋友聽聞他的慘況，就神神叨叨地說他是被失戀奪了心魂，硬拉著他去拜月老。

「趕緊牽個紅線，來段新的姻緣，你的厄運就會終結啦。」

「放屁。」

「唉呦，我知道，我知道你不信神，那你就當是玩一場賭博嘛，不用花錢，上香擲筊就行了。」

於是從來不燒香拜佛的陸子涼被硬拉著去拜月老。

本以為這會是他此生僅限一次的迷信，誰知道，他居然連紅線都沒有求到。

月老不賜給他。

朋友尷尬道：「啊這……唉，沒關係，沒關係沒關係！我們換一間！」

爾後第二間、第三間……無論朋友拉他去拜哪間廟的月老，竟然都沒有一位月老願意賜紅線給他。

好勝心極強的陸子涼徹底被激到了。

他獨自展開一場旅行，找全台大大小小有供俸月老的廟宇求紅線。然而這趟旅程就彷彿某種難堪的輪迴，他獨自站在神明面前，擲了數不清的筊，沒有一次能得到應允。

直到這間位在明石潭半山腰上的小破廟。

「跟我來。」

陸子涼跟著老廟公回到主祀月老的左偏殿，例行的參拜之後，居然真的求到了此生第一條紅線。

在拿到裝有紅線的小袋子的當下，陸子涼簡直熱淚盈眶，都忘了自己原本的目的是什麼，只覺得心滿意足。

心情大好的他給了一大筆香油錢，就聽老廟公重複了方才在石階上說的那句話。

「天雨共患難，必是有緣人。」

陸子涼循聲看向老廟公。

老廟公道：「這話是月老和你說的。時機已經到了，你啊，要多注意一下，機會來了一定要把握嘿。錯過就糟糕囉，要打一輩子光棍的！」

「什麼！」陸子涼的驚喜變成了驚嚇。「等等，居然是一次定生死的嗎？您、您剛剛說什麼，您說天雨共患難是嗎？是指我下雨時會遇到的人？」

「哎，月老好久沒有和我說話了。很難得，難得啊。」

老廟公卻不再多解釋，只拍拍他的肩膀，又一把抓住他的左手，鼓勵地說：「月老要你一定要把握啊，小子。要把握！」

老廟公的力道莫名巨大，把陸子涼的手都抓痛了，但許是「打一輩子光棍」這個消息太過駭人，陸子涼腦子裡忽然一陣暈眩，竟也沒注意到那陣古怪的刺痛。

等陸子涼終於回過神時，老廟公已經離開偏殿了。陸子涼甩了甩發疼的手，覺得求到紅線的欣喜都被澆熄了半數，他一向不信神的，但想到一旦錯過這位「有緣人」就要永遠單身，他就莫名有些心慌。

「不會真的那麼靈吧？嘖……不然，最近下雨的時候，哪裡人多我就去哪。」

陸子涼出了廟，正徒步走下陡峭的石階時，一場突如其來的陣雨從明石潭的那端捲來，瓢潑而下。

雨水又急又猛，寒冷至極。

陸子涼猝不及防，忙抓起背包擋在頭上，正想趕到途中的那座涼亭避雨，忽然，有個人從後面遞出一把傘，將他罩在了傘下。

那是一把漏雨的破傘，實在沒什麼大用。

但那鋪天蓋地的雨水，確實輕了半數。

——天雨共患難。

陸子涼心頭一動，意識到神明的話語似乎正在應驗。他詫異地轉過頭，發現對方竟是個比他高大的男人，因為站的地勢較高，陸子涼一下子只看見他的胸膛。
於是陸子涼仰起了頭，想看清他的面容——
記憶中的畫面忽然破碎！
黑漆漆的浴室中，陸子涼痛苦地按住腦袋。
……想不起來。
想不起凶手的容貌，也想不起凶手的聲音。
甚至也想不起自己具體是怎麼被殺害的。
他只記得自己那幾個小時像是被某種古怪的力量給蠱惑了一般，在和那男人相遇的當下就中了迷魂藥似的，接受了對方的所有邀約。
——接著他就死了。
他在求到紅線後的第一場約會，被殺死在這陰冷狹小的浴室裡。
陸子涼看著那嵌在牆角裡的老舊方型浴缸，看著那根本不足為懼的淺水，看著那一動不動的屍體，喉嚨裡忽然滾出一聲笑。
「哈。」
他撩起額前的碎髮，發出輕啞的笑聲。
「淹死的？居然是淹死？不會吧陸子涼，哈哈，不會吧你……這像話嗎？太離譜了。」
笑聲逐漸被雨聲蓋過。

他獨自站在黑暗裡，輕輕呢喃：「太離譜了……」

一陣靜默之後，陸子涼忽然將雙手都探進浴缸水裡，使勁地往屍體上按，想看看能不能像電影一樣穿回身體裡去直接復活。可惜屍體似乎長了層軟膜似的屏障，將他這個魂魄阻隔在外，不允許進入。

陸子涼爆了句粗話，洩憤似的往一旁的塑膠椅踹了一腳，怎料那本該輕飄飄的塑膠椅居然重如千斤，紋絲不動。

他簡直不敢相信自己的眼睛，再次狠踹，塑膠椅只挪動了一公分不到，隨之而來的是體內更加透支的虛脫感。

陸子涼怔住了。他又試著去推塑膠置物架和洗手乳，發現除了他自己的屍體，人間的萬物變得沉重如山。

眼前所看見的一切依舊可以碰觸，卻全都難以移動。

……他真的不屬於人間了。

陸子涼的黑眸裡閃過極致的恐慌。

他用力地按住胸口，胸膛急促起伏，卻好像沒能吸進什麼空氣，死亡的餘韻在他體內不斷發酵，巨大的痛苦和壓力擠壓著理智，他發覺自己的感官彷彿都先被鍍上了一層恐懼，讓人無法動彈，似要發狂。

像是冥冥之中存在著某種規則，要把鬼魂困在原地發瘋似的。

陸子涼閉了閉眼，深呼吸數次。

時間一點一滴的過去，被死亡給震懾的靈魂，逐漸被他自己給穩定下來。

如今細想，那老廟公叫他折返回去求紅線這件事，處處透著異樣。

怎麼就這麼巧，求了那麼多間月老都說不行，偏偏就只有那間小破廟的月老願意賜紅線？而剛求得了紅線，他就遇上了個「天雨共患難」的殺人犯，還被老廟公反覆強調絕不能錯過？

那間小破廟絕對是刻意將他引向死路的。

陸子涼豁然睜眼。

他是個極度惜命的人。

從小到大，他為了存活，什麼苦頭都吃過，什麼折磨都受過，他自己一個人千辛萬苦才熬到今日，對他來說，這世上最珍貴的就是他自己的命。

為了活命，他沒什麼底線的。

陸子涼神色冰冷地衝出了浴室！

他是不記得凶手的樣子了，但他完全記得那間坑人的破廟在哪裡，就連那廟前有幾根柱子都記得清清楚楚！

正當腦海中的小廟畫面清晰到極致時，伴隨心念一動，陸子涼突然就眼前一花，下一秒居然直接就出現在那間坑人的小破廟前！

原來做鬼竟能瞬移？

陸子涼踉蹌了一下才站穩，腦子還暈暈呼呼的，身體就已經迫不及待地衝上前猛推廟門。

廟門如意料之中緊緊閉合，紋絲不動。

「出來！」陸子涼拍著廟門，在暴雨聲中大吼道：「老廟公你給我出來！你們怎麼牽線的居然把我和殺人犯牽在一起！我直接被他給殺了啊！你害死人了你知不知道！你們得陪我一條命——」

雷雨之中，廟門內毫無動靜。

陸子涼怒道：「不要裝作沒聽到！人的願望你們聽得見，換成了鬼你們就聽不見了嗎！少在那裡裝聾作啞！我跑那麼遠來參拜，求個姻緣，結果居然求到連命都沒了，這像什麼話？你們自己不覺得離譜嗎！我還給了香油錢——」

廟門依舊毫無動靜。

陸子涼張望一下，注意到不遠處有棵長過了廟牆的老榕樹，拍門的動作停了停，身手矯健地爬上老榕樹，踩上廟牆，往下一躍——

下一秒，他直接被一股力量定在了空中！

「——？」陸子涼睜大眼睛。

「才出去一會兒就有人翻牆，真是不把我放在眼裡。」

陸子涼抬頭，看見一名穿著奇怪的紅色衣衫的少年凌空站在眼前。

少年留著一頭柔軟的黑髮，長相雌雄莫辨，蒼白的臉頰上沾著血，正摀著流血的左臂，神色不耐地盯著他。

陸子涼看看那少年騰空的身體，又看看那血，露出錯愕的表情，就聽那少年雌雄莫辨的嗓音再度響起，唸出了他的名字。「哦，陸子涼？看來是來興師問罪的……嘖，麻煩事真是一樁接著一樁。進來吧。」

旋即，一道疾風捲起，被定在半空中的陸子涼就如紙片一般，嗖的一下被捲進了廟門裡！單薄的門板在身後轟然關上，粗暴的力道讓他一下子沒站穩，直接撲倒在地。

「哦，免禮。」

「……」

陸子涼神色錯愕地抬起頭，注意到周圍的陳設相當熟悉，正是他求到了紅線的地方。

——主祀月老的左偏殿。

空氣中飄著淡淡的線香味，神龕上亮著詭譎的紅光，牆角還不時傳來滴答的漏雨聲，夜晚的小廟褪去了白日的祥和，瀰漫起詭異的氛圍。

「坐。我們聊聊。」

紅衣少年簡單處理了下手臂上的傷口，見他站起，就隨手指了指那個讓信徒跪拜的紅色方形椅，讓他坐。

「……」陸子涼沒坐。

他看著少年，又看了看神龕上那尊白髮蒼蒼的老人神像，不禁問了句：「那是你？」

「對。」

「長得不像。」

少年露出看白痴的眼神。「那只是一個職位的象徵，誰會真的長那樣。不過你可真是膽大包天，明知道這廟有古怪還敢過來大吼大叫，像你這種才剛死的鬼，隨隨便便就能被捻死。不自量力。」

陸子涼確實沒有想那麼多。他的思維還停留在所有人都是「普通人類」的層面上，作為一名身強體壯的年輕男性，他不覺得守在廟裡的老廟公能把他怎麼樣。

他花了兩秒消化這一連串「怪力亂神」的場景，穩聲道：「你就是把我牽給殺人犯的月老啊。」

月老低哼一聲：「這兩天我不在，按理說是不可能給人牽紅線的，但有個惡劣的傢伙鑽了空子，偷偷動了我的法器。」祂稍稍傾身，輕語道：「廟公的身體被惡鬼給占了。」

陸子涼想到老廟公恐怖的老臉，心底一陣悚然。所以當時勸他回去求紅線的，根本是頂著人皮的惡鬼？

月老道：「廟公他年紀大了，被惡鬼強占神智實屬無心之過，希望你別太埋怨他。」

「還有別人受害嗎？」

「只有你。」

「那惡鬼為什麼針對我？」

月老淺色的眸子微瞇，靜靜地注視他幾許。

末了，祂哼笑道：「惡作劇罷了。那惡鬼剛才被我給抓出來了，已經押到了地府，你倒也不必再擔心什麼，不過呢，你確實無辜受害，無端被紅線引向了死路。真是對不起了。」

祂前頭說要和陸子涼聊聊，實際上只是自顧自地把一切決定都做了，並進行告知。「我等一下會給來接你的鬼差一封陳冤狀，我親自替你寫的，你有了它，不管生前幹了什麼壞事，只要不是奪人性命，判官都會對你網開一面，讓你投個好胎的。下輩子你肯定——」

陸子涼忽道：「下輩子？」他輕笑了一聲，終於在紅色跪拜椅上大方落坐。

他容貌英俊，微微一勾唇就能帶出陽光般的暖笑，看起來特別溫柔，可此時他帶著這抹溫暖的笑容，嗓音卻是截然相反的森然。「我要什麼下輩子？我要你現在就賠我一條命。」

「人死了就是死了，你再怎麼不情願，這條命也只能賠到下輩子去。」

「賠在下輩子有什麼用？我才二十四歲，我就來拜一拜你，所有努力賺來的一切就全都沒了，誰甘心就這樣去什麼鬼地府！何況你賠的是命嗎？你只是給我一封見鬼的陳冤狀！」

「那可是無數鬼魂求之不得的東西。」

陸子涼冷笑。「呵，只要不是奪人性命，都能網開一面？月老先生，我因為你的怠忽職守而被一個殺人犯奪了性命，你卻給我一封連『奪人性命』的罪責都抵不過的狀紙當賠償，你是坑我坑得不夠，還坑上癮了是吧？」

月老那年少的臉蛋上露出了饒富興致的笑容。

祂看著陸子涼幾許，笑道：「優秀的運動員果然腦子都很聰明啊。那你想怎麼樣呢？說說。」

陸子涼道：「我要活過來。我不甘心就這樣死了。」

月老笑出聲。「活過來？」

「對。」陸子涼篤定道：「我要活。我就要拿回被你們害死的這條命。」

月老看他認真且執著的神態，臉上荒謬的笑意逐漸退去。祂道：「正常情況下，含冤的死者好像都是要求馬上抓到殺人凶手，並讓他下地獄。」

陸子涼道：「我確實想要他下地獄，但比起懲罰一個變態，我首先更想要活命。你既然要賠我，就必須賠在我這一輩子，人命這種東西，賒帳了還有什麼意義。」

月老的表情冷了下來，垂眸看著他。

外頭雨勢趨緩，偏殿裡陷入了寂靜。

漏雨的牆角滴答輕響。

陸子涼面上看似冷靜，手指卻不知不覺地蜷起，握成了拳。他是個抗壓性很強的人，再高壓的比賽場合他都能保持高度的心理素質，從不會輕易被壓垮。

但此時此刻，直面著神明的審視，他忽然就有點扛不住了。

一直死死壓在胸膛深處的恐懼和無助，似乎隨時都要爆發出來。

僵持隨著時間一分一秒地延長，陸子涼的背脊繃得越來越緊，就在他的精神快要潰堤時，後方傳來輕輕的「噠」一聲，像是有誰的指尖輕輕地敲了下門扉。

這個輕響在緊繃的氣氛中宛如驚雷，陸子涼嚇了一跳，回過頭，赫然發現身後不知何時站了個「人」。

此人身材高䠷，穿著深色大衣，全身上下除了臉上戴著的青面獠牙面具，其餘裝扮完全符合時下年輕男子的穿搭。可既然能在這種時候出現在這裡，即使穿得再普通，也定然不是普通人。

陸子涼被近距離嚇了一跳，脫口道：「見鬼！」

青面獠牙的面具下發出短促的笑聲。

月老冷冷地看著對方，話卻是對陸子涼說的：「別看祂。轉回來。」

「祂是……」

「就當祂是我的門神，不用管。」

陸子涼依言轉回頭，卻再也無法像剛才那樣坐等回答，他站了起來，傾身逼近了月老。

他身量高，得稍稍彎腰才能和月老平視，輕輕地問：「你考慮太久了。你到底要不要賠我這條命？」

月老撩起眼皮。「究竟是哪來的膽子讓你敢這樣質問我？」

陸子涼忽然出手，竟一把抓住月老的衣襟，猛地將祂拽到眼前！

「只要能活命，我什麼都敢做。」陸子涼注視祂道：「我願意為自己的生命付出任何代價，即便是得罪神明，我也不在乎。何況理虧的本就是你，你有什麼資格拒絕我的請求？做人都得講究人品，沒道理到了神明這裡，害死了人反倒完全不負責任了吧？」

月老突然就笑了。

祂看著陸子涼，用那雌雄莫辨的嗓音道：「你是很信神的那種人吧？你完全不覺得自己是在為難我，反而深信我絕對能做到你提出的要求，關鍵只在於我願不願意答應你，是嗎？」

很信神的那種人。

陸子涼默了一瞬，只是挑起眉，道：「你可是神明啊，我區區一隻慘死的鬼，能怎麼為難到你？是你在為難我。」

月老似笑非笑道：「我根本還沒開始為難你呢。」

祂一把揮開陸子涼的手。

「行吧，難得見到這麼有膽量的人，既然你想活命，我就陪你冒一次險。」

月老抬手，瓷白的手指凌空虛虛一撩！

陸子涼霎時感覺到一陣天旋地轉。

他彷彿陷入了金光刺目的漩渦般，五臟六腑都像是要被甩脫出去。

月老的嗓音響在耳畔，又猶似直接響在了腦海深處。

「這個法器上頭一直不准我動用，說是逆天改命，有違天律。不過我查過生死簿，你的死確實是真正的意外，說起來，倒也不算逆天改命了吧。」

祂年少的嗓音裡透露出壓抑不住的興奮。

「呵，難得有人上趕著試試它，我就不客氣了。」

陸子涼感覺到眼前的金光驟然一暗，某種力量拉著他墜落，進入一個黑暗的空間。

「這是鎮上一位有名的神婆的家，借她的紙紮人偶給你用用。這段時間，這紙紮人偶就是你的身體了，在外貌上，它從頭到腳都會完美複製你原本的身體，但本質上它還是更容易耗損一些。你得在這具紙身徹底損毀之前，找到一個足夠愛你的人。」

「——！」

「不必這麼震驚。我是掌管姻緣的月老，自然只能動用以情愛為核心的力量。你在提出復活要求的那一刻，就該想到這一層。」

……誰會想得到！

可陸子涼發現自己開不了口，他渾身上下，包括頭臉，全都被某種鮮紅色的細線層層綑住，綑得像個繭一般。

「機會只有一次。你選定了要談戀愛的對象，就用紅線把人給綁住，那人對你的愛意，就能附著在紅線上，成為可以被秤重的東西。具體的做法我已經印進你的魂魄裡了。當你從那人身上取得的紅線，重得能讓天秤法器平衡時，你就能從天秤的另一端，贖回你的性命了。」

月老輕笑一聲。

「換言之，只要那人足夠愛你，你就能活。」

陸子涼瞳孔劇縮。

「哦，不過有個條件，你的屍身必須保持死亡時的狀態，不能有新加的損傷，否則你即便贖回了性命，也沒辦法回到身體裡。我勸你最好把屍體給藏起來。若是因為命案而被抬去解剖，我可就愛莫能助了。」

陸子涼感覺到一陣強烈的墜落感，旋即，他彷彿被硬塞進一個極度狹小的空間裡，劇痛讓他眼前一黑。

「好了，我對你的賠償就是這個逆天復活的機會。接下來得靠你自己，陸子涼。」

月老那年少且雌雄莫辨的聲音越來越飄忽，越來越遠。

「紅線掌握在你自己手上。小心點，別又牽到了個殺人魔……」

陸子涼還想問點什麼，可他什麼聲音都發不出來。

劇烈的痛楚讓他直接失去了意識。

再次恢復知覺時，陸子涼隱約感覺到有人在摸他的臉。

那種摸法說不出來的奇怪，帶著點力度又捏又搓的，比起叫醒他，更像是在研究他的肌膚材質。

陸子涼昏沉的腦子裡霎時浮現恐慌。他潛意識裡記得自己身上如今披的並不是「真皮」，想要躲開，卻完全使不出力氣。

該不會他現在摸起來像紙吧？

所幸那人並沒有深究，不一會兒就停止了搓揉，轉而拿了個柔軟的東西墊在他的後頸下面。

腳步聲離去。

不久，折返回來。

溫熱的液體被餵進陸子涼的嘴裡，嘴唇變得濕濕潤潤的。

陸子涼本能地抿了抿唇，慢慢發現嘴裡好像透著股甜味。

「……？」

正茫然著，那股甜味再次灌進他的口腔裡，順勢流進喉嚨。

有人在餵他喝糖水。

陸子涼睫毛顫動，終於有力氣睜開眼睛，模糊間看見一個人影，應該就是揉了他的臉又餵他糖水的人。

他隱約想起月老說這是一位有名的神婆的家，他還借了神婆的紙紮人偶做身體什麼的，各種關鍵訊息在他昏昏沉沉的腦子裡如紙片般胡亂地飛竄，他脫口就問：「……神婆？」

「不是。」

回答他的是個冷淡的男音。

「……」

陸子涼一下子驚醒過來，眸子猛然睜大，逐漸清晰的視野中，他和一個男人對上了眼。

微亮的晨曦中，男人拿著水瓶蹲在他身側，正俯首注視著他，狹長的眼眸裡看不出什麼情緒，又黑又沉，顯得相當冷漠。

冷漠到能在一瞬間引起他人的不適。

而且，湊得太近了。

陸子涼立刻就想拉開距離。他習慣性地用腰腹施力，想要直接彈身而起，然而他一使勁，肌肉並沒有如他所願地爆發出力量，而只是牽著骨頭讓他弓起了身。

下一秒就虛脫地癱倒回去。

陸子涼悶哼一聲，霎時連逃跑都忘了，難以置信地按住自己最引以為傲的腹肌——怎麼不管用了？

月老不是說完美複製嗎？

一旁的男人順著他的目光也看向他的腹部，冷淡的嗓音開了口：「你是該吃點東西。」裝著糖水的水瓶被扔進陸子涼懷裡。「血糖太低。」

陸子涼怔了怔，很快就反應過來，想來這男人是以為他犯了低血糖才會暈倒在這裡。

他按著腹肌的手轉而摸了摸肚皮，順口扯謊道：「確實是忙到忘記吃飯了……咳。不好意思啊給你添麻煩了，請問這裡是……」他撐著地坐起來，這才發現自己原來躺在泥土地上。

他抬起頭放眼望去，周圍竟是成片的果樹，每一棵樹上都結實纍纍，全是盈潤飽滿的甜柿。

這是一座果園。

他就倒在果園的中央。

「……」

什麼鬼，不是說神婆的家嗎？

——那個坑人的月老！

一旁的男人見他無礙，撿起脫在旁邊的粗布手套重新戴上，又將給他墊脖子的外套穿回去，似乎準備繼續採柿子。

「出口在那邊。」男人用沒什麼起伏的嗓音道：「下次再闖入私人土地，我就要報警了。」

陸子涼的目光迅速掃了下男人的容貌，又垂下眼，趕忙站起來。「……抱歉抱歉，我現在就離開！千萬別報警啊！」

說著，他就拎著那瓶糖水，快步往男人所指的方向離開了。

男人並沒有目送那位不速之客，逕自踩上梯子，繼續採摘枝椏上的甜柿。

果園內瀰漫著果實成熟後的香甜氣息。

喀嚓。

男人又摘下了一顆色澤飽滿的柿子。他看著成熟的果實幾許，目光微動，盯在了自己的指尖上。

彷彿在回味方才搓揉肌膚時的溫度和觸感。

「摸起來好像不太對。」

男人輕聲自語。

「真想剖開來看看。」

第二章　得去偷個屍體

從果園出來之後，經過一小段下坡，就是遼闊的明石潭。

夜裡的暴雨早已停歇，此時正是清晨時分，薄薄的陽光如金粉般鋪灑下來，將水霧繚繞的湖面鍍上一層飄渺的光。

今年特別冷，從入秋之後氣溫就直線下降，如今到了冬季，高海拔山區更是紛紛降雪，一片天寒地凍，就連環抱明石潭的幾個山峰都白了頭，宛如異國的風景，優美如畫。

陸子涼在潭邊喘了口氣。「太坑了吧月老，十句話裡有八句要打折！什麼神婆的家，還有我的腹肌是怎麼回事，居然變得中看不中用了……」說著拎起那瓶糖水，想喝幾口潤潤喉，臨到嘴邊又頓住。

那男人黑沉沉的冷漠目光再次映入腦海。

陸子涼嘖一聲，終究沒有再將糖水入口。

他畢竟是被殺過一次的人，雖然不記得具體究竟是怎麼被殺的，但他可以肯定，在被溺死在浴缸裡之前，他一定已經失去了意識。如今陌生人遞來的東西即便是出於好意，他心中也有些疙瘩。

何況他甦醒之前，那男人似乎對他的臉很感興趣……

陸子涼忍不住摸摸自己的臉，肌膚的觸感和溫度就和以前沒什麼兩樣，他不禁擔心起自己的長相是不是也慘遭「打折」，趕緊兩步踩上木頭棧道，低頭看了看湖面的倒影。

這一看，他不由驚嘆——

真的一模一樣。

紙紮人偶真的完美地複製了他的外貌，就連笑起來的肌肉弧度都沒有差別，陽光又帥氣，不會有什麼鬼氣森森的恐怖感。

陸子涼鬆了一口氣。「幸好。本來就沒什麼桃花運，如果再長得陰森一點，那我怎麼談戀愛復活？等等不對，我要和誰談戀愛……？」

這簡直是個巨坑。

他就是因為失戀才被拉去拜月老求紅線，結果到頭來不只丟了性命，連談戀愛都還得靠他自己。真是離譜到不行。

陸子涼頭都痛了起來，莫名的，他腦海中再次浮現剛才那男人黑沉沉的眸子。

其實，那個果農從頭到腳，全都長在他的審美上。

那雙像深潭似的狹長黑眸、帶著冷厲弧度的淡色唇瓣、居高臨下的身姿……最要命的是，那從骨子裡透出來的，冷漠而詭異的危險氣質。

陸子涼完全抗拒不了這種類型的男人。

光是對上那雙眼睛，就能激起他無限的征服欲。

若是以那果農作為「任務對象」，陸子涼會相當躍躍欲試，然而，這其中有一個致命點——

他覺得那果農有點眼熟。

有點眼熟，卻怎麼也想不起來在哪見過。

明明想不起來，骨子裡卻又隱隱對他有些恐懼。

陸子涼捏緊了水瓶。

月老最後的叮囑言猶在耳。

——別又牽到了個殺人魔……

陸子涼一直到現在，都想不起那個殺害他的凶手長什麼模樣。

除了「男性」、「比他高一點」這兩項，關於容貌、年齡、身形、聲音等等特徵，他全然不記得了。

任何和他擦身而過的高挑男人都有可能是凶手。

而那位恰好比他高一點、有點眼熟，還令人隱隱恐懼的果農，是凶手的機率明顯比其餘人高出數倍。

為了安全起見，暫時離那個果農越遠越好。

找個樸實無華又毫無威脅的對象趕緊把自己復活就行，真相和復仇什麼的，在此時此刻都沒有拿回小命來的要緊。

陸子涼沿著環湖棧道，前往位在明石潭東南側的市區。

他首先得去把自己的屍體給藏到安全的地方。

明石潭群山環抱，面積遼闊，形狀類似一彎歪歪扭扭的半月，頭尾的月尖都朝向北方，寬闊曲折的腹部朝向南方。由於南邊的地勢相對較緩，商場住宅和公家機關大多都在東南邊，那裡聚了市，經年累月下來比深山老林似的北邊熱鬧數百倍。

環湖棧道全長有將近五十公里，從果園繞過其中一個月尖到市區，差不多十公里，陸子涼身上沒錢沒卡，沒辦法搭公車，進入紙紮人偶後也喪失了鬼魂瞬移的能力，便只能一路小跑過去。

他能感知到自己的屍體在哪裡。

彷彿魂魄深處埋藏著指引，陸子涼一路走走停停，最終繞進一條巷弄，在一棟老公寓前停下了腳步。

這老公寓已經有年頭了，灰撲撲的牆面非常斑駁，成排的信箱全被塞了廣告紙，有的還滿出來，散落一地。

陸子涼踩在紙上，仰起了頭。

他的屍體在四樓。

在那間他數個小時前待過的浴室裡躺著。

公寓大門是那種一旦闔上就會自動上鎖的金屬門，得用鑰匙打開，門板上有個方形窗子，壓花玻璃卡滿了經年的髒汙，根本看不進去。

陸子涼拉了下門，果然是鎖著的，他後退一步，往公寓側邊的防火巷望去，正琢磨著該怎麼進去，大門就被推開了。

一位老太太提著菜籃準備出門買菜。

陸子涼挑起眉。真是難得的運氣。他趁著老太太轉過頭，敏捷地身子一側，趁機溜了進去。

一進門就是狹窄的樓梯，感應燈似乎壞了，不停地閃閃爍爍。

陸子涼無聲地往上走。

每個樓層都有兩戶，骯髒的地板上總有紙屑和蟑螂屍體，到了三樓半，陸子涼停了下來，往上瞥去。

四樓的兩戶人家都靜悄悄的，沒聽見什麼動靜。

可他的心臟開始撲通撲通地加速。

潛入一個殺人犯家裡偷屍體這種事，簡直就是驚悚片裡才有的劇情，他很難不去想像過程中可能發生的種種意外，像是一開門就和殺人犯對到眼，或是進到浴室裡才發現殺人犯在裡面，又例如偷到一半忽然發現睡醒的殺人犯站在身後盯著他，更甚至是剛要把屍體搬出門，就不幸遇到殺人犯回家……

陸子涼輕嘖一聲，握成了拳。

他應該要帶個武器再來的。球棒什麼的。

可臨陣退縮實在不是他的風格，陸子涼深呼吸幾次，穩住了心跳，抬步往上走去，來到左邊這一戶的門前。
這一路上來都沒有人家裝防盜門，殺人犯的家也不例外，陸子涼靠近門板側耳細聽，想確定裡面到底有沒有人，就發現門板並沒有扣實。
他愣了下，試著輕輕一拉。
嚓。
門竟然開了。
陸子涼呼吸都停了。他的手僵在半空中幾秒，旋即反應過來，趕緊閃身貼到另一側的牆面，藏在屋內人開門時的視線死角裡。
可屋內並沒有傳出動靜。
難道殺人犯真的不在家？
陸子涼額角冒汗，內心正交戰著，樓梯間忽然傳來急促的腳步聲。
樓上的住戶正在下樓。
陸子涼倒吸一口氣，他這種鬼祟的行徑要是被人撞見，肯定會被認作小偷，到時候警察一來，查到這屋內有屍體，那他豈不是逃不過被解剖的命運？他登時不再躊躇，直接拉開門進入屋中，反身輕輕闔上了門。
一眼望去，屋內並沒有看見人影。
陸子涼提至頂峰的心稍微落下了些。

他心想：「真他媽刺激。」

樓梯間急促的腳步聲路過了門外，直奔樓下，陸子涼定了定神，目光再次掃過屋內的陳設。

黯淡的陽光從窗戶灑進來，這是個一廳一室一衛的屋子，客廳裡擺著茶几和沙發床，上頭凌亂地疊著文件和書籍，甚至還一路疊到了地板上。臥室的門敞開著，裡頭沒有擺床，反倒被當作儲藏間，櫃子和地板都塞滿了林林總總的器具和雜物。

這屋子顯然並不是殺人犯平時的住處，而是他用來放東西的地方。

陸子涼小心翼翼地跨過雜物，推開浴室半闔的塑膠門。

空氣中充滿了寒涼的濕氣，上頭的氣窗漏進來幾道淡淡的光線，老舊的浴室褪去了夜晚的面紗，露出些許輪廓來。

陸子涼覺得太昏暗，想摸牆上的電燈開關，可還沒摸到，嵌在牆角裡的老舊浴缸奪走了他的所有注意力。

浴缸如昨夜一般，依舊蓄著水。

水中浸泡著一具年輕的屍體。

陸子涼的指尖控制不住的顫抖起來。

無名的恐懼從心底深處暴湧而出，霎那間就將渾身上下的體溫都盡數潑冷！他向前兩步，停在浴缸前面，僵在那裡。

明明本來就知道自己被殺死了，昨晚也碰過了自己的屍體，可再次直面它，直面那張與自己一模一樣的死白臉龐，仍然是種難以言喻的恐怖。

他忽然就有些無措。

方才從果園一路小跑過來，他呼吸著空氣、揮灑著汗水，享受到運動起來的快感時，他短暫地忘卻了自己已經死亡的事實。他覺得自己是無比鮮活、充滿旺盛生命力的，昨夜那死白僵硬、怪力亂神的種種經歷，不過是一場噩夢。

可是這間老舊骯髒的浴室一秒就把他打回原形。

陸子涼呼吸粗沉，死命扛住了這份驟然湧起、差點將他壓垮的恐懼。

片刻，他彎下腰，去撈自己的屍體。

泡在冷水裡的屍體已經冰冷發僵，他雙手撈住屍體的腋下，用力一拉，卻竟然只拉出了屍體的上半身，下一秒，又沉沉地落回水中——太重了！

屍體拖起來的感覺比他原本的體重重上不少，彷彿吸飽了水似的，又濕又滑，難以著力。

陸子涼身上都被濺濕了，他不死心，再次彎腰抓緊屍體腋下衣服的布料，咬牙硬拉。

嘩啦！

屍體的上半身再次被拉出水面，他向後退，想要一鼓作氣把屍體給拖出浴缸——

咚。

後背忽然撞上了什麼。

陸子涼猛一頓，聽見有人湊到他耳邊，輕輕地問。

「需要幫忙嗎？」

「——！」

陸子涼頭皮都炸了！

他即刻鬆開屍體，猛一轉身，極度粗暴地推了身後人一把！

哐啷——

身後人猝不及防被推倒在置物架上，被瓶瓶罐罐砸了一身。

那人低低痛呼，剛抬起頭，就看見陸子涼掄起一旁的拖把棍子，眼神凶狠，看架式是想把他給亂棒打死！

可那一棍子早已收不住，狠狠落下來，正面擊在那人的額頭上！

啪——

那人驚呼道：「喂，住手！」

竟是拖把棍子斷成了兩節！

陸子涼簡直不敢相信。

他掃一眼棍子尖銳的斷裂處，立刻換了個角度雙手握好，用力朝那人刺去，決心要把那人捅了個對穿！

那人震驚不已，迅速抬手。「我說了住手！」

只見一股無形的力量定住了陸子涼手裡的棍子，接著用力一扯，棍子就憑空脫離陸子涼的掌心，直接被扔到浴室外！

「……什！」陸子涼失去武器，像隻渾身都炸了毛的貓，極度緊繃地盯住敵人，此時他才赫然發現，此人竟然長著一張青面獠牙的臉，根本不是人！

陸子涼一下子被狠狠嚇到了，差點向後栽進浴缸。「呃啊啊啊啊啊見鬼！」

「……」

地上那人既無言又狼狽，緩緩地從一堆瓶瓶罐罐中爬起身。「我才見鬼了好嗎？我就問你需不需要幫忙，你打我幹什麼……嘶，你一個紙紮人偶哪來這麼大的力氣？痛死了！」

陸子涼驚魂未定，眼睛緊盯著那張恐怖的面容，手裡胡亂摸索，抓起一根短刷，威嚇道：「你別過來！該死的惡鬼你別想再殺我一次！」

「惡……哈，我天。你仔細看看，這是面具！」說著還屈指敲了敲自己的臉，發出喀喀的硬響。「敢指著我叫惡鬼的，你是第一個啊。」

陸子涼狐疑地緊盯那張青面獠牙臉，半晌，終於覺得有那麼點似曾相識。「你，是那個門神？月老那邊的？」

「嗯……是。就當是吧。」門神笑道：「你還真是剽悍，不知道的還以為你是練劍道的呢，一個游泳國手居然可以把拖把用得像——哎哎哎哎哎小心！」

門神忽然粗暴地將陸子涼推到一邊！

陸子涼摔倒在地，驚恐地回頭，就見那具因他鬆手而掛在浴缸邊上的屍體，即將頭下腳上地摔下去！

陸子涼猝然睜大眼。那樣屍體上肯定會有損傷！

門神急急抬手，隔空止住屍體的墜勢，緊接著矮下身子，滑壘似的急滑過去，險險接住了屍體！祂緊抱著屍身，抱怨道：「嚇死，你就不能小心點嗎！差點就完蛋了啊，不想活了？」邊說著，還哄孩子似的拍拍屍體，心有餘悸道：「真是嚇死我了啊小心肝。」

「……」陸子涼只覺得剛剛放鬆下的心莫名又提了起來，抬起手指著門神，道：「你，你放手。」

門神不放，笑道：「你幹嘛對我有這麼大的敵意？我剛剛可是救了你，叫你一聲小心肝你就不高興了？」

陸子涼頭皮發麻。「你到底要幹什麼？快點把屍體還給我。」

門神道：「我就只是來看看你需不需要幫忙，雖然不太合規矩，但偷偷幫個小忙應該還是可以的。」

「不需要。」

「那你告訴我，你打算怎麼把屍體搬出去，還不被人發現？就算你真的成功搬出去好了，那你又要把它藏到哪裡去？」

陸子涼一時沉默。

門神那張青面獠牙的面具下傳來短促的笑聲。「你的確膽子大，什麼驚嚇都能及時扛住，但是死亡所帶來的震動可不是一句簡單的驚嚇就能帶過的，何況你還是被人惡意害死的，你的魂魄必定還陷在極度痛苦的狀態裡。其實你的腦子裡還是亂的吧？不然你不可能就這樣毫無準備地跑到這裡來運屍，然後試圖用蠻力解決事情。」祂笑得更明顯了。「哎，月老還誇你聰明，祂根本沒發現你其實已經嚇懵了，只是在逞強呢。」

陸子涼閉了閉眼，煩躁地撩起額前的碎髮。

是啊，他打算怎麼運屍、怎麼藏屍？他根本沒想清楚就跑過來了。

他太衝動了。

他犯了所有頭腦清晰的人都不可能犯的錯。

陸子涼深吸一口氣，撩起眼皮道：「好。我確實需要你的幫助。你讓我用什麼換？」

門神頓了一下。接著，才道：「不用。」

「放屁。月老那邊都得討價還價，換到你這裡會這麼乾脆？我可不信。別拖拖拉拉的，快點講。」

「真的不用。」門神靜默幾許，輕聲道：「你就當……我以前欠你，我現在來還的。」

陸子涼挑起眉。「那你欠了多少？幫忙運屍會超額嗎？」

門神笑了。「可以幫你運好幾千次的屍哦。」

換陸子涼沉默了。他輕蹙了下眉毛。「你是真的欠我？你是誰？」

門神道：「哎，這只是個比喻！意思就像是我願意給你當牛做馬，開玩笑的你都聽不出來。」祂橫抱起屍體，坐在浴缸邊沿上。「不說這個了。我問你，你是真的打定主意要用法器還魂了？」

陸子涼看祂寶貝地把屍體攬在懷裡，還給屍體理了理潮濕的碎髮，就覺得渾身不對勁，彷彿祂的手真的摸在了自己的額角上。「你不要動手動腳的！」

「子涼，你要想清楚。」門神無視他的抗議，給屍體拉好衣襟。「雖然害你的惡鬼已經被抓了，但真正動手殺你的殺人魔還逍遙法外，你帶走了自己的屍體，就等於破壞了命案現場。證據不足的情況下，即便你以後想起凶手是誰，恐怕也沒辦法為自己受到的傷害討回公道。又或者，你永遠都想不起那段經歷……」

門神的視線穿過青面獠牙面具，直直地凝視著他。

「那你也許永遠都無法得知自己死亡的真相了。」

陸子涼怔了一下。

「不知道凶手是誰、不知道自己死前究竟遭遇了什麼。你在餘生裡得日復一日地面對死亡留下來的心理創傷，而凶手，也許會永遠逍遙法外。」門神道：「你確定你能承受這些嗎？」

陸子涼和祂對視幾許，忽然就笑了下。

「你是不知道我是怎麼長大的。」陸子涼道：「真要算的話，在我的成長過程裡，殺死我的凶手可真是太多了。一雙手都數不過來。」

門神抱著屍體的手輕輕顫了下。

陸子涼道：「他們其實都得手過，只是不巧我命硬，總能被搶救回來。更離奇的是，直到今天，那些凶手都還好好活著，逍遙法外。」他稍稍俯身，逼視門神。「如今這一個殺人犯，只是在那群想害死我的凶手中，再多加一個而已。真相是什麼根本沒有意義，與其去追究這些，不如讓自己好過點來得痛快。他們不讓我活著，我就偏要活給他們看。」說到這裡，他微笑。「這個回答，你還滿意嗎？」

門神沒說話。

陸子涼輕輕挑眉。「你是不是……」餘光忽然瞥見什麼，他啊了一聲，看過去。「我的背包！」

他隨身帶著的黑色背包就被塞在浴缸旁的角落裡。

陸子涼一下子就將未說出口的話語拋到了腦後，趕緊把背包抓過來，打開來看。

「手機和皮夾都還在，還有卡和證件！謝天謝地，還以為找不回來了，居然全都在，真是太好了，差點以為要行乞了。剛才連公車都搭不了，我當下真是……嗯？這是什麼？」他發現角落裡還有個東西，拿起來一看，居然是一台接著小腳架的相機。

腳架的一條腿被摔壞了，顯然原本是擺在浴缸上的，因為碰撞才掉進角落裡。

陸子涼心裡咯噔一聲。

——難道那凶手把犯案過程全都錄下來了？

他指尖輕輕抖了下，心底的恐懼再次淹過喜悅瀰漫上來，他正遲疑著要不要按開電源查看裡頭都錄了些什麼，突然，浴室外頭傳來一陣異響！

陸子涼和門神齊齊轉過頭。

大門安安靜靜的。

接著，又是一陣喀啦的輕微聲響。這次他們都聽清楚了，動靜出現在客廳右邊的視線死角，聽起來像是有誰緩緩推開了窗子。

陸子涼渾身僵硬。他目光微落，赫然看見打在客廳地板上的陽光，被一道拉長的人影給擋住。

有人翻窗進來了！

陸子涼一陣毛骨悚然。是殺人犯回家了？可回家為何不走大門？而且，這裡不是四樓嗎？

門神猛地抓住他的手。

陸子涼反應過來，立刻將相機塞進自己的包裡，下一秒，他眼前白光一閃，一股力量從門神身上湧出來，瞬間將他拽離了這個空間。

老舊的浴室裡霎時空無一人。

客廳的窗邊，一個穿著黑色帽T的男人無聲落地。

他再次瞥了眼大門。

昨晚離去前並未扣緊的大門，此時已然閉合。

確實有人進來過。

男人慢慢地走進來，首先注意到一把掉在地板上的斷裂木棍子。

「……」

他跨過木棍子，走進變成一團亂的浴室，往他心心念念的浴缸裡一瞧——

只剩下一池冷水。

那具美妙的屍體不翼而飛。

「哦？」

在一條下坡的山路上，陸子涼背著包，和門神並肩走著。

每走一小段，陸子涼就回頭望一眼，終於忍不住問：「你確定那個涵洞不會有人去？」

「夏天可能還會有人去釣魚，但冬天基本上不會有人去那裡，太冷了，瀑布也小了很多，沒什麼可看性。你要是真的這麼擔心，可以每天都去探望你的屍體。」門神閒閒道：「不過難保不會有人覺得你行徑怪異，偷偷尾隨你過去，再順便報個警……」

「好了好了，別說了。」陸子涼道：「我信你就是了。那裡的石壁上還結了冰柱，像冰箱一樣，那我肯定不會爛得太快。月老說屍體不能有死亡之後造成的額外損傷，腐爛應該不算吧？」

「自然變化所造成的影響相對不大，不過你與其一直顧著屍體，不如抓緊時間完成月老告訴你的任務，找個人談戀愛，趕緊將法器平衡，把命給贖回來。紙紮人偶的耗損很快，我估計你可能只有差不多一個月的時間可以像生前那樣隨意活動，之後你就會開始生病，且病情會隨著時間加重，無藥可醫，你拖得越久，受到的折磨就越多。」

門神停下腳步，青面獠牙面具對著他。

「不要想著用正常的進程談戀愛。你必須非常積極，即便用騙的，也要把你的命給騙回來。」

陸子涼當然知道這一點。但他頓了頓，還是笑了。「真是缺德，你真的是神明嗎？居然提出這種缺德建議，嘖，你這樣不太好吧。」

「一段愛情和一條命，孰輕孰重？」門神卻相當認真，道：「你不會天真地認為自己能在一個月內找到真愛吧？要讓天秤法器平衡，那得是多重的愛意你知道嗎？你要談的這場贖命戀愛，必定得有設計的成分在裡頭，否則你不可能完成任務的。」

陸子涼忽道：「那我選你行嗎？」

門神呆住了。

半晌，才不敢相信道：「啥？」

陸子涼英俊的面容上綻出一抹笑。「你看，你又是幫忙我躲開殺人犯，又是幫忙我運屍的，就連這個贖命的機會，其實也是你昨夜突然出現在偏殿裡，月老才改口答應幫我的吧？」他驟然湊近那張青面獠牙，眸子微瞇。「雖然不知道為什麼，但你似乎對我懷有強烈的愧疚，如此一來，你對我來說豈不是很好攻略？」

他輕輕地笑著說。

「你是不是很不想看到我死？只要你付出你的愛，我就能活下來哦？」

門神徹底僵硬了。

雙方僵持片刻，陸子涼突然噗嗤一聲，用力地拍打門神的肩膀。「我開玩笑的哈哈哈哈！哎，剛才那一連串逃命啊、運屍的，實在是太刺激了，我的精神到現在都還緲著，開個玩笑放鬆一下啊！你居然還信了，你可是神明啊，肯定是沒辦法被綁上紅線的吧？這一聽就是玩笑話，你有必要震驚成這樣嗎哈哈哈哈——」

門神終於開口：「絕對不行。」

陸子涼道：「哎呦，我知道哈哈哈——」

門神扣住他笑個不停的臉，聲音非常認真地道：「我們倆絕對不行，小心肝。即便我確實深愛著你，為了那不可言說的原因，我也不得不放棄。」

那帶點嚴肅的語氣讓陸子涼的笑容徹底僵住。

雙方靜默。

直到青面獠牙面具下傳來短促的笑聲。

陸子涼道：「……靠！」

門神鬆開了手，嗓音裡還含有笑意，顯然反過來逗陸子涼對祂來說也很快樂。祂道：「你心裡也不用有太大的負擔，雖然你的行徑確實很像愛情騙子，但人為了活命，本來就會無所不用其極。相信那個和你陷入情網的人會體諒你的。」

陸子涼揉了揉臉。「什麼愛情騙子，你怎麼不想想，我可能就真的愛上對方了呢？」

門神嗤笑一聲。

陸子涼震驚。「那聲笑讓我感到非常冒犯啊，門神先生。」

門神道：「你有沒有想過，為什麼在此之前，沒有一位月老願意賜紅線給你？」

陸子涼頓了下。

「你之前確實談過幾場戀愛，但本質上來說，你雖然有伴侶，可實際上和沒有無異。」門神指出。「也許你沒什麼自覺，但事實就是你並沒有在愛人，子涼。」

陸子涼張口，想反駁點什麼，一時之間又好像什麼反駁的話都說不出來。

「這又不是壞事，在這一點上，誰都沒有資格責怪你什麼。就像你之前說的……沒有人知道你是怎麼長大的。」門神聲音微沉，又轉而鼓勵地拍拍他。「憑著這股珍視自己的勁，你肯定能贖回自己的性命的。你打算挑哪種類型的對象？」

陸子涼想了想。「想找容易攻陷，又愛意氾濫的那種，嗯……」他想著想著就彎起唇角。「對了，就是那種溫柔可愛、軟糯痴情，又涉世未深的年輕男性？最好是還沒出社會的大學生，缺錢更好，那我不只可以用臉和身材勾引他，還可以砸錢，絕對能讓他離不開我。」

「啥？那種小朋友有什麼好？當然要找溫柔體貼，又高又帥，會把你當老婆寵的壯漢啊！最好是有個把柄給你拿捏，方便你先降住他，然後你再繼續挖掘他的弱點和祕密，把它們全都一一控制在手裡，直到你本身成為他最大的——」

「你意見這麼多，不如你親自參與？」

門神住了嘴，又斜他一眼，道：「別再想抄捷徑了啊，就說了我們倆絕對不行。不過你挑選對象時還是要小心一點，出門的時候也要做一點喬裝，別忘了那個殺人魔可是還在外面，如果不巧遇到了，他肯定可以認出你。」

陸子涼忽問：「為什麼你和月老都說他是『殺人魔』？難道除了我以外，還有別的受害者？……他殺了不只一個人？」

「心性越惡劣的人，越容易受到惡鬼蠱惑。殺死你的當然不是普通的殺人犯。據我所知，在你前面已經有三個死者了。」

邊說著，他們已經一路下坡，來到半山腰上的小破廟。

門神停下腳步。「啊，我已經離開太久，得回去了，不然肯定會被發現我偷偷幫了你。」

陸子涼道：「會有懲罰？」

門神只是笑笑。「罰什麼罰。你保重啊。」

說完，就原地消失了。

陸子涼看著空蕩蕩的前方，愣了一下。經過剛才無比自然的相處，他差點忘記對方不是人了。

他拉了下背包帶，一個人繼續往山下走。

得先找一個住宿的地方。

他原本是專程來這裡拜月老求紅線的，打算當天來回，所以啟程之前連飯店都沒有訂。現在既然得逗留一段時間，那麼住宿的問題就得優先解決。

印象中，明石潭的市區外圍有一所私立大學，陸子涼打算在那邊租個房子，實行他那「用美色勾引純情男大生」的計畫。

手機經過一天一夜早已沒電，陸子涼邊走邊翻出行動電源給手機接上，想先上租屋網看看。「雖然是短期戀愛，但只要開始交往了，哥哥就會對你好的。每天接送你上下課，想要什麼都買給你，保證讓你的同學朋友都羨慕到不行……」

「紗紗！紗紗妳在哪——」

一個女人驚慌地喊叫著。

陸子涼抬頭，發現一群在水上玩天鵝船的人都亂成一團，似乎在找一個失蹤的小朋友。

陸子涼往明石潭的湖面看去。他視力很好，又比別人多了些專業知識，幾乎是立刻就在距離岸邊將近二十公尺的地方，發現到異樣的水波。

那水波甚至都沒有拍出水花來，很快就沉了下去。

陸子涼立刻衝到棧道上，甩開背包、大衣和鞋子，縱身躍入水中！

冬季的潭水冰冷刺骨，陸子涼卻像是絲毫沒有受到影響，像湖魚似的下潛，不過數秒，那個溺水的小女孩就映入眼簾。

他擺動修長的雙腿，加速衝過去，一把撈住小女孩，就要往上游——

游不動。

陸子涼一怔，垂目看去，赫然發現下方有一團黑漆漆的影子，正死死纏著小女孩的腳！

那影子似乎注意到他的視線，身形霎時凝實起來，有手有腳，還有頭，一張被砸爛的臉仰起來盯住他，暴露出一大片恐怖的血肉模糊。

「——！」陸子涼嚇得沒憋住氣，一大串雪白氣泡從他口鼻裡湧出。

有鬼！

呃啊啊啊水裡有鬼！

陸子涼差點沒嚇死，抬腳就狠狠踹過去！可那水鬼依舊死死扒著小女孩不肯放，似乎打定主意要拖著小女孩去死。他長眉皺起，再次抬起腿，瞄準那張噁心的爛臉瘋狂狠踹！

那水鬼禁受不住這種連續重擊，被像垃圾一樣踹開了。

陸子涼趕緊摟緊小女孩，逃命似的急速上游！

淡金色的陽光在水面上打出波光粼粼的紋路，終點就近在眼前，可不知怎麼的，陸子涼忽然就覺得四肢沉重起來，彷彿吸飽了水，變得難以划動。

這是種前所未有的感受。

彷彿身體被綁上了鉛塊，注定下沉。

陸子涼心跳漏了一拍，更用力地調動肌肉，專注地往上游，可體力的流失驚人得大，彷彿隨時都要消耗殆盡。

情況很不對勁。

陸子涼開始感到痛苦。他硬是往上游了一段，腦海中浮現起月老曾經說過的話。

「……這段時間，這紙紮人偶就是你的身體了……」

紙紮人偶。

紙……！

陸子涼瞳孔劇縮。

對了，他不是活人了。

這副紙紮的詭異身體也許能做日常的碰水，但恐怕不能這樣整個泡進水中。會損壞的。

本該游刃有餘的情況變成了致命的危機，再這樣下去，他肯定會失去這副身體，會連紅線都還沒牽出去，就徹底失去月老給他的唯一一次復活機會。

陸子涼的眼底湧起強烈的不甘。

月老故意不提醒他紙紮人偶的弱點，想必就是在等著他失敗，要如原先的計畫那樣用一張陳冤狀將他打發給鬼差，早早送往地府去。

可他就偏要活下來。

陸子涼憑著那股子倔強和勝負欲，攥起全身的力量奮力上游！

不遠處，有一個人影朝他游過來，似乎是要幫忙救援小女孩的好心人。

陸子涼體力不支且自身難保，立刻就將小女孩交給這個好心人。好心人沒察覺他的異樣，撈著小女孩就快速往上游。陸子涼越游越吃力，眼前陣陣發黑，他強撐著渾身越來越劇烈的痛楚，跟在好心人的身後，就在即將浮上水面時，他的小腿忽然被人用力抓住！

「——！」

他低下頭，赫然又對上那張血肉模糊的爛臉！

水鬼不知何時已經追上了他，抓住他的腿，狠狠地將他往水底拽去——

「唔！」

劇痛霎時如電擊般竄過全身！大量的氣泡從口鼻湧出，陸子涼身子一軟，眸子失焦，再次被拽往水深之處。

好痛。

好冷。

呼吸不了……

陸子涼眉毛痛苦地皺著。他微微睜開眼，定了定神，用盡最後一絲力氣，朝遙遠的水面抬起了手——

一條鮮豔如血的紅線霎時從他指尖飛射出去！

救我。

他心想。

不管是誰，只要你救了我，我可以為你做任何事，可以給你任何東西……

你可以從我身上奪取任何你想要的一切。

你可以利用我，可以折磨我，可以讓我像狗一樣對你搖尾乞憐……你甚至可以要我那從來沒有給過別人的心。

都給你。

全都給你。

只要能讓我活下來，我願意付出任何代價……

豔紅的線在湖水中快速延長，掠過忙著救起小女孩的好心人，穿出了水面，飛到人群簇擁的湖岸，緊緊地繫在了一個路過的男人手上。

旋即，紅線狠狠一拽——

嘩啦！

男人在眾人的驚呼聲中，被未知的力量給拽進水裡！

冰冷至極的冬日湖水中浮起一串串雪白氣泡。

紅線相繫的兩端，似乎冥冥之中自有感應。

被離奇拽下水的男人回過神後，立刻就注意到正在迅速下沉的陸子涼。

男人狹長的黑眸瞇了瞇。

接著，他調轉身形，往陸子涼的方向快速游去！

第三章　四合院古厝

據說人在瀕死的時候，總能看見自己的一生如跑馬燈般在眼前劃過。

陸子涼從來沒有看見過。

每一次，他眼前都只有一片黑暗。

耳邊倒是有許多聲音。

紛紛雜雜、嘈嘈嚷嚷，數不清的話語交疊在一起，如浪潮一般撲湧著，令人生厭。

其中最清晰的一道，是一個女人的慘叫。

「啊啊啊啊啊啊！」

那女人邊慘叫，邊哭泣著。

「啊啊啊啊啊不要！他們只是孩子，他們不會游泳啊！嗚嗚他們會死的，您不能這麼做！住手啊啊——」

叫喊聲那麼尖利，卻有個低沉嗓音壓過了她。

「……把她拉開。」

那低沉嗓音總是如此平靜，用施捨般的語氣，說出殘忍冷酷的話語。

「溺死的留給妳，我要帶活下來的那一個走。」

「不要啊啊……」

女人淒厲的尖叫和哭喊不斷在腦中迴盪，彷彿要將他一起拖入絕望的深淵，陸子涼痛苦地偏過頭，本能地想要逃離這段記憶，身子也跟著掙扎起來，卻突然有股力量牢牢地按住了他。

混亂的腦海中，有道冷靜的聲音破開一切，呼喚了他的名字。

「小涼……」

「小涼。」

陸子涼終於睜開了眼。

映入眼簾的是茵綠的草皮，近得幾乎要扎在臉上。

短暫的茫然之後，陸子涼才意識到，原來自己正俯撐在草皮上，低頭劇烈地嗆咳。

「咳咳、咳咳咳咳……」

冰冷的湖水就像利刃一樣刮過氣管，胸口痛得幾乎喘不過氣，肺臟發出呼哧呼哧的聲音，他吐出一些水，咳到脫力，抓著胸口又痛苦地癱軟下去，一雙強健的臂膀從旁邊橫過來，將他給穩穩攬住。

那人和他一樣完全濕透了，渾身冒著寒氣，對於冷到打顫的陸子涼來說實在不是一個理想的依靠，但他還是像攀到浮木一般，下意識地靠進那人懷裡。

周遭似乎圍了很多人，又亂又吵，一陣救護車的鳴笛聲後，又有兩個人來到身邊，將他扶坐起來，對著他一番檢查，並問了好幾個問題。

陸子涼記不清自己回答了什麼。他甚至不確定自己有沒有回答。

他的頭痛得像是要炸開，渾身如吸飽了冷水似的，重得無法動彈。他所有的意志力都用來和痛苦對抗，無暇他顧，直到一句話傳入耳裡。

「抬上擔架，先送醫。」

陸子涼的瞳孔擴張了一瞬。

送醫？

不，他不能去醫院！誰知道這具紙紮人偶身體會不會被檢查出什麼不對勁來？

陸子涼忽然劇烈掙扎起來。「我不去……」

救護人員沒料到他會突然抗拒，一時沒按住他，他便掙脫了那兩個救護人員，探身抓住了先前攬著他的那個人。

那個人的無名指上有一圈紅線，顯然就是紅線法器套上的人。

——就是這個人跳進明石潭救了他。

陸子涼用力捏住這隻手，像抓著最後一絲希望，啞著聲音道：「我、咳，我不去醫院……你幫幫我……」

被抓住的男人沒什麼反應，陸子涼心下焦急，一抬頭，對上了男人如冰山般冷漠的臉。

那張臉異常眼熟。

陸子涼怔了一下。

居然是早上那個很可能是殺人魔的果農！

紅線套上的，居然是他？

陸子涼的手本能地縮了下，旋即又牢牢抓緊。

紅線一旦套住了人就不能再改，即便對方真的就是殺害他的那個殺人魔，他也只能硬著頭皮在對方手底下求生。何況對方究竟是不是殺人魔，還是個未知數。

不要自己嚇自己！

陸子涼穩住心態，想要靠男人近一點，讓對方聽清楚自己的請求，可身體實在太過虛弱，他一挪動就晃了下，直接倒進男人懷裡。

「……」

他乾脆不動了，額頭抵著男人寬厚的肩膀，輕咳著，啞聲道：「我們也挺有緣分的，謝謝你救了我，你能不能……好人做到底，讓我去你家換身衣服？你的果園在這裡，你家應該不會離的太遠，拜託了，我真的不想去醫院，可是又，好冷，咳，咳咳……」

男人神色漠然，並未答應。

一旁的救護人員拿毛毯裹到陸子涼身上，急勸道：「別開玩笑了先生，我們趕來之前你一度失去了呼吸心跳，你得去醫院檢查一下，萬一你——」

陸子涼突然衝救護人員露出笑容。「謝謝，但我就不去了，我真的沒事，咳咳……對了，剛才，剛才那個落水的小妹妹呢？」他強撐著坐直起來，往周圍張望，彷彿他此刻真的關心這件事似的。「她怎麼樣了？得救了嗎？」

一臉冷漠的男人終於開口。

「她看起來沒什麼大礙，剛才她母親已經開車帶她去醫院了。」男人站起身，並將陸子涼也拉了起來。「走吧。再凍下去，你也有可能再次休克。」

陸子涼眼底閃過意外。

居然真的願意把他帶回家？

這個人要不是對誰都同情心氾濫，就是對他非常感興趣。

腦中再次浮現早晨在果園時，半昏半醒間感覺到的那隻在他臉頰肉上又揉又捏的手。

……顯然是後者的機率更大一些。

陸子涼莫名有種不祥的預感。不過往好處想，紅線隨機挑出來的對象居然也對同性感興趣，是該謝天謝地了。

眼見男人從救護人員那裡接過了毛毯披上，轉身就要走，陸子涼忙和救護人員道謝：「謝謝你們，謝謝，不好意思啊還讓你們跑一趟，但我真的、咳咳，我真的沒事了……」

說完就趕緊撿起自己扔在岸上的包，追上男人的腳步。

救護人員無奈。「哎！先生——」

男人住的地方確實離這裡不遠。

就在那座果園裡。

長滿甜柿的廣大果園邊上，有一幢古色古香的四合院。

男人領著陸子涼過了兩道門，斜過中庭，將他帶進一間客房。

客房很大，分隔成起居室和臥室，還有獨立的衛浴。

「你用這個房間，浴室裡有乾淨的毛巾。晚點我拿一套衣服給你。」

男人簡單說完，轉身就走。

陸子涼忙對他的背影道了一句：「謝謝你啊。」

男人只是嗯了聲。

關上房門徹底隔絕外界後，陸子涼一下子就抵著門板癱坐在地，摀著胸口蜷縮起來。

他非常不舒服。

也許是溺水的緣故，也可能是那男人對他做心肺復甦時傷了他的肋骨，又或者是紙紮人偶泡水的後遺症，陸子涼胸口劇痛不已，四肢重得像灌了鉛，若不是外觀上看起來沒什麼異狀，他簡直都要以為自己吸水腫成了三倍大。

剛才走過來的那一路，他完全是靠意志力強撐的。

「很厲害了。你很厲害了陸子涼。」他臉色蒼白，啞著嗓音自我鼓勵了幾句。「但還沒完。要快點……咳咳，要快點把自己弄乾。浴室，浴室裡有毛巾……」

他喘息幾下，實在沒有力氣站起來，就直接用爬的，磕磕碰碰地爬進浴室，伸長手臂拽下毛巾，艱難地脫光衣服，把自己囫圇擦了個遍。

毛巾擦過肌膚，居然很快就吸飽了水，彷彿被浸到水裡似的。

陸子涼覺得這簡直是世界奇觀，費了點力氣擰乾，來來回回好幾次，他居然從自己身上擰出一整盆的水。離奇至極。

可惜他已然虛脫到無法感到震驚，渾身赤裸地癱軟在牆邊，累得幾乎能直接昏睡過去。

「不，還不能睡……不能這樣裸著……」他強撐起眼皮，再次手腳並用爬起來，拽下掛在架上的大浴巾，把自己給裹住。「好，做得好。現在到床上去……上了床才可以睡。睡飽之後，要想辦法住下來……那個男人，我得攻略他，我都還不知道他的名字……嗯？」

正要拖著沉重的四肢原路爬出浴室，陸子涼忽然發現角落的架子上放著一台吹風機。他眼睛一亮，忙改道爬過去，拿起來插上了電，往自己身上一吹。

嗶嗡——

撲面而來的熱風霎時就吹走了一層水氣！

陸子涼簡直熱淚盈眶。他從來沒有這麼感謝過吹風機的發明，忙大張四肢，對著自己的手腳猛吹一通！吸飽在紙紮人偶體內的湖水開始化作水氣，一層一層地蒸發出去，帶來前所未有的輕盈感。

陸子涼舒了一口長氣。

他彷彿終於脫下了綁在身上的濕重冬衣，渾身的毛細孔都擴張開來，暢快地呼吸著新鮮空氣，乾爽舒快，所有沉痾的不適感都煙消雲散了。

四肢輕盈之後，他開始吹臉、吹身體、吹頭髮、吹脖子，渾身上下都吹了個遍，柔軟的黑髮都吹得蓬鬆起來。最後，他低頭看了眼兩腿間的寶貝，半點不遲疑，轉過吹風機頭，對著吹了下去。

真是輕鬆又快活。

「那樣會燙傷。」

忽然有人說。

陸子涼嚇了一跳，猛抬起頭，對上一雙黑沉沉的眸子。

那名危險的果農不知何時已經來到浴室門口，正倚著門框，垂眸注視他。

「……！」陸子涼關掉了吹風機。

陸子涼就靠坐在門邊的牆上，男人這樣垂眸看下來，簡直能一覽無遺。

陸子涼默了一瞬，並沒有裹好披在肩上的浴巾，而是坦然地維持著支起膝蓋的腿姿，仰頭打量男人。

男人明顯沖過了澡，身上飄著股淡淡的草木味沐浴乳的香氣，微潮的幾綹髮絲垂在額上，讓那雙狹長的眼眸更添陰影。他手裡拿著一疊棉衣棉褲，看著陸子涼道：「吹風機響了太久，我以為你暈倒了，才進來看看。給你，都是新的，先換上吧。」

那疊衣褲遞了下來，陸子涼忽然抓住男人的手腕，往下一拽！

男人猝不及防，踉蹌一下險些壓到陸子涼身上，他立刻抓住門框穩住身體，可陸子涼卻拉著他的手，按在了自己裸露的心口上。

男人明顯怔了一下。

手掌下的肌膚觸感和他以往摸過的相比，有種說不出來的隱微差異。

男人目光微落，盯著陸子涼的結實胸膛，微瞇了眼。那股他早晨好不容易壓下去的強烈欲望，再次開始蠢蠢欲動。

——想剖開來看看。

男人冷漠的眼神突然變得極富侵略性。他撩起眼皮，面無表情地注視陸子涼的眼睛。

陸子涼像是沒有察覺到他的變化，湊近他，輕聲道：「我這裡痛死了。你剛才做ＣＰＲ的時候，是不是把我給壓壞了？」

男人沉默幾許，目光再次落回陸子涼的胸膛，上頭確實浮起一大片瘀青。男人掙開被握著的手腕，按住陸子涼的肋骨，一根一根地仔細檢查一遍，然後給出結論：「沒斷。如果真的很痛，我可以送你去醫院，不過這種程度，一般來說只要靜養幾日就會自行痊癒。」

「靜養嗎？」

「對。」

「那我能不能在你家靜養？」

男人再次撩起眼皮，用那雙黑漆漆的眸子注視他。那彷彿是狩獵者在打量獵物的危險神態。

陸子涼無端感到一陣毛骨悚然。

但對方是他的紅線對象，要想活命，他就不能慫。再恐怖他都得撩下去！

陸子涼硬著頭皮，繼續裝作從容地輕笑道：「在快要溺死的那個當下，我就想過，不管是誰，只要救了我，我就可以為這位救命恩人做任何事。我可以待在你家幫你洗衣服、做飯、摘柿子、種別的水果，甚至，以身相許？」他說著玩笑似的話，眼神裡其實透著一股認真。「不管你想要什麼，都可以提出來。」

「什麼都可以？你什麼都答應？」

「對，全都可以，全都答應。我的命可是很寶貴的。」陸子涼道：「只要你不厭煩我，我甚至可以一直做下去。」

男人似乎陷入了思考。陸子涼等著他提出要求，他卻一直沒有再說話，只是直盯著陸子涼的胸膛，不知道在想些什麼。

難道是對美色特別感興趣？喜歡胸肌？

陸子涼腦中閃過這個念頭，卻又很快打消。他可以感覺到對方的眼神中飽含著某種強烈的欲望，但他很篤定，那絕對不是情慾。

被情慾點燃的那種眼神他見識得太多了。

比起想和他做愛，這男人看起來更像是想把他給當場宰殺了。

陸子涼心中隱隱不安，半晌，他終於忍不住裹緊浴巾，把自己袒露的「美色」給全部遮住，道：「說起來，我們都還沒有自我介紹，我叫陸子涼，你呢？」

男人明顯頓了下。

陸子涼道：「怎麼，不能透露？那不然我叫你……大哥？」

「白清夙。」男人注視他道：「我叫白清夙。」

「哦，你的名字真好聽，我……」陸子涼突然也頓了下。「我怎麼好像聽過你的名字？」他仔細打量對方的臉。「其實早上的時候，我就覺得你有點眼熟，當時還以為是別的原因，但現在一想……等等，難道你是什麼很有名的果農嗎？你以前是不是種出過什麼很厲害的柿子，上過新聞？」

「……」白清夙嗓音不知為何冷了一層。「原來你剛才說不管救你的是誰，你都願意為這個人做任何事，是認真的？」

「當然，我是真心想要報答你的啊。」

白清夙卻把那疊乾淨衣褲扔進他懷裡，起身離開。「不用報答了。」

陸子涼愣了下，不明白對方為什麼忽然不高興，踉蹌著追出浴室。「等等，我是不是說錯話了？對不起啊，我向你道歉，可我是真心想——」

白清夙轉過身。「不要用跑的。」

陸子涼腳步一煞，這才驚覺短短幾步路，他居然喘到胸口劇痛。他摀住胸口，忍不住咳了幾聲。

「把衣服穿上。」白清夙拿出抽屜裡的遙控器，開了暖氣。「你的肺部和氣管都因為溺水而受到損傷，我說了你要靜養，不要跑跑跳跳的。讓你借宿一天，你明早就回家吧，我等一下要出去一趟，你肚子餓的話自己點外送。」

陸子涼虛弱地撐著床沿，輕啞道：「哎，你等等——」

白清夙沒有等。

他直接穿過起居室走出去，闔上了房門。

「……」陸子涼感覺自己一腔熱情撞上了一座冰山。「搞什麼？咳咳，他是在生氣嗎？為什麼啊……」

外頭，白清夙回到自己房間套上大衣，剛走出去換了鞋，手機就響了起來。

他立刻就接起，電話那頭是個渾厚的嗓音。

『喂，你找我啊？剛才在忙沒接到，怎啦？』

「郭警官，麻煩你帶專人到明石潭東側，就是天鵝船那邊進行打撈。底下有具屍體。」

『……靠腰。』

結束通話後，白清夙拿起車鑰匙準備出門，穿過中庭時，又下意識地看一眼客房的房門。

裡頭安安靜靜的。

白清夙收回目光。

今天是非加班不可的。

但是沒走幾步，腦海裡就莫名浮現陸子涼蒼白著小臉，摀著疼痛的胸口輕咳，虛弱又難受的模樣。

「……」

白清夙忽然調轉腳步走回廚房，洗米煮了鍋白粥。

他不喜歡自己的領地裡有半死不活的生命。

畢竟，最誘人的獵物，都是成熟飽滿的。

◆

「報案人你居然這麼晚到，你家不就在旁邊嗎?我還以為你不打算來了。」

白清夙剛鑽過封鎖線，就聽到郭刑警的大嗓門。

「出門前被耽擱了一下。」白清夙走過去，見明石潭上已經有好幾艘浮艇，警方正在進行搜索和打撈。「發現屍體了嗎?」

郭刑警道：「還沒有，怎麼可能這麼快!我估計啊，還得花上一整——」

「找到了！」

兩人立刻看過去。

一艘距離岸邊大約三百公尺的浮艇上，搜索隊員朝他們揮了下手。

郭刑警的對講機裡傳來對方的聲音：『學長，找到了。在底下。好像被重物綁著！』

郭刑警按住對講機道：「盡快弄上來，小心點。所有人都過去幫忙。注意安全。」他有些急切地望著湖面，拿出手機撥了幾通電話，又轉頭問白清夙：「既然你在現場，相驗就拜託你行嗎？箱子我讓人幫忙帶過來。」

「可以。」

「檢察官等一下就會到，剛好今天是梁檢值班。」郭刑警掛了通話，眉眼間有些疲憊，他揉了揉眉心，低聲道：「綁重物棄屍在水底……又是那個傢伙？如果這名死者的臉也被砸毀，肯定就是那個變態幹的，八九不離十。」

白清夙淡淡道：「等一下看了就知道。」

「嘖，一個月內第三起，如果是同一人犯的案，那這傢伙就他媽是個殺人魔啊！再抓不住他，不知道還要死多少人。」郭刑警重重地嘆一口氣，見白清夙一臉雲淡風輕，又道：「不過還真的挺奇怪的，剛才我們一群人搜了半天都沒發現死者，怎麼你一來，忽然就找到了？這種事以前是不是也發生過？」

白清夙面無表情道：「通常是你們發現了屍體，我才會過來的。」

「不不，肯定發生過，我就是一時想不起來。等一下梁檢過來我再來問他，他記性超好，肯定記得。哎，對了我還沒問你，你為什麼會知道水底下有屍體？」

「看見了。」

「所以我問你怎麼看見的？人家是沉在下面啊！」

白清夙的目光不知何時已經落到了湖岸邊。

茵綠的草皮上，有一個面容全毀的恐怖人影正慢吞吞地從水中爬上來。

那人渾身都濕漉漉的，死白腫脹的身軀艱難地挪動著，如怪物一般爬上了岸。然而在場的警察和封鎖線外的圍觀群眾，竟完全沒有人發現那個可怕的東西。

那是方才在水裡拽住陸子涼小腿的水鬼。

水鬼似乎能感應到誰看得見自己，猛抬起頭，血肉模糊的面孔直接正對白清夙，下顎開闔，似乎發出了什麼叫喊。

但白清夙聽不見。

他只是平靜地施捨了水鬼一眼，便轉目望向打撈屍體的浮艇。

「你幹嘛不回答？」郭刑警追問。他那任何事情都要打破砂鍋問到底的性子，在碰壁之後總會更被激發。「喂，你是不是隱瞞了什麼？難道你目擊了棄屍過程？你該不會——」

白清夙簡潔道：「剛才有人溺水，我下去救人時看到的。」

郭刑警驚道：「什麼，這麼冷的天氣溺水？人救上來了嗎？沒事吧？」

「嗯，沒事。人現在在我家。」

「……啥？」郭刑警目露錯愕，正要追問，白清夙已經走開了。

「搞什麼，究竟是什麼人居然能進得了他家？」郭刑警快步跟上去，嘀咕道：「好奇死了。」

在好不容易將屍體打撈上來後，浮艇很快就駛到岸邊，搜索隊員們謹慎地將屍袋抬下來，平放在草地上。

「綁在屍體腿上的重物在後面那艘船上。」搜索隊員道：「我們檢查過了，是一袋紅磚塊。屍體的腐敗程度很高，左腿遺失了，目前還沒有找到，我們懷疑屍體的左腿上可能也被綁了一袋磚塊，可能是斷裂之後沉到別的地方去了。」

郭刑警點點頭。「辛苦你們了，請務必要找到遺失的左腿。」

「一定。」

這時，又有幾個人鑽過封鎖線，為首的是一名溫潤儒雅的男人。

「梁檢。」郭刑警打了招呼，簡潔快速地將目前情況全交代一遍。

梁舒任表情有些凝重，將工具箱遞給白清夙。「我們開始吧？」

白清夙戴上了手套。

結束拍照工作的警察稍稍站到一邊，白清夙蹲下身子檢查屍體。

死者是一名男性，就如搜索隊員所說，屍體的腐敗程度相當高，且因為浸泡在水裡的緣故，屍身腫脹可怖，散發著濃烈到令人作嘔的屍臭。

所有人都暗暗屏著呼吸，只有白清夙呼吸如常，淡淡地開了口。

「起碼死了四週以上了。死者面部全毀，初步判定是遭鈍器擊打導致的，手腳上沒有明顯外傷，可能在遇害的當下已經失去意識，被藥物迷暈或醉酒的機率很大。」白清夙修長的手指扣著死者的臉。「臉部的重創是可以致命的，但因為屍體腐敗得太嚴重，無法直接判斷死因究竟是什麼，有可能是臉部的創傷致死，也有可能是藥物致死，又或者……」

他抬起眸子，看著梁舒任和郭刑警。「先被人迷暈後按到水裡溺斃，再毀掉臉部，最後綁上重物，棄屍在明石潭裡。」

梁檢察官和郭刑警的臉色都瞬間難看。

梁舒任道：「確定是他嗎？」

白清夙道：「雖然這名死者少了一條左腿，但在我看來，手法基本一致。」

郭刑警道：「前兩起都棄屍在明石潭西尖那邊，怎麼這起是在東尖？這凶手實在太狡猾了，甚至連老天都在幫他，每次好不容易追蹤到他經過的地方，可監視器調出來，那一幕都會莫名糊掉！我們到現在都還沒找到真正有用的線索。」

「按照死亡時間排序，這名死者才是第一位受害者，如果他是凶手盯上的第一個獵物，那他身上肯定有對凶手來說很特殊的地方。」白清夙望著檢察官。「我建議要解剖。」

與此同時，四合院的客房裡。

陸子涼正昏睡著。

他睡得很不安穩。

渾身忽冷忽熱，從胸口到喉嚨都一陣一陣地發疼，陸子涼雙眼緊閉，眉毛輕輕擰著，蒼白的臉上綴著一顆顆的冷汗，他的呼吸有點重，不時咳嗽，發出虛弱而痛苦的低吟。

腦海中再次迴盪起他藏在記憶深處的，唯有瀕死時才會浮起的記憶。

——溺死的留給妳，我要帶活下來的那一個走……

——不要啊啊……

陸子涼難受的側過頭，輕輕囈語：「不要……」

——可能永遠不會再見了。

——不出來和我道別嗎……

陸子涼胸膛急促起伏，英俊的面容流露出一絲罕見的脆弱，他喉嚨裡發出輕微的嗚咽，像是小動物在哀求：「不要……」

——不要死。你絕對不能死。

——小涼……

陸子涼倒抽一口氣，猛地睜開眼睛坐起來！

他急急地喘息著，雙眸失焦，尚未回過神，手背就被砸上一滴冰涼的濕意。

冷得讓他下意識地蜷起手指。

一整天昏睡下來，如今已是傍晚時分，紫紅色的霞光從窗戶照入房內，他在床上怔了許久，才緩緩地抬起手，往臉上抹了一把。

「……好餓。」

他輕聲自語。

用大衣裹緊自己後，陸子涼拿著手機走出房門。

冬季的夜晚總是降臨得很快，不過一會兒功夫，晚霞已經退到了遠山之下，雲間只餘淡淡的暈影。屋子裡很安靜，白清夙似乎還沒回來，陸子涼準備去大門那邊記一下地址才好點外送，一轉身，就看見房門上貼著一張便利貼。

上頭寫著：廚房有粥。

陸子涼挑起眉毛。

看來那座冰山也不是真的那麼冷嘛。

四合院很大，陸子涼又不熟悉這種格局，繞來繞去也沒看見廚房，最後還是循著那股忽隱忽現的米飯香味才找到。

「原來廚房就在這裡啊？奇怪我剛才明明就有路過。這麼大的房子，他居然自己一個人住啊。」他進了廚房，從古董似的餐櫃裡拿了碗和飯勺，滿心期待的按開熱氣騰騰電子鍋。「餓死我了。」

電子鍋蓋子一開，白霧撲來，映入眼簾的卻不是濃稠綿密的白粥。

是飯。

是一鍋多到爆滿出來，還在鍋蓋上黏了一層的乾飯！

陸子涼簡直不敢相信自己的眼睛。

「這是在跟我開玩笑嗎？」

他遲疑地用飯勺撥弄幾下，確認是乾飯無誤。

「……噗。」陸子涼哭笑不得，一時間都忘了餓，忍不住用手機猛拍數張。「什麼鬼？笑死，都用電子鍋了居然還煮不出粥？到底是什麼時代的人，太離譜了吧白清夙，連粥都不會煮還逞什麼強，這樣讓我怎麼吃啊哈哈哈哈哈──」

他笑到咳嗽起來，忙壓下笑意，認真地打量起廚房。

「哎，好歹飯有熟。我是沒力氣煮菜來配了，但每個人家裡或多或少都有罐頭吧，用來過颱風夜之類的……生病已經夠難受了，我可不想吞乾飯啊。」他翻找了下後頭古色古香的陳舊櫥櫃，果然找到了一堆罐頭，就隨手拿出離他最近的鰻魚罐頭一看。

過期十年。

「──！」

他沉默數秒，緩緩地將鰻魚罐頭放回去，並緩緩地闔上了櫥櫃。

看來這裡的儲糧都和屋齡一樣，有些年歲了。

最後，別無他法的陸子涼可憐地裝了碗白飯，加了熱水攪一攪，胡亂地嚥了。

以後是不用指望白清夙會煮什麼好料了。

隨便填飽肚子後，陸子涼的精神稍微好了一些，他回到房間，從背包裡拿出那台在殺人魔的浴室裡發現的相機。

方才直至昏睡，他心裡都在惦記這個東西。

相機當時摔在角落裡，旁邊還有腳架，顯然原本是架在浴缸上錄影的，可能是陸子涼要把屍體拉出浴缸時才不小心撞掉。相機並不新，上頭已經有不少磕碰的刮痕，陸子涼拿著它，忐忑和焦慮開始從心中湧起。

這裡面究竟錄了些什麼？

是他被一點一點溺死的過程嗎？

……有沒有拍到那個殺人魔的臉？

陸子涼的指尖隱隱有些顫抖，他深吸一口氣，終於鼓起勇氣按開電源。

電量只剩下5％。

他趕緊關掉拍攝模式，冰涼的指尖點向媒體庫——

空的。

陸子涼愣住，又點了幾下，裡頭卻沒有儲存任何資料，連一張照片都沒有。

「……不可能吧。」陸子涼仔細地檢查，可這相機的存放空間就像個空殼似的，什麼都沒有錄到，也什麼都沒有拍到。他突然想到了什麼，轉過相機底部，滑開放記憶卡的卡槽。

——卡槽是空的。

記憶卡不翼而飛。

「靠！」陸子涼一時情緒失控，舉起相機就要摔，又堪堪頓住。

好歹是證物之一，摔壞了對他自己並沒有好處，他深呼吸幾次，慢慢放下了手，將相機扔回包裡去。

「狡猾的變態。」他坐下來，揉了揉自己凌亂的黑髮。「算了。先想想怎麼活命比較重要。」

陸子涼的目光落到自己的手上。

他的左手的無名指上如今多了一圈和白清夙一樣的紅色細線戒指，兩枚戒指之間有一條無形的紅線相連著，將兩人的命運緊緊牽在一起。

這枚紅戒指，白清夙是看不見的。

陸子涼握住紅戒指，看看能不能把它拿出來，可手指卻直接穿過了戒指，握在自己的無名指上，他便徒勞地撥弄著這枚沒有實體的戒指，垂眸思考。

月老在臨走前已經將紅線的具體操作方法印進了他的靈魂裡。

簡單來說，就是在每日子時，也就是午夜時分，他可以從白清夙的戒指裡拉出一截獨立的紅線，每次拉出來的紅線都是等長的，但紅線的重量會隨著白清夙對他的愛意變化，而有所不同。

光憑手是察覺不到重量變化，得回到那間半山腰上的小破廟，用月老的天秤法器才能秤重。

等到哪日，那截紅線的重量可以重得讓傾斜的天秤平衡，他就能從天秤的另一端，贖回自己的命。

如今看來，他應該只有在子時才能碰觸到紅線戒指。

不管怎麼樣，今天一定得先嘗試一次「子時取紅線」這件事，確定硬體設備真的可行，其餘的攻略計畫，等他先過了長住下來的這一關，再做打算。

如今兩人才剛認識，他還不是很熟悉白清夙的性格和喜好，不過，這也沒關係。

陸子涼再次拿著手機出房門。

人在吃飯的時候總會透露出很多信息，只要他們倆坐在一起吃一頓，他相信自己肯定能掌握到不少東西，到時候把這座危險的冰山拿下，指日可待。

陸子涼對自己的魅力無比自信，穿過遊廊往大門走，準備撿起方才被放棄的點外送計畫，去門口拍地址。現在是晚餐時間，也不知道白清夙什麼時候回來，他決定點一些可以當作宵夜的食物，然後再給自己點一碗皮蛋瘦肉粥。

畢竟白飯加熱水並不是那麼美味。

此時天空已經徹底黑了，夜晚的四合院彷彿被罩上了一層陰森的黑色紗幕。

古舊的房屋藏不住被歲月洗滌過的味道，每一處斑駁和裂紋，都是歷史流過的痕跡。夜幕下冷風陣陣，門廊上黑影幢幢，彷彿隨時都要鬧鬼的氣氛讓陸子涼心中莫名發毛，加快了腳步斜過中庭，很快就到了大門。

大門有兩道，過了裡面這一道雙扇木門，再幾步穿越一條橫向的露天長廊之後，就會到最外面的大鐵門。

門廊的感應燈啪地亮起，陸子涼把手機調到相機模式，匆匆推開大鐵門，準備拍了門牌就回去。

怎料門一開，一陣不知從何而來的陰風唰地颳過來，直接從陸子涼身上穿體而過！

那一瞬間簡直是刺骨的冷。

陸子涼踉蹌一下扶住了門，困惑地抬起頭，一往外看，赫然對上一張血肉模糊的臉！

陸子涼瞳孔劇縮。

那人比陸子涼矮半個頭，濕透的身體死白腫脹，滴下來的水將地面的泥土浸成了深色，濃重的水腥氣混著鐵鏽味撲鼻而來。那張鮮血淋漓的臉彷彿被什麼重物狠狠砸過，鼻梁斷裂，臉骨凹陷，他微微仰起來，開裂的眼窩裡睜著一雙布滿血絲的眼睛，眼神怨毒而恐怖，如一口黑洞的嘴開開合合，發出嘶啞怨恨的宣告。

「我……要他……償命……！」

說著，竟搖搖晃晃地抬腳，想要進門來！

陸子涼猛地回過神，嚇出一身冷汗，立刻就甩手關門！

——哐！

即將閉合的大鐵門被一雙死白的手驟然插進，一下子就阻攔了門板，嘎吱用力往外扳！

陸子涼驚嚇不已，趕緊抓住門。「靠靠靠靠靠——」

讓這種東西進來了還得了！

他分開雙腿後仰身體，拔河似的狠力拽門，又是哐的一下巨響，把那死白的手指夾得張開來！

外頭傳來淒厲的慘叫，陸子涼聽得頭皮發麻，咬牙將鐵門微開條縫，再次發狠力道往裡拽！

哐啷！

死白的手指瞬間就抽了出去，大鐵門終於被牢牢地闔上！

陸子涼立刻喀啦上鎖，死死抓著門把，如臨大敵地盯著鐵門幾許，直到外頭不再有動靜，才終於想起要呼吸。

「靠？」他輕喘著道，又深呼吸兩次，才緩緩鬆開了手。「嚇死我了……我這是有陰陽眼了？對了，當時在湖底下也看見了的……嘖，這是死過的副作用嗎？那我豈不是以後每天都像活在鬼片裡？天啊誰想天天見鬼！」

他驚魂未定，甚至都忘了在某種意義上來說，他自己其實就是鬼，和外頭那一隻沒什麼區別，只是比人家多一個殼子可以寄居罷了。

陸子涼拍了拍自己的胸膛，邊往回走，邊再次心有餘悸地嘆道：「哎，嚇死，我剛剛原本是要幹嘛……？啊點外賣！可惡，我吃個外賣怎麼這麼難。去客廳找找看信件的地址好了，那裡總不會有鬼了吧。不過，剛剛那隻鬼，他是說……要誰償命……嗎……」

聲音越來越輕，陸子涼停下腳步，腦子裡感到陣陣暈眩。

他眉毛輕蹙，抬手扶住了木門框，一股難以言說的不舒服從胸口炸開，彷彿被誰塞滿了冰塊似的，古怪的冰冷從心口往四肢百骸蔓延，渾身血液都彷彿被一股陰冷給浸透，陣陣發寒。

「怎麼突然……」

陸子涼臉色發白，強撐著想前進，可他剛想跨過雙扇木門的門檻，忽然就眼前一黑，直接倒在了門檻上。

他濃密的睫毛急速顫動，掙扎著想要睜眼，卻最終腦袋一歪，徹底暈厥過去。

古老的大宅裡一片沉寂。

忽然，門廊上的感應燈開始閃閃爍爍。

緊接著喀啦一聲，大鐵門的鎖忽然彈開了！

吱呀——

鐵門大開，冬日冷風灌入，有雙濕漉漉的腳踏了進來。

深色的潮濕腳印慢吞吞地走進，穿越露天長廊，在倒在門檻上的陸子涼身邊停了停。

接著，那人跨過陸子涼的身軀，無聲無息地越過了木門檻，進入大宅。

第四章　溫柔與殺意

地檢署。

熱霧蒸騰的淋浴隔間內，白清夙擦乾了身體，正在扣襯衫扣子，就聽見有人走進來。

梁舒任的聲音響起：「清夙，你還在嗎？」

白清夙邊繫扣子邊淡淡問：「什麼事？」

梁舒任確認了淋浴間裡沒有別人，才開口。

「上午發現的那位死者的身分確認了，他叫駱洋，今年三十一歲，是明石高中的體育老師，還是曾經的羽球國手。已經被通報失蹤一個月以上。」梁舒任靠著牆，輕嘆：「家屬也聯繫上了，解剖日期定在三天後。」

白清夙推門出來。「知道了。」

梁舒任思索。「目前發現的三名受害者全是青壯年男性，這在國內外都非常少見。專門挑身強體壯的運動員下手，這凶手的體格恐怕非比尋常，否則很難在作案後搬運屍體。又或者他真的有共犯？可我們怎麼會一直找不到線索呢。而且凶手每次都能用高劑量的新型安眠藥放倒受害者，他到底是用什麼方法，讓受害者們對他放鬆警惕……」

白清夙冷淡打斷。「我已經下班了。」

梁舒任有些詫異地打量他，似乎很意外他會拒絕關於凶殺案和屍體相關的話題，但梁舒任沒有多問，只是溫潤一笑，道：「也對，不說這個了，等一下一起去吃個晚飯？我請客吧。你難得休假還被我拉過來相驗，我心裡挺愧疚的啊。」

「不了。」白清夙隨意擦了擦頭髮，把手裡那罐可以從頭洗到腳的男士沐浴乳遞過去。「還你。」

梁舒任早就知道他會拒絕邀約，也不強求，接過沐浴乳晃了晃。「不過你怎麼忽然要洗澡，你以前不是不介意帶著屍臭回家嗎？難道你阿嬤回來了？」

「沒有。但家裡有人。」

梁舒任再次驚訝。「你有客人？」

「嗯。」

「你的家門連我都只進去過三次。」梁舒任驚奇道，終於忍不住追問：「這個時間還沒走，肯定是要留宿了吧，你居然肯把人單獨留在家裡，自己出來加班？我們的交友圈裡有這麼讓你放下戒心的存在嗎？」

「這人你也認識。」白清夙拿好東西往外走。「是陸子涼。」

梁舒任瞳孔驟然收縮了下。

他猛地拽住白清夙的手臂，臉上溫潤和煦的笑容在短短數秒間就消失無蹤，變得非常嚴肅。

白清夙垂眸看了眼被抓住的手臂，爾後抬眸，狹長漆黑的眸子注視梁舒任，眼神裡不經意的就流露出危險的意味。

空氣彷彿凝固了一般。

鮮少有誰敢正面和白清夙對峙。

白清夙身上那股若隱若現的危險氣質讓所有人都會下意識的避其鋒芒，不和他發生衝突，即便雙方真的不幸發生了爭執，也總會在被他那雙漆黑的眼眸盯住時，不自覺的心下悚然，弱了氣勢。

但梁舒任不一樣。

許是因為從小到大的交情，梁舒任對白清夙實在太過熟悉，早已習慣了他身上的那份懾人感，就算直視那雙幽潭似的黑眸，他也不會輕易退縮。

不過，習慣了，不代表放鬆警惕。

梁舒任審視白清夙幾秒，輕問：「是你主動找他的？」

白清夙見他沒有要放手的意思，也並未強行掙開，只是低氣壓的沉默半晌，才開口回答。

「不是。是偶遇。」

「怎麼偶遇的？」

「他溺水，我救了他。」

「溺水？」梁舒任眼睛微瞇了下。「他可是拿過無數獎牌的國手，普通的情況不會讓他溺水。」

白清夙靜了一瞬。

然後道：「他也是為了救人才下水的。情況緊急，天氣又太冷，他也許本就狀態不好，才會發生意外。明石潭的水非常冷。」

梁舒任怔了下。「明石潭？」

白清夙輕點了下頭。

「明石潭怎麼意外頻傳……」梁舒任思索幾秒就轉回正題。「救起陸子涼後，你就把他帶回家了？」

「他需要換衣服。」

「可他怎會乖乖在你家待到這個時間？難道你強留他過夜？你……」梁舒任張了張口，喉嚨裡彷彿卡了什麼難以說出口的話，半晌，才艱澀道：「你該不會……」

白清夙漆黑的眸子宛如一汪無波無瀾的深潭。他的聲音壓得又低又輕，語調似乎是一貫的漠然，又好像帶了點隱約的，滿足的意味。

「是他自己主動要求留下來。」

「……」

梁舒任和他對視幾許，一向溫潤的嗓音裡帶上了罕見的冷意，極輕地說：「白清夙，你知道什麼情況下，我們會連朋友都做不成，對吧？」

白清夙的神色依舊平靜，他張開唇，似乎想說什麼，但忽然，他的左手無名指傳來異樣感。

他下意識地抬手看了眼。那裡明明空蕩蕩的，白清夙卻莫名感覺到一股收緊的力量勒著指根。

他搓了搓手指，那股異樣感非但沒有減輕，還變得更明顯了，心臟甚至隨著那收緊的力道，不時抽疼一下。

白清夙那深潭似的黑眸終於掀起一陣微瀾。某種古怪卻強烈的直覺在他腦中閃過。

梁舒任抓著他的手用力地晃了他一下，嗓音裡有著罕見的惱怒和緊張。「你不要沉默以對，說話！」

白清夙終於開口。

「放心吧。」

他掙開梁檢察官的抓握，頭也不回地出了門，離開了地檢署。

車子駛過了沉沉的夜色，白清夙直奔回家，一下車就發現家裡的大鐵門不知道為何是半敞著的。

門裡頭，倒在不遠處的身軀立刻映入眼簾。

白清夙立刻推門而入，大步過去將人翻過來，就見陸子涼雙眼緊閉，呼吸有些急促，雙頰泛紅，似乎非常難受。

白清夙飛快地檢查了下，沒有明顯外傷，但是觸及的肌膚非常滾燙。

陸子涼在發高燒。

白清夙拍拍他的臉。「小涼？」

陸子涼似乎燒暈了，除卻控制不住地咳嗽，沒有其他反應。

他早上溺水傷了呼吸道，如今又發起高燒，很可能是演變成了肺炎，白清夙脫下自己的大衣裹住他，精壯的臂膀一施力，居然直接將足有一米八四的陸子涼給橫抱而起！

剛要轉步往外走，就聽懷裡的陸子涼發出小動物似的嗚咽：「好冷……」

白清夙低聲道：「你情況不對，我載你去醫院。」

醫院……

醫院！

陸子涼瞬間醒過來。

什麼醫院？不能去醫院！他這紙紮的身體禁不起細查啊！

可他話還沒出口，白清夙就已經邁步前進，陸子涼暈暈呼呼地睜開眼睛，還沒意識到自己如今究竟是怎麼被移動的，那可怕的大鐵門就落入了視野。

陸子涼瞬間記憶回籠，想起門外那張恐怖至極的血臉，頓時劇烈掙扎起來。「不、不行，不要開門！外面、外面有——」

——有鬼！

白清夙的雙臂如鐵鉗一般，牢牢鉗著他。「別亂動。」

陸子涼情緒不穩，一激動起來卡了氣，咳個不停，好不容易緩過來，才發現白清夙早已停下了腳步，就停在離鐵門約三公尺的地方。

白清夙輕聲問他：「門外有什麼？」

陸子涼急喘著氣，他正發著燒，又受了驚嚇，正是精神脆弱的時刻，眼裡的驚恐完全遮掩不住，恍神了好半晌都說不出話。

白清夙道：「你看見什麼了，小涼？」

陸子涼回過神，驚恐地想說外面有鬼啊千萬別開門，但話頭剛滾上喉嚨，他就驀然頓住。

他想起那隻鬼嘶啞怨恨的宣告。

——我要他償命。

要誰償命？

陸子涼忽然一陣寒顫。

那鬼容貌全毀，肯定是被人殘忍殺害的，除了凶手，還能是要找誰償命？

陸子涼的頸後登時有冷汗滑落。

他忽然意識到自己竟是被白清夙橫抱著的。

他被白清夙控制在懷裡，身體緊貼，他有什麼動靜，白清夙立刻就能察覺到。

白清夙輕淺的呼吸聲就彷彿響在耳畔，細微的氣息拂在他臉頰上，帶來輕微且有節奏感的麻癢，彷彿某種漫不經心的試探。

「小涼。」

陸子涼下意識地應聲，聲線發顫：「嗯？」

「為什麼忽然不說話？究竟，是什麼把你嚇成這樣？」

陸子涼渾身都僵硬得說不出話。巨大的心跳聲在耳膜鼓動，一下一下，彷彿催命的節奏。

正在此時，門廊上的燈不知怎麼的，突然啪的一聲熄了！

令人窒息的黑暗籠罩下來——

宛如殺人魔無聲布下的天羅地網。

陸子涼瞬間就炸了毛似的劇烈掙扎起來！

他不知從哪爆發出來的力量，用力推開白清夙的胸膛，如離水的魚般激烈彈動，一下子就掙脫白清夙的桎梏，摔在地上！

他得逃命。

他必須得逃走，逃離這間屋子，離白清夙越遠越好，否則他一定也會淪落到和那隻鬼一樣的下場！

可那爆發出來的力量也就只有那一瞬間而已。一股延遲的脫力感登時席捲全身，陸子涼摔在地上後根本爬不起來，手腳發軟，渾身的肌肉都爆出恐怖的痠疼。

他實在燒得很厲害。

陸子涼不甘於束手就擒，他急急喘息，抬起頭，死死盯著敞開的門，吃力地往前爬行一步……

旋即，他的腰就被人從後面用力圈住，整個人被一股巨力撈了起來——

再次撈回到白清夙的懷裡！

陸子涼簡直天旋地轉。

他悶哼一聲，暈得失去了一秒的意識，再醒過神時，赫然發現白清夙坐在地板上，而自己面對面地跨坐在白清夙的大腿上，下巴擱在白清夙的肩頭，被白清夙整個抱在了懷裡。

白清夙的手掌從他的後腦杓一路捋到後頸，在他脆弱的後頸處反覆揉捏，一下一下，力度不輕不重，像是在哄著因為鬧脾氣而想要從眷養的圍欄裡逃出去的羔羊，又像是在漫不經心地琢磨著，要不要直接折斷他的頸子，好讓他更加聽話。

陸子涼被捏得起了成片的雞皮疙瘩。

致命的部位被完全掌控，他害怕極了，喉嚨裡控制不住的發出一點嗚咽。即將被人殺害的巨大恐懼，忽然就從他虛無一片的記憶裡激發出來，噩夢重演般的席捲了全身！

在那間老舊浴室裡甦醒時，陸子涼曾經想過，如果哪天他再不幸落到哪一個殺人魔手裡，他絕對不會再讓自己輕易送命。

然而真到了這一刻，他根本完全動彈不得。

巨大的心理創傷就猶如驟然塌陷的地面，一瞬間就能讓他失去平衡，落入無窮無盡的深淵。

陸子涼牙齒輕顫，微微哽咽道：「不要……」

不要殺我。

「沒事了。燈已經亮了。」白清夙卻抱緊了他，捏著他後頸的手往下滑，順著他的背脊一下一下地撫摸。嗓音淡淡道：「原來你這麼怕黑。」

陸子涼睫毛顫動，失神的眼眸裡，慢慢地流露出茫然。

白清夙耐心解釋：「門廊上的是感應燈，我們剛才一直沒動，它才會突然熄掉的。別怕了。沒什麼可怕的。」

「……」

陸子涼怔住。

白清夙在說什麼？

陸子涼緩緩眨了眨眼，理智終於從洪流般的恐懼中回籠，慢慢意識到白清夙似乎是以為他被驟然黑掉的環境嚇壞了，這才出手安撫他。溫暖的體溫從白清夙的懷抱裡傳到他身上，猶如一股意想不到的暖流，滲入陸子涼的體內。

隨著白清夙在他背脊上一下一下地安撫，暖流逐漸順著他渾身的毛細血管擴散，將他被瞬間撕開的心理創傷和恐懼感，一點一點地撫平了。

陸子涼緩緩垂下濕潤的睫毛，怔愣幾許，最終閉上眼睛。

他忽然就覺得自己很愚蠢。

他在想什麼？

他剛剛在逃什麼？

就算白清夙真的要殺他，他有什麼好逃的？

紅線已經把他們兩個拴在一起了。

一切都是他自己的選擇。

陸子涼深呼吸幾次，迅速地調整好心態。他僵硬地抬了抬手，內心掙扎幾許，終於還是抱住了白清夙的背。

白清夙殺過人的嫌疑很大。

究竟是先被白清夙殺死，還是先從白清夙那裡得到足夠的愛，就看他自己了。

白清夙感覺到自己被抱住時，頓了一下，問：「冷靜下來了？」

陸子涼含糊地嗯了聲，難受地咳嗽幾下，才道：「其實……門外沒什麼。我就是做了個噩夢。剛剛醒來的時候，以為自己還沒醒……抱歉，還讓你大冬天的坐地板上哄我，唉，我又不是小孩子……」

「生病本來就容易讓人精神脆弱，沒什麼好羞恥的。」白清夙平靜道：「所以現在出門也沒關係了？」

「出門去幹嘛？」

「醫院。」

陸子涼總算是想起這件事，猛地直起上身，看著他的臉強調道：「不去，不用去，真的不用！剛剛暈倒只是因為，因為那個……」靈機一動。「因為太餓！」

白清夙道：「你沒吃東西？我不是給你煮了粥？」

「粥？哈哈。」陸子涼拍拍他的肩。「你自己去廚房看看你到底煮出了什麼！你平常肯定都不下廚的吧？還有那個櫥櫃裡的罐頭，那居然過期了十年！十年耶！太離譜了吧，你家裡看似儲糧足夠，其實沒什麼能吃的啊。」

白清夙聽他一下子講這麼多話，道：「你想讓自己看起來精神不錯，但我覺得你在強撐。」

陸子涼心跳了下，邊咳邊笑道：「只是發燒而已，這種程度對我來說根本不算什麼，你家裡有退燒藥嗎？我吃兩顆再睡一覺就沒事了。就是……我現在還沒什麼力氣，要麻煩你扶我回房間了。」

白清夙面無表情地拉起他的手臂，圈在自己頸上。

陸子涼愣了下，還沒反應過來，就被托住屁股摟住腰，整個人被抱了起來！

他嚇死。「喂！等等等等——」

也許是因為果農這個職業？白清夙的力氣大得驚人。陸子涼簡直不敢相信自己在成年之後還會被人用這種姿勢抱著走。

他驚悚極了，將白清夙摟得死緊，彷彿一隻因貪玩故意爬上高處結果卻下不去的貓似的，渾身炸毛緊繃。「放、放我下來！」

「不是沒力氣？」

「有了，有力氣了！」

剛說完，陸子涼就感覺到屁股被打了一下。

白清夙淡聲道：「乖一點。」

陸子涼震驚，本來因發燒而微微泛紅的臉頰，徹底紅透了。他總算是乖順下來，把臉埋進白清夙的脖頸裡，等待這份羞恥的熱紅退散。

忽然，他聞到白清夙脖頸間的淡淡香氣。

有點像茉莉的味道。

他又嗅了嗅，確實是茉莉味沐浴乳香氣。可白清夙明明出門前才剛洗過澡，怎麼出去一趟，身上帶的草木氣味就換掉了？

他在外面洗過澡？

可大冬天的，也不容易出汗，需要這麼頻繁的洗澡嗎？

難道……他是出去殺人？

陸子涼心頭剛剛一悚，就感覺整個人突然向後仰倒！

他嚇了一跳，以為自己要掉下去了，趕忙摟緊白清夙，就聽白清夙道：「放手。」

他這才發現自己已經躺在了柔軟的床墊上，忙放開白清夙。「啊，抱歉。謝謝你了。」

白清夙道：「把被子蓋好，我去找藥。」便離開客房。

陸子涼暗自鬆了口氣。他將白清夙裹在他身上的大衣扒下來看，沒發現什麼可疑的血跡，卻依然越想越毛。門外那隻鬼被砸爛的臉在腦中揮之不去。他乾脆把大衣掛到起居室那邊，等一下讓白清夙趕緊帶走。

經過這一番折騰，陸子涼是徹底沒有力氣了，用棉被把自己裹得像個繭，側躺下來。

「不能睡，還不能睡啊陸子涼……」他低喃著：「快想想，動動腦子，今天一定要取到白清夙的那截紅線……十一點的時候……」

可他腦子燒得迷迷糊糊，意志力終究抵不過身心的雙重疲憊，不知何時就昏睡過去，直到白清夙把他搖醒。

「起來。」

陸子涼覺得自己好像睡了一小段時間，難受地睜開眼。「你去好久……」

「家裡的藥過期了，我出去買的。」白清夙見他呢喃著又閉上了眼睛，輕輕地拍他的臉。

「啊？你說過期？哈哈……」陸子涼腦子不清楚時笑點就低，他笑著爬起來要拿藥來吞，遞到他手裡的卻是一根湯匙。

和一碗香噴噴的皮蛋瘦肉粥。

白清夙說：「這藥傷胃，先吃東西。」

陸子涼為難地看著那碗粥。之前要點外賣的時候本來很想吃這個的，但現在他高燒太久，胃口盡失，實在吃不下東西。「我頭好痛，吃不了……我想直接吃藥……」

白清夙漆黑的眼睛靜靜地注視他。

「……好香。」陸子涼趕緊接過紙碗，乖乖吃粥。

粥的味道很不錯，他吃了幾口下去，忽然就感覺到飢腸轆轆，開始能享受皮蛋瘦肉粥的滋味，身體也恢復了點體力。他分一點精神給坐在一旁滑手機的白清夙。「這家很好吃。你怎麼這麼會挑，我就喜歡皮蛋瘦肉粥。」

白清夙道：「我知道。」

陸子涼驚奇道：「你知道？你怎麼知道？」

白清夙沒有回答，甚至也沒有抬眼看他，只輕道：「快點恢復健康吧，小涼。」

陸子涼怔了下。小涼這個暱稱讓他心裡忽然浮起一股奇怪的熟悉感。可他還沒想出個所以然來，正吃著的粥就被殘忍拿走了。

「給你墊墊胃，吃半碗就差不多了。藥在這裡。」

「啊啊我還想吃，再讓我吃一口——」

「你要睡了，明天再吃。」

白清夙給他買了退燒藥和止咳藥，陸子涼自己拆了封，不動聲色地確定藥品沒有被掉包成別的什麼，才乖乖服了藥。

「睡吧。」

白清夙準備起身離開，陸子涼忽然抓住他的手。「等等！」

白清夙看向他。

「那個，我……」陸子涼深吸一口氣，嘴巴張了又閉，閉了又張，似乎難以啟齒。

白清夙卻對他異常有耐心。他既然能在大冷天的坐在地上哄好陸子涼，自然有耐心等他將所有想說的話都說出來。

白清夙站在原地任陸子涼拉著，等他開口。

陸子涼猶豫片刻，終於咬咬牙，將他荒謬的請求說出口：「你、你能不能陪我一晚？我想要……不是，呃，我不敢自己一個人睡。」

白清夙靜默一秒，眸色更深。「怕黑的話，不要關燈就好了。」

陸子涼忍不住心想：我當時怕的不是黑，我怕的是你。

但他當然不能把這個說出口，便扯謊道：「我不是做了噩夢嘛，到現在都還沒緩過來，你家又有點……歷史感，哈哈，我有點害怕。」

白清夙忽道：「你到底為什麼會暈倒在門口附近？你的裝扮不像是要出門的樣子。」

「我是要去拍地址，不然沒辦法點外送。可能當時太餓，然後又吹了冷風……」陸子涼突然就想起自己暈倒前，那股彷彿浸透渾身血液的陰冷之氣。

那陣風有點詭異。

如今再細想，他醒來時大鐵門好像是開著的，是白清夙進門太急沒有順手帶上嗎？

那麼那隻被他擋在外面的鬼呢？

是離開了嗎？

還是……已經趁機進門了？

白清夙見他不知怎麼的，忽然又臉色發白，問他：「哪裡不舒服？」

陸子涼沒吭聲，白清夙拿起耳溫槍往他耳朵裡塞，嗶的一聲，三十八點九度。

「快休息吧。」白清夙將他按躺下去，便轉過身，拿著半碗的粥和自己的大衣準備離開。

陸子涼回過神來，忙按住床墊撐起身子，不死心地追問道：「那個，不然我去你房間和你擠一晚？」

白清夙無情地關門走了。

房間裡頓時只剩下陸子涼一個人。

陸子涼嘆了口氣，揉了揉陣陣發暈的腦袋。沒有達到目的讓他有些懊惱，可因為白清夙而一直暗暗緊繃著的神經，也忽然放鬆了些。

和殺人魔獨處真不是件簡單的事。

現在是差不多十點半，再過半個小時就可以取紅線了，沒能把白清夙留下來，他就得想辦法在白清夙睡著後潛入他的房間。

可這四合院這麼大，房間眾多，剛才他連找個廚房都會迷路，白清夙會住在哪間？而且房間是個非常私人的地方，難保不會像電影裡演的那樣，放點什麼殺人魔作案後特意保留的「紀念品」，若是他潛入時不幸被白清夙發現了，還看到不該看的東西，十有八九會被直接滅口。

陸子涼煩悶地嘖了聲：「不行，這樣難度太大了，我想想……」
想著想著，壓在心底的那股不安和焦慮再次浮了出來。
也許是生病的原因，也或許是泡過水的紙紮人偶耗損加劇，他可以清楚感覺到自己的生命就像被救上岸時從身上淌下來的水一般，一點一滴地流逝。
分明是珍貴的東西，卻總是輕易又廉價地從他身上流失，就好像他從來都不配活著，生活中的每一件小事，都能突然變臉似的取他性命。
陸子涼極度厭惡這種感覺。
他斜靠在床邊，輕皺著眉毛沉思著，雕刻似的英俊臉龐上泛著抹高燒的紅暈，眼睫微微垂落，嘴唇無意識地輕咬，看起來就像個精美卻脆弱的人偶，分明快要被深重的壓力給碾碎了，卻還倔強地不肯認輸。
——讓人更想把他剖開來，看看裡頭究竟藏著些什麼美好的東西。
這是白清夙再次推門而入時，心中浮起的第一個念頭。
他注視著陸子涼，漆黑的眸底有一瞬間翻滾起可怕的欲望。
可也就短短不到一秒，就被他重新壓抑回去。
房門開啟的動靜讓陸子涼警惕地抬頭。
他看著去而復返的白清夙，詫異的眼神裡還有掩飾不住的慌亂。「你……」視線下移，盯在對方手裡拿著的小夜燈上。

那是個樣式古舊的夜燈，彎曲的金屬桿上鑲著霧面的彩色玻璃燈罩，上頭還有一點點擦拭過的濕痕，顯然是白清夙不知道從家裡哪處翻出來的落灰舊物。

白清夙把夜燈擺到床頭櫃上，插上了電。「為什麼又坐起來了？表情這麼嚴肅，究竟在煩惱什麼。」

陸子涼沒回答。他錯愕地看著白清夙把夜燈擺在他旁邊，並拉了下燈罩裡垂下來的那條金屬細鏈子。

噠。

昏黃的燈泡亮了。

玻璃燈罩裡透出的朦朧光芒，霎時五顏六色地包圍了牆面。

猶如一個很淡，卻又很溫柔的懷抱。

陸子涼忽然就有些說不出話。

因為見到他被驟然襲來的黑暗驚嚇，白清夙就為他翻箱倒櫃，找來了燈。

在陸子涼的記憶中，還從來沒有人在得知他害怕什麼之後，立刻為他做出能保護他的改變。

他望著那盞古舊而優美的夜燈，望著那柔柔散發的光芒，生平首次，希望自己是真的怕黑的。

「躺好。」

白清夙說著，從櫃子裡拿出一床新的棉被放到床上。

陸子涼本就錯愕的眼睛睜得更大了。

——白清夙真的要留下來陪他。

就因為他那句順口編出來的，做噩夢的謊話。

陸子涼一向涼薄的心，忽然酸脹起來。

為什麼對他這麼好？這種好究竟是真心的，還是別有目的的手段？

這個人到底是不是殺人魔？

身邊的床稍稍下陷，白清夙上了床，拉起被子準備躺下。「開著大燈我睡不著，就開夜燈睡。」

陸子涼回過神，忽然就橫撲過去。「等等！」

白清夙回頭，面無表情地看著他趴在自己要躺下的位子上。

「我、我想要睡這一邊。」陸子涼仰起頭看他，道：「我們交換位置？」

白清夙靜默。

陸子涼彎起唇，清亮的眸子裡含著說不出的笑意，輕輕地告訴他：「我在發燒，我睡過的被窩……很溫暖哦。交換的話你不虧的。」

「……」

窸窸窣窣的動靜後，陸子涼如願以償地交換了位置，睡到了白清夙的左手邊。

這樣一來，要偷偷去拉白清夙左手無名指上的紅線就更容易了。陸子涼心中的重擔彷彿卸下了大半，趕緊關了大燈躺進被窩裡，期許白清夙快點睡著。

房間暗下後，陳舊的房梁上就映照出夜燈五顏六色的朦朧光斑，顏色柔美溫和，彷彿浸在薄霧夜色中的燈火，讓人不知不覺地就放鬆了神經。

陸子涼輕輕瞥眼，看向那盞跟他一起換到這一側來的夜燈，目光描摹著彩色玻璃燈罩上的圖樣，越看，越覺得心頭陣陣酥麻。

等一切結束之後，哪天他想起了白清夙，第一個躍入腦海的，大概就是這盞燈吧。

高燒仍然在無聲地折磨著陸子涼，他燒得頭昏腦脹，骨頭縫都陣陣發酸，為了不讓自己昏睡過去，他努力撐著眼皮，把夜燈映照在天花板上所有顏色都數了個遍，又把所有的不規則圖樣都數了數有幾個角，好不容易捱到白清夙呼吸平穩，就趕緊看一眼手機。

已經快十二點了。

陸子涼無聲深吸一口氣，做足心理準備，就潛水似的向下滑進棉被裡。

白清夙睡覺的模樣很安分，身體平躺著，雙手也平放在身體兩側。

陸子涼小心翼翼地揭開白清夙的棉被，藉著縫隙露進來的微光，很快就看準了他無名指的位置。

心臟因緊張而劇烈搏動，上賽場都沒這麼刺激，陸子涼屏氣凝神，緩緩伸出手，要去捏白清夙無名指上的那圈紅線。被子裡昏暗，紅線又細，他因為發燒而輕輕顫抖的指尖一時瞄不準——

意外碰到了白清夙的肌膚！

白清夙的手指微微蜷縮了下。

「——！」陸子涼霎時僵住。

時間彷彿無限拉長。

一分一秒地過去，那手指再沒有其他動靜。

白清夙似乎沒有醒來。

陸子涼無聲鬆了口氣，謹慎地避開白清夙的肌膚，瞇了瞇眼，再次輕手輕腳地嘗試去捏那圈紅線——

總算是捏住了線繩。

他更加專注，指尖輕輕使勁，往外一揪，一截半透明、熒熒發光的紅色細線就從紅線戒指裡被拉了出來！

成功了！

陸子涼眼睛一亮。

半透明的紅線在徹底脫離白清夙的紅線戒指後，就猶如一縷輕飄飄的煙，尾端飄向陸子涼無名指的紅線戒指，一下子就被吸了進去，消失無蹤。

這就算取到紅線了。

陸子涼徹底鬆了一口氣。

看來月老給的東西確實是能用的，明天再去一趟那小破廟，他得親眼看看那個天秤法器要怎麼秤這截輕得像煙一樣的紅線。

完成了一件大事，陸子涼那沉重無比的眼皮終於放心地落下，他緊繃的肌肉驟然放鬆，腦袋一歪，直接在被子裡昏睡過去。

他沒有看見，眼前那隻一直靜止不動的手，忽然動了。

修長的手靠了過來，指背輕輕地碰在他滾燙的額頭上。

接著，厚重的被子被掀開來，白清夙半撐起身體，垂眸望著裡頭那個不知為何鑽進他被窩裡的人。

「小涼？」白清夙輕喚。

陸子涼發出微弱的應聲，但並沒有被喚醒。

白清夙摸上他柔軟的髮頂，感覺到他在輕輕顫抖，似乎很冷。發燒的人確實會畏寒，可古怪的是，白清夙也開始從他身上感覺到一股陰冷的氣息，猶如冬季暴雨時明石潭上颳起的陰風，又濕又寒。

白清夙漆黑的眸子微沉。

他把棉被蓋回去，讓陸子涼繼續窩在裡頭，又將暖氣調高兩度，下床披衣。

看來小涼不是做噩夢，而是和帶有惡意的鬼衝撞了。

白清夙走出客房，從大客廳拿了把強光手電筒和鑰匙，從側門進入果園。

夜色已深，黑漆漆的果園裡冷風陣陣。

白清夙拿著手電筒走了一小段路，一座磚砌倉庫就映入眼簾。他用鑰匙喀啦幾聲開了鎖，踏進這個他許久未入的地方。

陳舊的空氣中飄著淡淡的線香氣味，光束掃過，濃黑的影子光怪陸離，隱約能看見舊櫃子上疊著幾綑積灰的金紙，陰暗的角落裡還有好幾個高大的紙紮人偶，它們沉默地佇立著，死白的臉上帶著詭異笑容，看起來無比驚悚。

然而白清夙絲毫不在意，他目不斜視，快步來到靠門的一個高櫃子前，拉開抽屜翻了翻，從中取出幾張黃色符紙。

符紙上已用朱砂畫了龍飛鳳舞的字咒。

白清夙檢查了下，就拿著符紙，鎖上倉庫離開了。他沒有發現，角落裡的紙紮人偶已經少了一具。

回到主屋，白清夙拿個銅盆把符紙燒了，將黑色殘屑和了水，又拿上新毛巾和剪刀，回到了陸子涼所在的客房。

客房內溫暖得像另一個季節。

白清夙脫掉外套，也沒有開大燈，在夜燈朦朧的光芒裡，把陸子涼從厚冬被裡頭挖出來。

昏睡的陸子涼很不情願地輕輕掙扎，他很冷，而且似乎在忍受某種痛楚，不只眉毛皺著，唇瓣都咬出了血。

白清夙見狀便伸出手，用指腹揉過陸子涼柔軟的唇瓣，將血給擦起來，浸入裝水的銅盆裡，攪了攪。接著，他將過長的毛巾剪半，浸了銅盆裡的水，替陸子涼擦起臉來。

濕涼的觸感讓陸子涼忍不住躲避，卻被捏住雙頰，仔仔細細地擦了。

擦完臉，白清夙又撩起陸子涼的棉衣，擦拭他的身體。

冰涼的毛巾從胸口擦向腹部，如雕刻般優美精實的肌肉線條在白清夙眼皮子底下暴露無遺，他擦著擦著，原本心無旁騖的眼神，開始變質。

手上的動作慢了下來，他喉頭上下滾動，覺得隔著毛巾的距離感反倒更加強烈地勾起了他想直接用手觸摸的欲望。他漆黑的眸子緊盯陸子涼胸膛，它起伏得有些快，裡頭的肺正在費力地呼吸，心臟也因為高燒的緣故，快速地搏動著。

每一寸的起伏都美妙而誘人。

好想剖開來親眼看看。

想親手觸碰小涼鮮活濕潤的臟器……

老舊的夜燈希微地亮著。

滿室光怪陸離的斑影中，白清夙手裡的濕毛巾，不知何時已經換成了鋒利的剪刀。

幽潭似的黑眸裡掀起了按耐許久的詭異狂熱。

陸子涼的身軀太美了。

白清夙帶著薄繭的手細細撫過陸子涼性感的鎖骨、泛著瘀傷的精實胸膛，一路順著優美起伏的胸肌摸到腹肌，復又細細地摸回到胸膛，像是在對自己最心愛的獵物進行最後的愛撫。

接著，他的手驀然停了停。

「摸起來還是不太對。」

白清夙輕輕地說。

就如早上在果園裡得出的結論一樣，陸子涼摸起來有種說不出的異樣。

分明是柔軟的肌膚，卻似乎少了點什麼。

究竟是少了什麼？

白清夙面色沉肅，眼神瘋狂，手裡的剪刀嘎吱嘎吱地開闔，似乎就要按奈不住衝上腦門的病態衝動。

他實在是太好奇了。

多年不見，他的小涼怎麼摸起來不一樣了？

小涼到底怎麼了？

實在有必要親眼確認一番。

鋒利的剪刀唰地閉起，白清夙握刀似的握住手柄，另一手按住那美麗的胸膛，他的呼吸因為興奮而變粗，緩緩地舉起剪刀，即將扎下去——

「嗚……咳咳……」

白清夙霎時頓住！

陸子涼脫離被窩太久，冷得輕輕咳嗽起來。他本能地尋找熱源，迷迷糊糊地抓住按在自己胸膛上的那隻手，柔韌的身子蜷縮起來，將那隻手臂整個抱住，額頭還像小動物似的輕蹭手臂，發著抖向白清夙取暖。

舉著鋒利剪刀的白清夙沉默片刻。

喀。

剪刀被放到了一邊。

他縱容地讓陸子涼抱著他的手臂，直接將殺意拋到了腦後，上了床，拉過厚被子，將陸子涼整個人裹住，裹進了自己懷裡。

「你確實還沒有準備好。」

白清夙淡淡道，輕輕拍哄著懷中人的背。

「快點恢復健康吧，小涼。你已經長大了。」

半夢半醒間，陸子涼感覺到自己被攬入一個溫暖的懷抱。

這個懷抱寬厚而堅實，帶著淡淡的香氣，讓人很有安全感……

一直纏在四肢百骸上的那股陰冷之氣也不知為何消失得無影無蹤，陸子涼緊繃的神經終於放鬆下來，陷入了更深的夢境裡。

在夢裡，他聽見有人在哭。

是一個男人無助的哭聲。

陸子涼循聲轉頭，看見湖水黑得異常的明石潭，和一個從水裡爬出來的身影。

「別殺我……我不想死……冷……別殺我……」

水中的男人嘴裡反覆唸叨著這幾句，使勁地往岸上爬，可僵冷的身體讓他無法攀緊湖岸，只能徒勞地在岸邊掙扎，彷彿身陷泥潭。男人用力蹬腿想脫離困境，可突然間，他似乎發現了什麼，語氣陡然驚慌起來！

「腿……我的腿呢？嗚嗚我的左腿不見了！我的腿……掉到哪裡去了……」

陸子涼簡直聽得頭皮發麻。

這番景象顯然非常不對勁，貿然靠近那水鬼恐怕會被拖進水裡去，可他就是很難忍受有人在水裡絕望受困。

那會讓他想到自己。

陸子涼快步上前抓住那男人的雙臂，想拉他上岸，陡然間，男人抬起了頭。

那是張還算清俊的臉。

但下一秒，清晰的五官就彷彿被什麼重物狠狠砸過一般，突然深凹下去，臉骨發出劈啪裂響，血肉噴濺！

陸子涼被嚇了一大跳，本能地鬆手，男人卻已經狠力抓住他！

「是你。」

男人嘶啞道，無助而驚慌的嗓音突然變得無比怨毒，手上陡然施力，果然想將他一同拽下深潭！

可下一秒，男人就彷彿碰到了滾燙的岩漿般，驟然鬆開陸子涼，發出淒厲的慘叫！

陸子涼摔倒在地。

他抬頭，看見男人死白腫脹的掌心一片焦黑，短短數秒間就開始潰爛，不禁愕然地看了看自己。「搞什麼？我對鬼有毒嗎？」

錯愕之際，男人再次不死心地挺起上身，伸長手臂拽住陸子涼的褲腳！

「你也是……你也是！我要他償命！要他償命——」

叫喊聲淒厲得彷彿要刺破耳膜！

陸子涼驚得雙腿猛踹，想將那隻死白的手甩開，但那手指卻如鐵鉗一般，死死抓著他的褲腳不放。

陸子涼厲聲道：「放手！」

男人爛成一團的嘴開開合合，衝他嘶聲吼道：「幫我！你也是，你得幫我！那個凶手……」

陸子涼怔了下，瞳孔一縮。「凶手？」心臟劇烈搏動起來。「凶手……是誰？凶手是誰？是誰殺了你！」

「就是——」

「啊啊啊啊啊啊啊啊啊——」

一陣尖利恐怖的叫聲打碎了夢境。

陸子涼猛地嚇醒過來！

他茫然四顧。

夜燈已經關了，微弱的冬日陽光從半拉的窗簾透進來。

此時已是清晨。

陸子涼輕喘幾許，難受地咳了幾聲，好半晌都沒緩過神，腦海裡還迴盪著那聲恐怖的尖叫，不確定那聲尖叫究竟是夢裡的，還是在現實裡。

「啊啊啊……」

耳邊又聽見一聲微弱的尖叫。

——是現實裡的。

陸子涼立刻看向身邊。

空的。白清夙已經不在了。

他伸手去摸，被窩裡還留有一絲暖意，應該剛起不久。

白清夙去哪了？

到底是誰在尖叫？那尖叫……是白清夙搞出來的嗎？

……白清夙在幹什麼？

陸子涼一陣毛骨悚然。

他想到夢中那男人的淒慘死狀，踉蹌著下床衝出客房，聽見廚房那邊再次傳來動靜，他拔腿就往那邊衝——

直到即將跨進廚房時，陸子涼突然硬生生止住了腳步！

不。

不對。

陸子涼僵在原地。

不對，如果白清夙真的在殺人，他就更不應該這樣冒冒失失地闖進去。若是看到了不該看的，他絕對會被滅口，更重要的是——

即便白清夙真的在殺人，他又能怎麼樣？

阻止？

按照昨夜白清夙一把將他抱起的力氣，他未必阻止得了白清夙，阻止不成還引火燒身，這是最愚蠢的做法。何況這裡是白清夙的家，是白清夙的地盤，周圍更是綿延了半座山頭的果園，如果白清夙真的因為他的目擊而對他動手，他必定死得無人察覺。

報警呢？

那更不行。

如果白清夙被關進牢裡，他還怎麼攻略白清夙，從他身上獲取足夠的愛？如今這紙紮人偶的身體因為泡水而提早耗損，他再不抓緊時間把握機會，死期也不遠了。

他無論選哪個都會死。

要想活下去，唯一的辦法，就是成為白清夙的幫凶。

既不能激起白清夙的殺意，也不能讓白清夙被警方逮到。

——他必須放任白清夙殺人。

陸子涼渾身發冷。

他忽然前所未有地清楚意識到，自己骨子裡確實住著一個自私且毫無底線的靈魂。也許總有一天，他會為了自身的利益，幹出更加喪盡天良的事情。

這時，廚房裡的動靜止住。

一陣腳步聲從裡頭緩緩走出來，在他面前站定。

無法忽視的濃重血腥氣灌入鼻腔。

陸子涼的視線不受控制地落下，盯住白清夙垂在身側的手。

白清夙戴著乳膠手套的修長手指裡，握著一把染血的刀。

第五章　勿近鬼神

無以名狀的恐怖在空氣中瀰漫。

陸子涼盯著那尖銳染血的刀尖，腦子裡一片空白。

凶器。

還沒看到現場，就先看見殺人凶器。

陸子涼滯澀的腦筋裡緩緩冒出一個念頭：他應該要逃跑。

他應該要率先出擊，在白清夙將刀子刺向他之前，先將其撂倒，然後趕緊逃。

……又或者，他應該要裝作若無其事，看見了也當沒看見，笑著和白清夙說早安。

對，他應該要對白清夙露出無害的微笑，然後說早安。

一條一條急迫的指令從大腦裡發出來，但事實上，陸子涼就只是僵在原地，盯著染血的刀尖，石化了似的無法動彈。

巨大的壓力擠壓著空間裡的氧氣。

白清夙淡淡的視線也落在陸子涼身上。從陸子涼柔軟蓬亂的頭髮、喘息起伏的胸膛、單薄的棉衣棉褲，一路掃視到那雙光裸的腳。他狹長的黑眸瞇了瞇。

「我和你說了，不要跑。」

白清夙輕柔而冰冷的開了口。

「你不聽。」

說著，就慢條斯理地脫了染血手套，強壯的臂膀驟然往陸子涼的腰一圈，居然直接單手將他抱起來！

陸子涼繃到極致的神經差點斷裂！他以為自己要被扛進去一起殺了，剛想掙扎，光裸的腳底就踩到了粗糙的平面。

白清夙把他放到一個竹編小凳子上。

陸子涼正要爆發的力氣登時卡在了半處，目露茫然。

「站好別動。」

白清夙丟下這句話，轉身出了廚房。

被留在凳子上的陸子涼呆站幾秒，猛地扭頭往廚房深處看去，多了竹編小凳子的高度，他的視線越過了冰箱，看見裡頭的景象——

沒有屍體。

陳舊的深紅色磚地板上散落著些許雞毛。

陸子涼頓了頓，目光往流理台上掃去，發現厚重的木頭砧板上，有一隻剛宰的雞。

雞。

「……哈。」陸子涼喉嚨裡突然洩出笑聲。「哈哈哈、咳咳，哈哈哈哈哈哈——」

是雞？原來是雞！

那恐怖的慘叫是雞的聲音！

陸子涼笑得劇烈咳嗽都停不下來。他覺得自己簡直是瘋了！他得是恐慌到什麼程度，才會連雞和人的叫聲都分不清楚？

他到底是怎麼想的，居然會篤信白清夙一大清早就在自己廚房裡殺人？

太他媽離譜了。

陸子涼笑到不行，又咳得彎下了腰，竹編小凳子不穩地晃動，眼看就要把站在上頭的人給晃下來，就被另一隻腳穩穩踩住。

白清夙把厚外套裹到陸子涼身上，又用圍巾一圈一圈地裹住他脆弱的脖子，淡聲道：「別任由它咳成這樣，忍住。」

「咳咳、咳咳咳忍不住哈哈哈哈哈——」

白清夙又將外套緊了緊，拉上拉鏈。「這麼高興？」

「嗯，我咳咳……我看到，有雞哈哈哈哈咳咳——」

「……」

白清夙忽然抬手摀住他的嘴。「冷靜下來。用鼻子呼吸。」

陸子涼咳得肺都劇痛了起來，超想笑又不能笑，只覺得無比委屈。他睫毛可憐地顫了顫，想掙扎，但一對上白清夙那雙黑漆漆的眸子，他的睫毛又垂下來，乖乖地按照指示閉嘴悶咳，不再胡亂地用力吸氣。

調整呼吸對運動員來說是家常便飯，陸子涼很快就穩住了呼吸，徒留幾聲壓不住的悶咳，白清夙見他調整好了，剛想鬆手，掌心就被一個溫熱的東西舔了下。

又濕又軟，滾燙的氣息呼上去，彷彿留下了無法忽視的烙印。

「……」白清夙沉默地望著他。

陸子涼此時站在竹編凳子上，比白清夙高了半顆頭，他眼裡含著未退的笑意，垂眸注視白清夙。他輕輕地將摀在嘴上的手拿下來，身子前傾，整個人搭在白清夙的雙肩上。

「我好像還沒和你說過，你的臉，完全長在我的審美上。」

陸子涼嗓音輕啞，分明是咳嗽造成的後遺症，聽起來卻異常性感。

白清夙喉結猛地滾動一下。

「如果你恰好不排斥男人……」陸子涼湊近，近到兩人呼吸交融，低語道：「要不，和我試試？」

白清夙默了一瞬。「你昨天說要報答我，今天變成想和我試試？」

「我昨天一見到你就想和你試試，但按照經驗，一開始就表現得太過熱情，通常得不到好結果。」陸子涼彎唇笑道：「不過一夜過去，我發現我也許可以更積極一點，是不是？」

白清夙沒說話。

這幾乎是默認的意思。陸子涼心跳加快，說不出是因為即將達到目的而激動，還是因為真的要拉近距離了而突感恐懼，總歸，他是緊張的。

他稍稍低下頭掩飾自己的眼睛，下巴靠上白清夙的肩膀，道：「我對你有好感不假，想報答你的救命之恩，也是真的。我昨天提過的條件也依然作數。我可以留下來幫你，願意答應你任何事，而對於我的這份情感，你可以在我們相處之後再決定要不要接受。你就讓我留下來住一個月，嗯？不會虧的。」

白清夙沉默幾許，將他的頭扶起來，黑黝黝的眸子直視他。陸子涼長相英俊，隨意彎唇，笑容就如陽光般耀眼溫暖，讓人忍不住想要靠近他，汲取他身上的溫度，和那份引人渴切的溫柔。

可通過這次重逢，白清夙清楚地意識到，陸子涼實際上是個冷情的人。

所有曾經棄陸子涼而去的人，都會被他毫不留情地遺忘，即便他曾經展現過多麼驚人的熱情，一旦確定了那人不會為他停留，他立刻就會將之拋諸腦後，不允許對方繼續在自己的記憶裡占空間。

沒有一絲留情。

狠絕到讓人不禁懷疑，他當初的熱情，究竟是不是真實的。

白清夙很清楚自己不該再繼續接觸陸子涼。

可面對陸子涼那不知是真是假的笑容，白清夙竟沒辦法拒絕這個誘人的邀請。

他不得不承認，早在昨日果園裡，放走陸子涼的那一剎那，他陰暗病態的內心深處，就已經開始盤算要如何將陸子涼給捉回來。

這是他的小涼。

是他的。

白清夙蹲下身，拿出夾在腋下的厚襪子，一腳一隻的替陸子涼套上。

「你可以留下來。」白清夙終於開口：「直到你恢復健康。」

他的手臂環過陸子涼的臀部，輕鬆地把陸子涼給抱下竹編小凳子，似乎比起動口，他更習慣於直接移動人體。

直到雙腳踩上拖鞋，陸子涼才回過神來，眼睛一亮。「真的？真的願意留我住這裡？」

「早餐自己點外賣，吃完就吃藥。你還在低燒。」白清夙抽出新的乳膠手套戴上，重新拿著刀回到砧板，貌似不再管他。

「幹嘛點外賣？」陸子涼困惑地跟過去。「你不是要煮了嗎？」

「沒有。」

「那你一大早的殺雞幹嘛？」

「牠該殺了。」

陸子涼猛地住口。他看著白清夙熟稔地轉動刀尖，將那隻雞給剖割開來，又用鉗子剪斷骨頭，掏心挖肺，細緻的流程比起在宰雞，更像是在享受解剖。

陸子涼的喉嚨莫名發乾。

他狀若無意道：「那是你養的雞？」

白清夙點點頭。「好奇的話可以去看，就在後門外面，但是你先點早餐吧，不要一直分心。」

「我正在滑呢。」陸子涼點開外送軟體，漫不經心地滑著，腳下忍不住走到廚房後門往外看，果然看到不遠處有個簡單搭建的圍籬，不大，裡頭除了雞似乎還有鴨子。再往外走幾步就是廣大的果園。

陸子涼收回脖子，問：「那你想吃什麼？一起點。」

「我不用。」

「點少了不划算。」

「清湯麵加蛋。」

陸子涼手指頓了下。數秒後，才笑道：「哎，我也喜歡早餐吃這個，尤其是國高中的時候，特別有飽足感。」

白清夙問：「現在不喜歡了？」

「喜歡，還是喜歡啊。只是好一陣子沒這樣吃了。」陸子涼看著他的背影，輕輕道：「我們的口味意外地很合呢，不管是粥還是麵。至少在吃東西上，我們肯定會相處得很愉快。」

白清夙只是淡淡地嗯了聲。

陸子涼忽道：「什麼樣的雞是該殺的雞？」

白清夙整理臟器的手幾不可察地頓了下。

「成熟的雞。就像柿子，當果實變得成熟飽滿，富有健康的光澤，就必須採摘。」他稍稍側頭，望了陸子涼一眼。

「我喜歡熟得剛剛好的果實。」白清夙輕柔道：「特別誘人。」

那只是淡然的一眼，就像是普通人在回應對方時出於禮貌的對視，之後便收回了視線。但莫名的，陸子涼起了一層雞皮疙瘩。

成熟。

飽滿。

健康。

——快點恢復健康吧，小涼。

——你可以留下來，直到你恢復健康。

強烈的驚悚衝上陸子涼心口！

等他恢復健康之後，會發生什麼？

陸子涼忽然就無法克制地劇咳起來，咳得彎下了腰，喉嚨裡似乎都咳出了淡淡鐵鏽味，可他一回過神，就發現白清夙已經站到了他身邊，輕輕地攙著他。他又有些分不清血腥味到底是他喉嚨裡咳出來的，還是白清夙身上的氣息。

白清夙再次將竹編小凳子拽過來給他坐，遞給他溫開水，又輕撫他的背。

異常耐心地照顧讓陸子涼的視線控制不住地掃向砧板上的那隻雞。

一切都令人感到細思恐極。

清湯麵加蛋的外賣很快就送到了。

兩人拿到廚房旁的餐廳吃。

餐廳裡擺著一張古舊優美的檜木圓桌，搭配著造型優雅的紅檜扶手椅和古色古香的吊燈，獨特的氛圍與這四合院老宅渾然天成。

陸子涼很少在用餐的時候分心。自小到大，送進他嘴裡的每一口食物都令他萬分感激，但也許是剛才受了驚，還得壓著不能表現出來，他胃口不是很好，吸麵吸得漫不經心。

拜多年來在賽場上訓練出來的抗壓性所賜，陸子涼在短暫的失態後很快就穩住心態。

其實他得到的是一個好消息。

至少在徹底恢復健康之前，他應該是沒有性命之憂的。

而紙紮人偶的狀態只會越來越差，只要中間沒有出什麼意外，他在完成攻略任務前，應該不會真正激起白清夙的殺意。

應該。

陸子涼無聲地呼吸一次。從昨晚夢到的受害死者，到方才一大早殺雞的理由，他基本上已經無法排除白清夙是個殺人魔的可能性了。

從現在開始，他不能抱有任何僥倖。

這座山城裡能有幾個殺人不眨眼的傢伙？
白清夙很有可能就是殺害他的凶手。
可是這樣推斷下來，又有不少難以忽視的疑點。
例如他們在果園見到面時，白清夙發現前一天被他殺死的受害者活蹦亂跳地出現，為什麼一點也不意外？
為什麼不趕緊再次將他滅口，而是要飼養著他？難道對於獵物狀態的偏好當真這麼不能違逆，讓白清夙甘願承受案情被揭露的風險，也要把他養到成熟健康？
更怪異的是，白清夙怎麼會這麼了解他的口味？
簡直就像他們曾經認識似的。
陸子涼長眉緊蹙。
不對勁。
總覺得不對勁。
他一定漏掉了什麼。
「沒胃口？」旁邊傳來淡淡的問句。
陸子涼回過神，發現白清夙的碗已經幾乎見底，而自己才沒吃幾口。
「啊，沒有，我有點恍神了。」陸子涼笑笑，若無事地吸了口麵條，閒聊道：「我還是第一次看到有人在家裡擺這麼大的圓桌，這可以坐十個人吧，就我們兩個坐還真是奢侈，你們是個大家族？不過從昨天到現在好像都沒有遇過別人，這麼大的房子你一個人住？」

「嗯，這是祖上留下來的一處老宅，其他人都搬走了，我是因為工作才搬過來。」

「工作？」陸子涼愣了下，詫異道：「你不是果農嗎？」

「……」白清夙道：「那是我阿嬤的果園，我只是幫忙照看。這裡原本是她在住。」頓了頓，補充：「她就是你昨天一醒來就在找的神婆。」

陸子涼更震驚了。「這裡真的是神婆的家啊？」

原來月老沒有騙他！

白清夙道：「你找神婆做什麼？」

「啊？呃……」陸子涼一時卡殼。「就……好奇啊。聽說她是鎮上有名的神婆，我就想找她算命，算算我的姻緣到底什麼時候才會來。」他真假摻半，越說越順。「你不知道，我在這之前拜過好幾間月老廟，每一間都不賜紅線給我，我真的是走投無路了才想到要找神婆問問。不過嘛，現在也不用問了。」

他靈動的眸子輕瞥白清夙，露出陽光般的笑容。撩撥的意味濃厚。

白清夙卻沉默了。

他想起這次重逢後，陸子涼身上出現的種種異象。

包括陸子涼莫名其妙倒在他家果園裡、陸子涼肌膚的異樣觸感，還有途經明石潭時，將他拽入潭水的古怪力量。白清夙的拇指輕輕摩娑著無名指的指根。自從被拽進水裡救起陸子涼後，他就有種被什麼東西給套住的感覺。

可仔細去看手指，又看不出什麼。

白清夙自小長大的環境和他淡漠冰冷的性情，讓他鮮少會對鬼神之事感到畏懼或不祥，但這一次，他心底隱隱發緊，竟感到莫名不安。

他看向陸子涼，道：「你不要去接觸那些。」

陸子涼一口吃掉一顆蛋。「唔？」

「不要碰鬼神之事。」白清夙黑漆漆的眸子緊盯他。「你本來就會輕易地招致危險和災禍，一旦碰了鬼神之事，你就更容易遭遇危險。曾經有人告誡過你的不是嗎？即便你很清楚這世上有神明和鬼魂的存在，也不要去聽，不要去碰，不要去信，離那些越遠越好，永遠保持低調。」

白清夙的聲音越來越冰冷。

「否則，所有的惡意又會開始集中在你身上。你隨時都可能受傷或送命。」

陸子涼怔住了。

久遠的記憶似乎浮現了那麼點漣漪。

好像確實有誰曾經這樣告誡過他。所以他從來不去求神拜佛，不去接觸廟宇或任何鬼魂聚集之地，而童年時期那來自各方的殺意，也真的隨著他的躲避而減弱。

他平安地活下來，並長大了。

只是時間久了，他早已忘記這個讓他鑄成習慣的告誡。他只是潛意識裡知道自己不會受到庇佑，所以不去廟裡拜拜。

若不是朋友硬拉他去求紅線，他恐怕一輩子都不會想到要用這種方式解決失戀。

如今細想，他的確是在跑宮廟求紅線的過程中發生意外，才慘遭殺害的。

如果他不去拜月老，根本就不會死。

陸子涼看著白清夙的眼神出現變化。他終於問出口，嗓音乾啞道：「你怎麼會……你是誰？你知道多少？」

「那不重要。你要記住我的話，小涼。不要再忘了。」

白清夙收拾了碗筷，又拿過陸子涼的手機，輸入自己的號碼。

「吃飽了就先去吃藥吧。」白清夙道：「好好休息。有事打給我。」

◆

半山腰上的小破廟，就和四合院老宅在同一條山道上。

白清夙出門上班之後，陸子涼就緊接著出了門，順著路往山上走，準備找月老秤那條昨夜拉出來的紅線。

他心裡有點發懸。

經過早晨那番「勿近鬼神」的叮囑，如今去找月老，總覺得就像背著白清夙去偷情似的，若是被發現……

他腦中再次浮起白清夙殺雞的刀，還有那隻雞瀕死時似人的慘叫。

後背起了一層冷汗。

陸子涼加快腳步。他得速去速回。

不多時，熟悉的小破廟就映入眼簾，這間廟本來就香火不興，此時時間尚早，又是平日，廟裡一個香客都沒有。

陸子涼剛想直奔左偏殿，後面就有人叫住他。

「哦……是來……求紅線的嗎？」

蒼老沙啞的嗓音讓陸子涼一個激靈，回頭一看，赫然是那名老廟公！

老廟公似乎想露出和藹的笑容，但他一牽動臉部肌肉，所有皺紋就如深深的溝壑般皺起，看起來分外嚇人。老廟公招手。「來……你來……」

陸子涼瞬間就被勾起當初的可怕回憶，眼神悚然道：「不、不了。」

老廟公慈祥道：「要先去正殿……打招呼啊……拜完主神……再去偏殿……」

陸子涼頓了頓。當初老廟公和他說話時中氣十足，句子連貫，怎麼今日這般顫顫巍巍？所以當時喊他回去求紅線的，真的是附在老廟公身上的惡鬼？

陸子涼越想越恐怖。如果不是常來廟裡的熟客，根本察覺不出異樣啊！

他忍不住問：「爺爺，您還好嗎？身體怎麼樣？」

老廟公啊了一聲，笑道：「我很好……我很好……」抬起手指向正殿。「參拜……有順序……要先去……正殿……」

「我知道了，我這就去啊。謝謝！」陸子涼忙道，趕緊溜了。

雖然很失禮，但老廟公那張臉恐怕會成為他一輩子的陰影。

冬日陽光和煦，踏進正殿後，陸子涼才意識到自己好像從來沒有注意過這間廟的主神是誰，他好奇地抬起頭，神龕上那尊威嚴的神像就映入眼簾。

他又看了看上方刻劃的文字。

是城隍爺。

原來這是間城隍廟？

陸子涼微詫，他心裡下意識地就把這裡當作月老廟，真是太不好意思了。他雙手合十剛要彎身參拜，一隻手就突然憑空冒出來抓住他的手肘，攔住他的禮。

陸子涼嚇了一跳，一抬眼看見恐怖的青面獠牙面具，又狠狠驚了一下，好不容易才反應過來，是那個門神。

這一整個早晨實在過得心驚膽戰，他沒好氣道：「你幹嘛？」

門神輕輕道：「有冤要訴嗎？可以直接告訴我啊小心肝。」

「……」陸子涼掙開祂的手。「你在這種地方和我調情真的合適嗎？你的頂頭上司正看著我們。」

「那不是更刺激。」門神笑出聲。「況且怎麼就是調情了，小心肝是我對你的暱稱啊，無關情愛。」

「未免太不要臉了，請稱呼我陸先生。」

「恕我拒絕。我討厭這個稱呼。」門神的聲音隱隱冷了一瞬，但很快就掩飾過去。「你是來找月老的吧？走，去隔壁。」

陸子涼道：「好歹讓我參拜一下，不然你們的廟公又要攔著我暗示我不懂禮數了。」

「你不用拜。」

「哈，你說了可不算，我這樣來了又走，對城隍爺多沒禮貌。」

「反正祂不在，都是虛禮罷了，幹嘛這麼在意？才幾歲就這麼老古板啊。」說著就攬住陸子涼的肩，親親熱熱地帶他走。「你這麼快就過來找月老，是牽到紅線對象了對吧？是誰啊？什麼樣的男人？真的找了清純男大生？快和我講講，好奇死了！」

陸子涼忽然道：「你該不會就是城隍吧？」

門神一頓。

「莫名其妙攔著不讓我拜，還在殿裡囂張成這樣……你簡直像是在自己家。再說，就算廟裡真的有門神，總不可能這整間廟只有——」陸子涼微瞇了眼。「不對，月老當初說的是……」

——別看祂。轉回來。就當祂是我的門神。

「就當」祂是我的門神。

所以祂不是門神？

那祂真的是——

「停！停停停！」門神雙手扣住陸子涼的頭。「好了，你的小腦袋瓜不要再運轉了，不要把事情弄得這麼複雜，我就想輕輕鬆鬆地和你當好哥兒們行嗎？我到底是誰有那麼重要嗎？幹嘛非要追根究底。」

確實如此。

但陸子涼不知怎麼的，心中浮起一種莫名的恐慌。這種感覺讓他很不舒服，就好像隱約察覺到某種噩耗已然逼近，卻怎麼也找不到蹤跡。

門神再次一把攬住他，和他勾肩搭背地走向左偏殿，邊道：「哎，對了，我幫你運屍那件事可不要說漏嘴啊，月老就盼著你失敗，要是知道我偷偷幫了你，恐怕要氣炸——」

陸子涼忽然又問：「你為什麼一直戴著面具？」

門神又頓住了。

陸子涼感覺到祂搭著自己的臂膀隱約變得僵硬。

「那面具，是職位需要……」陸子涼覺得自己好像快要摸到真相。「還是……」

「是祂故意戴著的。」

一道清澈的嗓音響起。

身著紅色衣衫的月老跨過門檻，走出左偏殿，雌雄莫辨的年少臉龐在白天裡顯得更加稚嫩。但祂的語氣倒是很老成，而且不耐煩。「這到底有什麼值得問的？祂怕嚇到你所以總戴著面具見你，你以為所有神明都長得和我一樣好看？」

月老哼笑一聲。

「你如果見到祂的真面目，必定會夜夜噩夢，所以趕緊收起你那無謂的好奇心……」月老眸光微落，盯在陸子涼被搭住的肩背上，聲音陡轉冷厲。「你給我放手！」

陸子涼愣了下，旋即，他就感覺到搭在自己身上的胳膊乖乖地收了回去。

「……」太怪異了。

這間廟的主次究竟是怎樣排的？

月老警告意味濃重地注視「門神」幾秒，這才收回目光，轉而對陸子涼說話時，語氣倒是有明顯的差異。緩和很多。「滾進來。」

但陸子涼已被祂的氣場給震懾，趕緊乖乖地滾進去了。

角落裡用來接漏水的塑膠盆全都收走了，左偏殿裡乾淨澄明，供桌上擺著新鮮水果，線香在空氣中拉出裊裊細煙。

神龕上，白髮蒼蒼的月下老人神像慈和地微瞇著眼，像是在微笑。

陸子涼回望神像，不禁開口：「你當時是擔心嚇到我，才謊稱祂是門神嗎？」

耳旁傳來嗤笑。

「怎麼，覺得多此一舉？覺得自己的膽子大得不得了，不需要保護？」月老用看白痴的眼神看他。「你當時就是個剛經歷死亡的鬼，還是被人殘忍殺害的，你大概是不知道自己的狀態差到什麼地步。在那種極度受驚的情況下讓你聽見城隍的名諱，恐怕會有損你的神智。」

祂冷笑一聲。「畢竟這世上好人不多啊，即便是受害者，生前也可能罄竹難書。誰知道你做沒做過虧心事？死後遇城隍，嚇瘋的鬼太多了。」

陸子涼道：「謝謝。」

月老挑起眉，似乎挺受用。「這還差不多。不過，這才過了一天，你怎麼就把紙紮人偶摧殘成這副模樣？那些耗損可都是不可逆的，看來你時間不多了啊，哈。」

陸子涼見祂幸災樂禍，不禁想起被坑的事，有些氣惱。「你又沒事先說不能泡水！」

「你這麼聰明，自己想啊。」

「未免太看得起我了吧！一時之間誰想得到！」

「我也沒想到你大冬天的會去泡水，怎麼，迫不及待地跑去游泳了？」

「對，我游了！」陸子涼很是無語。「救個人還差點把自己給溺死，你說我驚不驚喜？」

月老倒是愣了下。祂臉上那種看戲似的促狹表情登時收斂起來，定定地看著他片刻。

「你說你為什麼非要活過來？」月老開口道：「放下一切，到地府去轉世投胎，過好下一生不是更好的選擇嗎？你非要吃這些苦……何必呢？真的死得這麼不甘心？」

陸子涼抬手。「不要再勸了，我無論如何都不會改變主意。你快看，我昨晚從我牽到的對象那邊拉出了一條紅線，你快幫我秤一下，看有多重？」

不知何時跟進來的城隍也道：「對啊，快點秤秤看，讓我見識一下那個被上頭禁的法器。」

「……」月老白了那張青面獠牙面具一眼，手隨意一揮，殿門就轟然闔上，阻隔了外界。

接著，祂低眉斂目，手掌向上，融融光芒之中，傳說中的天秤法器浮現眼前。

天秤法器通體漆黑，色澤溫潤，細桿的兩端墜著精細的木質鎖鏈，鏈子一環扣著一環，卻不見扣環的接縫，似乎整個法器是從木頭中整塊雕刻而出，渾然天成。

供桌上的果盤被推到一邊，法器被擺到桌上，兩端搖擺間發出了金石之聲，叮啷清脆。

月老抬起手，輕輕碰了下法器右端的鉤子，一團柔和的白光就如雪糰一般，被鉤了上去。

法器瞬間右傾到底。

月老指著被勾住的光團。「這是你想要贖回的東西，也就是你今生的命。」

陸子涼看著那團光，心臟怦怦跳。

「而這邊，是秤紅線的地方。」月老指向天秤左端的小木盤。「只要你取來的紅線能夠重得讓天秤平衡，鉤子就會鬆開這團光，而當這光回到你的屍身裡，你就可以逆天復活了。你保存好你的屍體了嗎？」

「嗯，藏在很安全的地方。」陸子涼將左手伸給月老。「我取到紅線後，它就飛進綁在我無名指上的線圈裡了，快幫我拿出來，秤秤看！」

「期待不用這麼高。」月老指尖虛撩一下，一截紅線就從陸子涼的紅戒指裡飄出來。「你今天是不可能贖得回你的命的，要想讓天秤平衡，可得是極其深重的愛。你和人家才牽了一天的線，天秤恐怕都不會晃動半分。」

城隍倒是語氣鼓勵：「幹嘛這麼悲觀，說不定人家對子涼一見鍾情呢！」

月老瞅祂一眼，嘲諷道：「作為一廟主位，可不可以不要說這麼沒有常識的話？一見鍾情能讓天秤下沉幾格，你會不知道？」

幾格？

陸子涼仔細看向天秤，這才發現在左邊那端的桿子上，刻有一格一格的度量，從「壹」標到了「捌」，也就是一到八的意思，上頭還掛著一圈用來標示刻度位置的紅線圈。

此時天秤右傾到底，紅圈就滑到最靠近中桿的位置，停在「壹」字上。而當紅圈滑到「捌」，天秤就會恰好平衡。

陸子涼問：「所以一見鍾情可以到第幾格？」

月老看向他，目光起了點興致。「你覺得呢？」

陸子涼猶豫道：「呃，三？還是二？」

月老笑了。

「很可惜，一格都不到。」

陸子涼瞪大眼睛。「啥？」

「一見鍾情頂多就是姻緣的開端，即便心裡覺得再喜歡，覺得一眼萬年，對法器來說都不夠深刻。」月老道：「也許天秤會晃動，但不可能超過一格。」

陸子涼一向都是憑著看見對方的第一眼來決定要不要交往，甚至都還不到一見鍾情的程度，如此說來，他之前談過的所有戀愛，居然都不到一格？

他心底驀然發涼。

這意味著一格以上的愛是什麼模樣，他根本不知道。

這就像在賽場上看懂了獲勝規則，卻看不懂得分方法似的，都不用等開賽槍響，他就知道自己必輸無疑。

陸子涼張了張口，問：「那……怎樣的愛會到第二格？」

「開始擔心了？」月老覺得有趣極了，道：「一見鍾情之後要付出些什麼，才能獲得對方的心啊？要付出多少？失去多少？受怎樣的折磨？做出怎樣的犧牲？世上的愛千千萬萬，並沒有標準答案，只要你用情至深，天秤自然就會傾斜。你用問的，是問不出答案的呀。」

有解釋跟沒解釋一樣。陸子涼優美的嘴唇輕咬幾下，憋出一句：「好坑……」

「即便是個坑，那也是你自己趕著跳進來的。」月老無情嘲笑。祂還未完全長開的手帶著少年人的稚嫩，手指卻相當靈活，凌空勾勒撩動，那截飄在空中的紅線就精準地飄向了法器。

「我們來看看你努力一夜的結果吧。」

纖細的紅線飄到天秤的小木盤上方，緩緩落下。

陸子涼緊張地屏住了呼吸。

一旁的城隍悄聲安撫他：「反正也不是一次定生死，沒關係的哈。」

「……」

明知道天秤大概率就是紋絲不動了，但陸子涼還是聽不得別人在答案揭曉前就唱衰自己，瞥城隍一眼。「嘖，你也覺得這次完全沒希望？」

城隍道：「嗯……哈哈。」

「……」

紅線就如一條熒熒發光的頭髮絲，輕飄飄地下降，再下降……最後，無聲無息地落在小木盤的正中央。

正當所有人都默認這一回合直接結束，準備給陸子涼幾句虛偽的安慰時——

啪！

天秤彷彿受了千鈞之重，猛然左傾！

月老怔了一秒，瞳孔劇縮，就連原本閒適地倚在門邊的城隍，都瞬間站直起來。

天秤的雙臂劇烈搖晃！

叮叮唧唧的聲音鳴響著，催命似的敲打著耳膜，隨後它搖晃的幅度隨著分秒的流逝越來越小，越來越小……

在某個角度穩穩停住。

巨大的寂靜之中，所有人的視線都控制不住地盯在斜臂上，那個標示刻度位置的紅線圈。

「陸」。

第六格。

陸子涼的眸子倏然睜大！

心跳在耳膜裡劇烈鼓動，腦筋一片空白。

那個「陸」字就彷彿一個難以置信的奇蹟，一瞬間就逆轉了所有絕境。

陸子涼胸膛裡湧起一股滾燙的熱意，猶如沸騰的岩漿般撞開一切阻礙，直直衝向了腦門，焚毀所有的雜念，只留下一個念頭——

白清夙愛他。

白清夙居然是愛他的？

陸子涼瞳孔劇震。在巨大的荒謬和錯愕中，他簡直忘了呼吸，彷彿墜入了真空。

此生第一次，陸子涼這麼直觀的意識到有人愛他。

原來要直觀到這種程度，他才會開始相信，這個人對他是真心的。

白清夙對他的照顧和縱容，不是手段，而是真心的。

「哈哈……」

陸子涼忽然笑了。

他因為勝負欲而到處求索的那條紅線，第一次在他眼裡變得真切起來，並且有了重量。

正自顧自地笑著，手腕忽然被人用力拽住，打破了死寂的氣氛。
「你究竟牽了個什麼傢伙！」月老冷厲道。
那嚴厲的語氣讓陸子涼愣了下。
城隍也已然靠過來，聲線同樣緊繃。
「才一個晚上就到了第六格，這絕對不正常。」城隍道：「我和月老都在場，這法器不可能出錯，難道對方是你本來就認識的人？」
陸子涼的目光掃過祂們兩個，發現祂們都神色警惕，全無喜色，才愣愣地收起笑容道：「我不確定，我不記得這個人。但他確實可能……」
月老直接伸手扣住他的指根，兩指緊貼他無名指上的那圈紅線，閉眼細查紅線另一端牽著的究竟是什麼人。不出五秒，月老撩起眼皮，臉色變得極度難看。
祂死死瞪著陸子涼，語氣森然道：「我分明告訴過你要小心，不要又牽到……」祂牙齒緊咬，眼神裡帶著點恨鐵不成鋼的味道。
城隍心裡咯噔一聲，急問：「誰？他牽到了誰？」
月老惱怒道：「白家的那個邪性東西！滿意了嗎！」
城隍霎時無聲。下一秒，祂抓住陸子涼的手腕，用力拉起來懟到月老面前，語氣前所未有的冰冷。「把紅線截斷，立刻！」
陸子涼一聽，第一個反應就是用力抽回手，背到身後去藏起來。「等等等等等——幹嘛截斷？邪性東西是什麼意思？」
月老和城隍都死死瞪著他，尤其是城隍，那張可怕的青面獠牙面具彷彿都要被後頭穿透出來的瞪視，給灼燒出兩個大洞來。
不大的偏殿內，神明們身上恐怖的威壓前所未有的暴漲，壓得人幾乎要跪倒下去。陸子涼呼吸微滯，本能地後退兩步，嘎吱一聲抵在了廟門上，冷靜問：「到底怎麼了？」
月老和城隍都沒吭聲。
陸子涼輕輕吸了口氣，直接問出他心底最想確認的一件事。「他是殺人魔嗎？」
一陣靜默後，月老終於開口。祂厭煩道：「倒也不是殺人魔……」
這個答案出乎意料。
陸子涼心頭微怔，搶話道：「不是？他真不是殺人魔？」
「根據我聽到的消息，他目前應該還沒有真正奪人性命過。」月老道：「但這不代表他不危險——」
後面那句話陸子涼根本沒聽進去。
他恍惚間覺得那塊緊緊壓在他心口，壓得他精神緊繃、喘不過氣的巨石，突然就消失了。
……不是殺人魔？
白清夙不是殺人魔！
不只如此，白清夙還對他有著重至第六格的愛！

陸子涼從來沒有體驗過這種天降的巨大幸運。

「哈，哈哈，我誤會他了！」陸子涼兀自發笑道：「結果從頭到尾，都只是我自己的應激反應，人家根本沒做過壞事！搞什麼啊，我簡直是白痴，自己在那裡嚇得要命哈哈哈哈哈——」

城隍卻怒道：「笑什麼，你根本沒搞清楚狀況！和他扯上關係絕對沒有好下場，聽我的，把紅線截斷。」他看向月老，異常激動道：「快動手啊！」

城隍陡然發怒，月老卻反而平靜下來了。

月老注視那傾斜至「陸」的法器幾許，低聲對城隍道：「我說過，機會只有一次。斷了紅線，陸子涼就只能放棄此生，認命地下地府投胎去，沒有第二個選項。」

城隍又頓住了。

很明顯，祂不想要陸子涼死。

月老澄澈的眸底登時湧起濃濃的諷刺。

祂用陸子涼聽不見的聲音，極輕地對城隍說道：「當初既是陸家拋棄了他，就不要現在才來怪他什麼都不懂。但凡你分點心思給他，他都不會淪落到這種絕境！」

祂年少的眼眸裡充滿厭惡和警告。

「不要忘記他是為什麼死的。他的事情，你最沒有插手的資格。」

城隍垂在身側的手攥成了拳。

月老收回視線，重新看向陸子涼。「也不知道你這運氣是好還是不好。重至法器第六格的愛確實難得一見，但是要再往上，恐怕難如登天。你牽到的這個人不是普通人，按照你能理解的方式來講，他就是個潛在的殺人魔，吃飯吃到一半突然把你給殺了都不奇怪，而且，如果是死在他手裡……」祂輕輕道：「也許連投胎的機會都沒了。」

陸子涼笑意未減，只道：「他不是長這麼大還沒殺過人嗎？」

「嗯，還沒。是還沒有。」月老冷哼。「他的靈魂本質雖然邪性，卻也有少見的清醒、克制和冷靜。明明生在世代侍奉神明的白家，卻自小不近鬼神之事，藉此斷絕所有惡鬼惡神們對他的接觸和拉攏，呵，他倒是盡了最大的努力保留了自己的人性。」

陸子涼睫毛微顫。

不近鬼神？

白清夙叫他不要碰觸鬼神之事，原來自己也沒碰。

月老冷酷地續道：「但是，盡了力不代表就真的能達到目標。那傢伙就像個不定時炸彈，平時顯得再平靜，爆發起來也不過一瞬間，真到了那個時候，他根本控制不住自己的邪惡欲望，而他心中最喜愛的你，絕對是第一個遭殃的對象。況且……」祂抬了抬眼皮。「他已經為你破一次戒了。」

陸子涼心頭一跳。「什麼？破什麼戒？」

「你身上有用過符咒的痕跡。驅鬼安神的符咒，這肯定不是你自己搞的吧？」月老語氣沉冷。「他自小就拒絕碰觸鬼神之事，卻因為你而輕易地破戒，就只為了，呵，就為了用區區一張只有幾小時效果的驅鬼安神符！若不是我技高一籌，你自己恐怕也要被那張符給驅出紙紮人偶了！你看，當遇到真正感興趣的事物時，他根本控制不住自己，多年來堅守的底線，說破就破了，沒有一絲一毫的猶豫。」

陸子涼徹底愣住了。

驅鬼安神符？

他立刻就想到夢境裡，那個從潭水中爬出來的鬼。

當那鬼抓住他的手臂時，就彷彿碰到了滾燙的岩漿般驟然鬆手，掌心還莫名其妙開始潰爛，夢裡的當下陸子涼還很錯愕，想著自己難不成對鬼有毒。

原來是真的有毒。

在他不知道的時候，有人溫柔地給他穿上了能夠驅鬼的毒衣。

而他居然還在懷疑對方是個雙手染血的殺人魔。

月老見陸子涼的神色中只有怔愣，卻全無恐懼，語氣不禁更加嚴厲。「我勸你不要心存僥倖！別以為從那傢伙手裡得到足以平衡法器的愛意後，你還能全身而退。他若真的愛你愛到那種地步，絕對會禁不住誘惑，立刻就會開始享受奪你性命的快感。真到了那種時候，連我都救不了你！」

陸子涼卻問道：「他破戒碰了鬼神之事，會怎樣？」

一旁的城隍終於忍不住開口，壓抑著焦躁道：「你管他會怎樣！子涼啊，心肝，我們把紅線斷了吧？我幫你想辦法，哥幫你想辦法——」

月老答道：「就如同嘗過巫山雲雨的滋味，就很難再禁慾一樣，他靈魂深處的那份邪性會開始蠢蠢欲動，會忍不住回味那順從欲望去行動時的快感，進而開始一而再、再而三的打破那些他約束在自己身上的枷鎖。」

祂伸出手，直指外面。「你以為他為什麼自己一個人住那麼大的宅子？連白家那種世世代代侍奉神明、通曉鬼神的世家大族，都只能想出這種讓他隔離獨居的愚蠢辦法，可知他的真實秉性有多危險，多不可控！誰知道他現在的冷靜究竟是真的還是裝的？你一個普通人，待在他身邊就是在送死！」

陸子涼道：「可我都死皮賴臉地住進他家，還恣意妄為地把他撩到破戒了，現在突然因為害怕就抽身離開，那也未免太渣了？」

月老冷笑一聲。「你本來就很渣，不差他一個！」

陸子涼愕然。「我渣？」

月老道：「你以為你那些前任為什麼一個個都要分手？為什麼沒有月老願意賜紅線給你？涼薄冷情，自私自利，曾經熱戀過的對象你轉頭就能忘記名字！陸子涼，你根本沒有把誰放在心上過，你從來都只在乎自己，為什麼非要在這個時候轉性！」

陸子涼瞳孔微縮，一時無聲。

半晌，他輕輕垂下眸子，瀏海落在眼前，在那英俊的臉龐上打上淺淺的影子。他蒼白的臉上還帶著點低燒的紅暈，眸底晃過一點迷惘。

他確實是個利己主義者，為了達到目的可以無視他人的難處和痛苦，披著陽光無害的笑容去利用他人，就連跳進潭水去救溺水者這種看似良善之舉，實際上也只是他為了照顧自己幼時的心理創傷，才去行動的。

但這不就是人性嗎？誰都想要對自己好。自小到大從來都沒有人保護過他，所以他習慣了用盡全力來保護自己，這種方式有什麼不對？

所有提出分手棄他而去、讓他傷心的人，憑什麼要他一直記得？

非得牢記在心裡自虐才叫有情有義？

陸子涼喉頭滾動，像是要脫口反駁，可最終，他沉默幾許，擔下了那句「涼薄冷情，自私自利」的罵名。

他閉了閉眼，平靜道：「我在被殺害之後來找你，本來就是想搏一線生機，既然那線生機還在，憑什麼要我放棄？風險更大，不代表全無希望，我不可能放棄的。」

城隍急道：「你不明白！你如果死在他手上，會魂飛魄散——」

「你都說了，是如果。」陸子涼道：「況且我一早就說過，我不寄望來生。賠償性命就得賠在這一世才有意義，為了那虛無縹緲的來生讓我現在就得含冤而死，我辦不到。」

城隍怒道：「陸子涼——」

陸子涼卻轉頭看向月老，突然露出一笑。「你把我扔在神婆的果園裡時，就該料到這種情況了。放心吧，你都說我是個自私自利的人了，我非常惜命的，如果真的發現情況不對，我一定立刻拔腿狂奔，逃到這裡來躲進你的供桌底下，絕對不會讓你來不及救。」

「……」

陸子涼笑笑轉身。「好啦，我明天再來。看看明天的紅線會不會再重一點。按照這進度，說不定法器明天就平衡了呢？」他狀似樂觀地說著，推開廟門，又頓了下。「哦，對了，你剛才是不是對我自稱『哥』了？」

陸子涼眸子輕抬，瞥向一旁的城隍。

城隍愣了下，欲言又止。

開啟一條縫的廟門外，金燦燦的陽光照了進來，將陸子涼的笑容也襯得溫暖耀眼。然而，從他嘴裡吐出來的話語卻無比冰冷。

「我其實是有哥哥的。」

陸子涼微笑著說。

「但我恨他。我們倆當朋友，也不必非要稱兄道弟的，是吧。」

第六章　一命抵一命

冬日上午的陽光明媚和煦，將四合院的青色屋瓦照得澄亮一片。

陸子涼獨自佇立在一扇深褐色的房門前。

這是白清夙的房門。

從城隍廟回來之後，陸子涼就站在這裡一動不動。

他的目光輕垂著，英俊的臉龐因為生病而有些蒼白，手指輕輕蜷縮著，透亮的眸子盯著門上的金屬門把，盯了很久。

傾斜至第六格的天秤法器在腦海中揮之不去。驚喜之後，巨大的疑惑就隨之而來——這世上不可能有無緣無故的愛。

白清夙怎麼會對他這麼抱有這麼大的感情？難道真的就像月老和城隍說的那樣，白清夙心理變態，對他的愛完全就是白清夙那邪惡扭曲的心理所反射出來的結果？

陸子涼輕咬著唇，心想：「不，不對，我們以前一定有過什麼交集，只是我沒去注意，或是……忘記了。」

白清夙氣質冷漠，他的房間應該也是一絲不苟、簡約素淨，倘若他真把陸子涼看得那麼重要，應該會把和陸子涼相關的東西擺在觸手可及的地方，總歸不會難找。

此時天色尚早，陸子涼決定趁白清夙還沒回來，悄悄進他房間看一眼，說不定能找到什麼線索。

他握住金屬門把，喀啦一聲推開了房門。

房間裡的窗簾敞著，明亮的陽光如金葉子般灑進來，將飄在空氣中的細小塵埃映出了浮光。

長形的格局，面積比客房大了兩倍，似乎是將兩個大房間給打通了，一進門是起居室，旁邊則是開放式的書房，再往裡面應該就是臥室和衛浴。許是窗戶開了縫，空氣中有股淡淡的花香。

陸子涼望了一眼，臉上就浮現巨大的錯愕。

亂。

出乎意料的超級亂！

和白清夙本人身上的那股冰山似的高冷氣質截然相反，他的房間亂到像是被散彈槍掃過，到處都是各種各樣的雜物，衣服、草稿紙、書……和奇奇怪怪的骨骼模型堆作一團，如果不是沒有屍臭，還以為有誰死在這裡化作了白骨。

陸子涼簡直不敢相信自己的眼睛，本能地倒退了一步，結果腳下不知道絆到什麼，一個重心不穩，慘摔在地！

「嘶……痛痛痛痛痛！」陸子涼摀住棉拖鞋裡的腳趾，另一手摸過去。「什麼東……呃！」

手裡突然摸到又黏又軟的一團東西，陸子涼頭皮一麻，看都沒看就嚇得猛然甩手，那東西慘飛出去，咚的一下掉進雜物堆裡！

「我靠什麼鬼……」

陸子涼忍不住將手掌往褲子上死命地搓，其實也沒沾上什麼，手心乾乾燥燥的，但那可怕的觸感就彷彿黏菌般附在肌膚上，揮之不去。他心有餘悸地望過去，可那東西已經和雜亂的背景混融一體，分辨不出來究竟是什麼了。

陸子涼驚悚片刻，又覺得有點好笑，自顧自地笑了一聲，正要收回視線，餘光忽然瞥見了什麼。

他微微瞇起眼，定睛一看，發現在左側的書架上，那些層層疊疊的書籍和圖鑑中間，橫插著一本厚書。

書背上寫著：立時高中第六十六屆畢業紀念冊。

陸子涼愣了一瞬，登時眼睛一亮！

原來白清夙也讀立時高中！那他們的交集是在高中的時候？

等等，可是第六十六屆的話……陸子涼算了一下，又頓住了。

白清夙比他大五屆。

白清夙上高三的時候，他才國一。

印象中，立時高中包含了國中部，兩邊的校舍就隔著大操場，陸子涼國、高中都在立時讀的，如果兩人的在校時間重疊，確實有那麼一點相遇的可能。

但陸子涼是體育生，大部分時間都在游泳池或體育館，之後更是經常跟教練到市立游泳館去做訓練，或到外縣市去比賽，待在校內的時間和普通學生相比並不多。

這樣想來，他們在校內相遇的可能性似乎又變得很渺茫。

安靜又雜亂的房間內，陽光灑在陸子涼柔軟的髮梢，他隨興地坐在原地，支著修長的腿，一邊漫不經心地揉著發疼的腳趾頭，一邊回想了下十年前的國一生活。

校園，鐘聲，制服，老師的面孔，同學的模樣……

十年的歲月似乎晃眼即過。

陸子涼回想許久，喉頭滾動，洩出一聲苦笑。

他想不起什麼。

善忘本就是他的生存法則之一。在他還是個脆弱的孩子，對任何攻擊都無力抵抗時，忘掉傷害自己的人事物是他唯一能保護自己的方式。久而久之，越難熬的歲月、越糟糕的經歷，他忘得越快，彷彿身體對傷害的應激反應一般。

想記都記不住。

大腦裡往往只留下激烈情緒過境後的痕跡。偶爾，他能循著這些痕跡想起一些細節，但大多數時候，他根本不願意去回憶。

對於國一時期，陸子涼唯一有那麼點印象的，就是他在那個年紀拿到此生第一面全國大賽的金牌。

不過如今那面金牌放在哪裡，他也不記得了，只是隱約記得奪牌當下驕傲又興奮的情緒。因為那是破入他充滿痛苦的童年裡的，第一道曙光。

陸子涼俐落地站起來，舒展他精實優美的身軀。

看這屋子裡凌亂的模樣，他是很難再從中翻到什麼線索了，重點是即便找到了，他恐怕也想不起關鍵訊息。

他轉身正要出去，突然，外面走廊傳來輕微的水聲。

滴答、滴答……

那水聲越來越近，越來越近，像是有誰渾身滴著水，朝這邊走來。

陰涼的氣息如看不見的霧氣般湧入房門，撲在了肌膚上，陸子涼僵住，渾身都起了層雞皮疙瘩，眼眸睜大，死死盯著房門口。

須臾，一個濕淋淋的死白面孔猛地從門框邊探出腦袋！

即便心裡有所準備，陸子涼還是被嚇了一跳！

他踉蹌著後退一步才站穩，警惕地瞪著那個水鬼，目光在那張還算清俊的臉上逗留幾秒，忽而拔高聲音道：「不准變成血肉模糊的那種臉！」

「……」正要變臉嚇他的水鬼喉嚨裡發出怨毒的嗚叫。

陸子涼抖了一下，餘光瞄了眼雜物堆裡的畫軸棍子，定了定神，道：「我認得你，你是昨晚出現在我夢裡的那位仁兄對吧？從明石潭裡爬出來，少了左腿，對嗎？」

水鬼嘶啞道：「你……你……」

陸子涼道：「之前在明石潭，我跳下去救那個小妹妹的時候，也是你把我拖下水底的對吧？我們倆有仇嗎？冤有頭債有主，我又不是殺害你的凶手，幹嘛一直纏著我不放！」

水鬼道：「我……」

陸子涼搶著道：「你叫什麼名字！」

水鬼一直被打斷，憤怒之下，胸膛裡發出呼哧呼哧的詭異聲響，眼白裡布滿了血絲，他仇恨地瞪著陸子涼，張開嘴，露出血紅的舌頭，嘶啞道：「駱洋。我叫駱洋。你……」

駱洋抬起死白的手，直指陸子涼，恨聲道：「你明明……你死後明明還能像個活人一樣活動，為什麼……你為什麼不去揭發那個殺人犯——！」

陸子涼愣了下。

駱洋滿臉怨恨，他一控制不住情緒，似乎也就控制不住自己的樣貌，清俊的臉頰開始凹陷破裂，翻出可怖的血肉！他聲音沙啞，彷彿字字泣血。

「我不甘心，我恨……憑什麼讓他逍遙法外？你明明知道是誰，你為什麼不去揭發他，啊？你為什麼不恨他？你，你和他就是一夥的——」

淒厲的叫聲下，駱洋的五官瞬間裂開，噴濺出血來，他頂著這張血肉模糊的臉衝過來，直接將陸子涼壓倒在地！

哐啷巨響之下，陸子涼忍住痛呼，眼見駱洋張開大口咬向他，他瞬間抓起一旁的畫軸，用力抵住！

看來白清夙特意破戒用在他身上的驅鬼安神符已經失效了，駱洋恐怖的爛臉近在咫尺，血液一滴一滴的落在陸子涼臉頰上，冰冷的彷彿冬日寒冰。

陸子涼急急喘氣，喉頭上下滑動，穩聲道：「我不認識凶手，我不知道是誰！」

「王銘勝！王銘勝——」駱洋瘋了般嘶喊：「你不認識他，怎麼可能被他殺死——」

這是陸子涼死後第一次聽見凶手的名字。

他心神震動，控制不住地恍了下神。

就這短短一秒鐘，抵在手裡的畫軸就被粗暴抽走，駱洋掐住他的脖子，啞聲道：「他就喜歡挑我這種，他就喜歡運動選手！他就喜歡滿足他那噁心的征服欲！你怎麼能這麼從容，你死得不痛苦嗎——」

既是被殺害，怎麼可能死得不痛苦？

可陸子涼不記得了。

他不記得那個痛苦的過程，也不記得給他帶來痛苦的人。

陸子涼被掐得無法呼吸，他張著口，用力扳住駱洋的手，膝蓋狠狠一頂，將駱洋給掀翻出去！

駱洋狠狠摔進雜物堆裡，發出震天巨響！

陸子涼的喉嚨和胸口都疼痛至極，他坐直起來，痛苦地摀住喉骨，克制不住地咳嗽。嘴裡泛起明顯的血腥味。他盡最大的努力穩住呼吸，抬眸冷冷看著駱洋。

駱洋掙扎著爬起，發狂似的還想衝過來，陸子涼輕啞地說：「我不記得凶手是誰了。」

駱洋不敢相信地怒瞪他，嘶吼：「不可能！我死後唯一記得的就是他！」

「看來每個人的情況都不一樣，我是怎麼也想不起他的臉。而且我死後可是連一個塑膠凳子都挪不動，你倒是連鎖住的大鐵門都能撬開。」陸子涼眉毛輕皺，難受地又咳了幾聲，英俊而蒼白的臉龐添上了點脆弱，看著讓人心生憐惜。

狂怒中的駱洋居然被他的俊臉恍了下眼，生出了想要凌虐他的古怪衝動。

陸子涼啞聲道：「既然凶手叫王銘勝，你為什麼不去開王銘勝的家門？你來這裡鬧有什麼屁用？」

駱洋宛如黑洞的嘴裡，沾血的齒尖如野獸般磨蹭。「我當然找過他，我第一個找的就是那該死的敗類！可是，可是他身邊……」像是突然想到什麼可怕的東西，他竟本能地瑟縮了下，「惡鬼，他身邊有惡鬼，我、我不敢靠近……惡鬼就像是會用法術一樣，根本，和我們不是一個等級。」

惡鬼？

陸子涼立刻就聯想到那個附在老廟公身上，引誘他去求紅線的惡鬼。

十有八九是同一個。

陸子涼問：「你死前去拜月老了？有沒有求紅線？」

駱洋被這個沒頭沒腦的問題惹怒。「我拜月老幹什麼？我都已經和王銘勝那個人渣交往了，還拜什麼月老！我可沒那麼沒品！」

「你們交往？」陸子涼詫異。「交往多久？」

「一年。後面兩個受害者，都跟他交往了差不多半個月後被殺。」說到這裡，駱洋也頓了下，似乎稍微冷靜了，血肉模糊的臉也逐漸恢復成完好的模樣。「不對啊，等等，算起來，距離上一個人被殺才過幾天，那你是哪來的？你和他交往多久？難道你沒和他交往，就被殺了？」

陸子涼睫毛顫動。

——總共四個受害者，只有他是因為牽紅線而死。

那個惡鬼先是蠱惑王銘勝殺害交往一年的駱洋，又讓王銘勝接連殺了兩個他喜愛的交往對象，將王銘勝一步步培養成了殺人魔，爾後才故意誘使陸子涼牽了紅線，將他和王銘勝牽在一起，成為王銘勝的獵物。

而他在成為獵物的當晚，就命喪浴缸。

仔細一想，就好像王銘勝前面幾次的犯案，都是惡鬼籌謀著讓陸子涼一次斃命，而預先做的演練。

乍看之下，陸子涼就和前面三個受害者一樣，只是不幸被王銘勝這個殺人魔看上的運動選手。實際上，王銘勝只看上了前面三個，最後一個獵物，是惡鬼親自替王銘勝挑選的。

陸子涼手指握緊。

惡鬼真的是針對他的。

當初月老跟他說只是惡作劇，根本就是謊話。事實上，陸子涼心中也知道那是謊話，他只是不想戳破，自欺欺人罷了。

所有降臨在他人生中的折磨和不幸，還能是因為什麼？

必定是源自於他親愛的哥哥。

——那個他既無力追究，也無法見到的人。

駱洋見他一直沉默，便道：「我都死一個月了，那些無能的警方卻一直抓不到凶手，我找來這裡，本來是想直接告訴那個法醫凶手的名字。我聽說他有陰陽眼，結果……呵，結果他根本聽不見鬼說話！看得見卻聽不見，沒用！都是沒用的東西！」

陸子涼回過神。「法醫？」他看向駱洋。「白清夙是法醫？」

駱洋道：「……你為什麼看起來這麼高興？等等，你連他是幹什麼的都不知道，就和他睡一張床？」

陸子涼猛站起來！

白清夙是法醫？

陸子涼腦海中浮現白清夙注視他的眼神。

那種醞釀著殺意的眼神，彷彿隨時都會提起刀來將他開膛剖腹的眼神。

大概是出於人類的求生本能，陸子涼一直都挺害怕那種眼神，每次迎上白清夙的目光，都背脊發寒。

可如果那不是真正的殺意呢？

如果只是白清夙出於職業習慣，單純地在想像「解剖」他的過程呢？

不是有那種極度熱愛自己工作的人嗎，即便下了班，大腦都停不下來。

也許白清夙根本沒有想過要殺他，他感覺到的所有殺意和恐怖，都只是他先入為主地將白清夙當成「殺人魔」，而在腦海中放大了所有令人毛骨悚然的細節。

陸子涼內心深處似乎出現了某種鬆動。

「是啊，他對我的愛都重到了第六格……」

陸子涼臉上的笑容越來越明顯。「他怎麼可能會殺我？就算哪天他真的暴起殺人，我肯定也不是他的第一個受害者，對，我是安全的。」

他沒有意識到，自己在為白清夙明顯詭異的行徑開脫。

早在月老的偏殿裡，親眼看見那本該紋絲不動的天秤倒向第六格的那一秒，陸子涼一向只專注於自己的心，就如天秤那般，啪的一聲偏了。

他的目光轉向駱洋，衝著駱洋笑道：「閒聊到此為止，我也不想再和你打下去，你可以離開了嗎？」

駱洋愣了兩秒。「什麼？」

陸子涼兩手一攤。「誤會解開了，我和凶手不是一夥的，你沒有理由把怒氣和仇恨發洩到我身上，更沒有理由殺我，而白清夙不近鬼神，也根本聽不見你說話，那你在他家裡糾纏他也無濟於事。看，你沒必要留在這裡了吧？」

駱洋不可置信，心頭怒起，又想衝向陸子涼給他一點教訓，可剛想抬腳，就發現動彈不得。他茫然地低下頭，發現自己的腳背被一盞倒下的檯燈給壓住了，明明是不到一公斤的東西，卻宛如巨石一般壓著他，掙脫不開。

駱洋焦躁地蹲下身拔它，清俊的臉有些扭曲。「你對我做了什麼！」

陸子涼也有些意外，看他原地掙扎一會兒，恍然道：「原來是這樣？我就覺得奇怪，怎麼同樣是鬼，你就這麼厲害，還能開鐵門，原來是因為你當時是失去理智的瘋狂狀態？越瘋，力量就越大，你看你現在還能維持原本沒受傷的容貌，代表你還保有理智對吧？」他瞇了瞇眼，冷笑。「理智和力量不能共存啊。」

駱洋被這番話給驚住了。

陸子涼越過他，竟是要將他留在原地。「幫你扶個檯燈是舉手之勞，但你弄傷了我，我很不爽。你自己想辦法瘋起來然後出去吧，最好是在白清夙回家前離開這裡，你可能不知道，白清夙是神明認證的反社會人格，你如果真的撞到他眼前，還踏入他最私人的空間，把這裡弄得這麼亂，他恐怕不會放過你哦。」

駱洋怒道：「你——」他本以為自己受到這些言語刺激，就會立刻恢復被仇恨燒灼的瘋狂狀態，可奇怪的是，人一旦恢復了理智，似乎就很難在短時間內再次徹底淪陷。
駱洋死死瞪著即將踏出房門的陸子涼。「你，你根本不打算告訴法醫『王銘勝』這個名字對吧？」
陸子涼隨意嗯了聲：「他叮囑我不要接觸鬼神之事，我想刷他好感，最好順著他。」
駱洋吼道：「那也是殺死你的凶手！那噁心的變態還逍遙法外，你居然還有閒心談戀愛！你到底有什麼毛病！你就不想看到他受罰，看到真相大白的那一天嗎！」
「不好意思啊。」陸子涼微彎了下眼睛，眼眸好似承載了陽光，說出來的話卻涼薄至極。「那個王銘勝並不是我在乎的真相。況且，真相大白對我們來說有什麼意義？真相都是留給活著的人看的。你與其糾結那種虛無縹緲的慰藉，還不如直接殺了王銘勝來得痛快。」
陸子涼頭也不回地走出房門。「等我活下來之後，也許才會有關心真相的閒心吧。慢走不送，祝你早點從那盞檯燈下解脫。」
房門喀地闔上了。
駱洋死死瞪著門板，喉嚨裡發出嘶啞痛恨的咆哮！
外頭，陸子涼心情好的不得了。一早上下來，像冰山一樣難以攻克的白清夙似乎開始在他心裡融化，變得有溫度了。
回到自己的房間，陸子涼點了份美味的外賣，又到浴室去照照鏡子。
脖頸上多了可怖的掐痕。

「嘶……痛死了，我剛剛是不是應該揍他幾拳再走？都是受害者，鬧什麼內鬨。」

陸子涼跑去廚房，從冰箱翻了個冰袋出來敷脖子，等外賣的期間，他又拿了顆柿子削來吃，還突發奇想地嘗試把果肉削成鴨子的模樣，可惜他瞇起眼認真地雕刻了半天，以失敗告終。

「居然這麼難？以前看人一削就是整盤柿子小鴨，沒想到還需要點藝術細胞。」

陸子涼挑眉，擺弄幾下這幾隻殘缺的小鴨，一口氣把它們吃得乾乾淨淨。不得不說，白清夙種的柿子可真好吃，果實飽滿，果肉脆甜，真是優秀的男人啊，當個法醫還能兼職果農，還做得這麼好。

陸子涼都沒注意到自己在心裡把白清夙給誇上了天。

離開廚房前，陸子涼又瞥了眼冰箱。雖然昨晚就得出了冰箱裡沒什麼食物的結論，他還是忍不住打開冷藏室看一眼。

就見那隻一大清早就被白清夙解剖的雞，被整整齊齊、分門別類地擺在裡頭。

陸子涼的目光掃過雞骨、雞肉和內臟，若有所思。

到了傍晚，陸子涼套了件高領毛衣遮住脖子上的瘀傷，換掉棉拖鞋，重新穿上襪子和球鞋。

他準備去接白清夙下班。

接人上下班大概是追求戀愛對象時最初級的行動，並不是所有人都吃這套，但既然白清夙已然對他愛意濃重，那麼一下班就見到他，心裡肯定會非常高興。

陸子涼鎖好家門，沿著山路走下坡。

他預先訂好了一家網路上評價很高的景觀餐廳，接到白清夙後就可以和他來一場燭光晚餐，吃飽後在餐廳的園子裡散散步聊聊天，然後去隔壁商場看場電影。回家後吃點他精心烹調的宵夜，洗個澡，再像昨晚一樣把白清夙拐上自己的床……

陸子涼越想越滿意。

他微彎的眉眼充滿笑意，睫毛在夕陽餘暉下彷彿度了層金光，為他俊美的容貌添上了精緻而誘人的魅力。他圍著白清夙早晨替他圍上的那條圍巾，穿著溫暖的褐色外套，修長的腿包裹在深色長褲裡，穿搭隨興，卻一舉一動間都勾勒出他精實美好的身材。

陸子涼步履穩健輕快，目望遠方，很快地下了坡，沒注意到和他擦肩而過的男人在望他一眼後，就停下了步伐。

男人在大冷天裡只穿著黑色帽T，罩在頭上的兜帽落下了濃重的陰影，使其即便面對著燦爛的夕陽，也讓人看不清容貌。

男人盯著陸子涼的背影，乾燥的嘴唇猛地勾起，露出詭異的笑容。

「哦，哦？」

男人興奮地自言自語。

「還以為有人偷走了屍體，居然是自己跑出來的？我明明溺死你了呀？」

男人的腳步驀然調轉，無聲無息地跟在了陸子涼身後。

「看來相機也是你偷走的。」他喉嚨裡發出激動的笑聲。「居然還活著，哈哈……好啊，好棒，那我們重頭再來一次吧？嘻嘻……」

◆

群山環抱的明石潭，在夕陽的餘暉下，宛如一汪橙紅色的彎月。

遼闊的月腹一片波光粼粼，朝上的兩個月尖陷在山林之中，拉成了細長的水影。

天色逐漸暗下，相較於月腹那一側燈海輝煌的市區，兩個月尖所在的湖岸每到夜晚，都顯得燈火闌珊。

東尖還好一些，有不少人家居住，西尖就非常蕭條了，除了一家還算大間的製藥公司，就剩下相驗解剖中心，以及距離相驗解剖中心不到一公里的市立殯儀館。

簡而言之，只能用陰森可怖來形容這裡的氣氛。

走環湖棧道的遊客們在經過西尖時都會忍不住加快步伐，免得沾染上不乾淨的東西，不過對於本來就在這邊工作的人來說，倒也沒什麼好忌諱的。

吃起東西來也沒有比較不香。

相驗解剖中心的大門前，幾個工作人員湊在一起吃餐車買來的烤香腸，他們待會兒還要進去加班，抓緊時間填飽肚子，順便聊聊天。

一群人歡聲笑語的，見白清夙從大門出來，瞬間都噤了聲。

許是覺得這樣不禮貌，其中一個女生回過神後，忙打招呼道：「哎，結束了啊白法醫？辛苦了。」

其餘人也陸續開口。

「最近案子很多啊。」

「要回家了？我記得你住東尖吧，東尖那邊好像沒什麼店家。」

「一起吃根烤香腸再走？」

白清夙看著冷漠，其實還是挺客氣的，簡短道：「不用，我得回地檢署一趟。」

「啊，看來不只我們要加班呀！」

「市區那邊熱鬧，確實不用吃烤香腸果腹哈哈哈！」

「白法醫這一天下來，又環湖一圈了呢。」

「現在天黑得比較快，開車慢一點啊！」

白清夙簡單了招呼就走了。

他的車停在不遠處，剛發動車子，手機就收到了訊息。白清夙隨意瞥一眼，本來不欲理會，連手都已經扶上排檔桿了，可旋即，他意識到傳訊的人是誰，目光再次落回手機屏幕上。

『下班沒？晚餐出去吃？』

白清夙臉上沒什麼表情，但盯著手機屏幕的時長暴露了他心中的意外。

他拿起手機，回復：『去哪吃？』

陸子涼將訂好的餐廳位置發給他。

白清夙掃了一眼，直接撥了陸子涼的電話，問他：「你已經出門了？」

『對啊。』

「走路？」

『剛好來了一班公車，我搭到市區下吧。你下班了？』

「你在地檢署那站下。」白清夙道：「我們一起過去。」

通話那頭的陸子涼似乎笑了聲，很輕，彷彿一隻柔軟的爪子般撓在了心頭。

白清夙喉結滾動了下，覺得空調裡吹出來的暖氣似乎太熱了些，他伸手調走了風口。

就聽陸子涼含笑道：『這是約會，你知道的吧？』

白清夙靜了幾秒，輕聲道：「待會見。」

掛上電話後，白清夙幾乎是直逼速限地飆回了地檢署，分秒必爭地將工作收尾，然後站在地檢署大門口，等著他的小涼來找他。

他盯著不遠處的站牌，看著一輛又一輛的公車停下、駛離，又停下……

時間似乎過得格外漫長。

但白清夙卻沒有感覺到絲毫不耐煩，相反地，他的心臟深處似乎正醞釀著某種奇異且病態的愉悅。期待、滿足、興奮，全都如致命的陷阱般，悄悄埋藏在他波瀾不驚的冰山臉龐底下，讓人看不出端倪。

每當陸子涼主動起來，他總能感覺到一股古怪的滿足感。

就彷彿看見最想要、最心愛的那隻獵物，一步一步靠近自己所設下的陷阱，卻完全沒有察覺到危險一樣，讓人忍不住期待起獵物被陷阱捕捉的那一剎那。

那肯定是個完美的瞬間。

這時，手機鈴聲掃興地響了起來。

白清夙只捨得分出一秒鐘的注意力去看來電顯示，然後就毫不留情地掛斷。

不知道小涼搭的是不是那輛公車？

白清夙的目光盯著路口另一側正在停等紅燈的環湖公車，忍不住從成排的玻璃窗戶望進去，想要找到陸子涼的身影。

手機再次響了起來。

白清夙拿起一看，又是四哥打來的電話。

整個家族裡，也就四哥有膽子和他親近，然而四哥也不是特別糾纏的性格，這麼急著打來，也許真有什麼急事。

白清夙勉為其難地接了。

通話那頭傳來熟悉的笑音：『喂，老么，吃飽沒？』

白清夙冷漠道：「說重點。」

『開口就說重點多沒人情味，好像我們兄弟二人難得說上話，就只為了談正事而已。』四哥笑道：『你也關心哥哥一句啊？問我吃飽沒？』

白清夙準備掛電話。

『你打算掛了對吧？那你可就聽不到我特地替你打聽來的消息了。』

「我不記得自己托你打聽過什麼。」

『嗯，但我記得你的喜好，你最喜歡的那個……你不想知道嗎？』

白清夙眸光微動，握著手機的指骨忽然用力了些，關節隱隱發白。

『陸家那個小可愛，哎，說起來也不是什麼好消息，四哥我先說抱歉了啊，要破壞你這幾天的心情了。』

白清夙嗓音冰冷：「有話快說。」

『你看，我還沒開始說你就已經不高興了，你一不高興我就很擔心自己的生命安全，哎，全世界也就我敢和你講這個。』四哥微微頓了下，聲音裡的笑意淡去了。『陸家準備舉行獻神儀式了。就這兩天。』

白清夙怔了一瞬。

陸家是個神祕的世家大族，領了上天的旨，世世代代都有年幼的神靈以凡人之軀降生在陸家，由陸家培養成新的城隍。

可是上一代，陸家出了紕漏，養出來的新城隍居然在滿二十四歲前就被惡神殺害，直接魂飛魄散。陸家前功盡棄，受到了神罰，培養城隍的旨意也被收回，自此一蹶不振。

「獻神祭典」是將育成的城隍獻回去給上天的儀式。可是已經不再有神靈降生的敗落家族，怎麼會舉行這個祭典？

白清夙瞳孔收縮了下。「難道陸子涼……可你分明說過他並不是城隍。如果他是，怎麼可能流落在外。」

四哥苦笑道：『是啊，當年陸子涼剛被丟出陸家的時候，大概每個家族都去探過了，大家都覺得不是，這才確信陸家已經失去上天恩澤，再也沒有培養新神的資格。但是，大概上個月吧，有人發現陸家這些年來一直藏著另一個孩子。』四哥頓了頓。『陸子涼是雙胞胎。』

白清夙道：「什麼？」

四哥嘆了口氣，似乎對接下來要講的話感到十分厭煩。『陸家的神旨好像並沒有被收回去，他們在二十四年前的祭天年還是得到了神靈化身的孩子，而且是雙胞胎。雙胞胎在我們這種家族……唉，你知道抵命咒嗎？』

白清夙沒說話。

『對了，你不碰鬼神之事。總之呢，城隍肯定就是這倆孩子其中一個嘛，在確定是哪一個孩子後，陸家主那個老變態，他為了確保這次的育神萬無一失，就把兩個孩子的命數打亂，把所有災難和劫數都集中在其中一個孩子身上，而所有的好運氣都留給要成為城隍的孩子。雙胞胎中，不管誰受了傷，傷口全都只會出現在陸子涼身上。陸子涼的命就像消耗品一樣，要同時抵銷兩人份的苦難，除非殺了他，否則沒人能夠傷害到他兄弟一根寒毛。』

「……」

他不知道這個。他只是在觀察著陸子涼艱難長大的過程中，發現了那些莫名被引到陸子涼身上的惡意。

因為那些巨大的惡意中，包括了被歸類在「邪性東西」的自己。

『當年我們都以為是陸子涼的母親觸犯了家族禁忌，這才被連人帶孩子的趕出陸家大門，呵，其實他們就是故意把陸子涼丟出來的，讓他在外面受苦受難，連同他兄弟的劫數都一起受了，好讓藏在家裡的陸子秋可以無災無難地長到二十四歲。』

四哥對這種作法顯然很不屑。『他們把陸子秋保護得嚴嚴實實，只派了一個使者暗中看著陸子涼，觀察會去傷害他的都是些什麼勢力，好做堤防。如果陸子涼不幸被記恨陸家的惡鬼惡神弄死了，那更好，隨著陸子涼這條命的犧牲，陸子秋的大劫就差不多清了。陸子涼可以自己在外面長到這麼大，真的只能用命硬來誇他。』

白清夙狹長的黑眸沉得可怕。

四哥續道：『可惜，獻神祭典在即，消息走漏，陸子秋的存在暴露出來，抵命咒的事情自然也浮上檯面了。那些不想讓新城隍誕生的惡鬼惡神們，又開始針對可憐的陸子涼了，畢竟陸子涼不先死，誰都傷不了陸子秋。』

方才停等紅燈的那輛公車駛過來了，在站牌緩緩停下。

白清夙看見陸子涼輕快地躍下了車。

通話那頭的聲音還在繼續。『獻神祭典本該在陸子秋滿二十五歲的前一天舉行，現在卻提早了將近半個月。我聽說，陸家這麼匆忙，是要在陸子秋的屍身尚能保住神性之前，趕緊將陸子秋獻出去。你聽得懂嗎？意思就是說，陸子秋不是時間到了自然闔眼的。他是被殺害的。』

公車站牌邊，陸子涼抬起頭，一眼就發現了站在地檢署門口等他的白清夙。

陸子涼露出燦爛的笑容，宛如一團陽光，笑著衝這裡揮了揮手。

可白清夙卻彷彿被一盆冷水澆下，罕見地渾身發涼。

『陸子秋既然是被殺害的，那麼陸子涼一定早他一步遇害。』四哥輕嘆道：『我很抱歉，老么。你喜歡到捨不得殺的那個小可愛，恐怕已經不在世上了。』

白清夙很少有腦筋一片空白的時候。

但是此刻，他是真的無法思考。

通話那頭，四哥擔憂的聲音傳來。『……喂？老么？別這樣不說話，你這樣我很怕啊，喂喂？嘖，你還好嗎？控制得住嗎？要不要四哥去看著你，把你給鎖起來……』

通話被掛斷了。

白清夙放下手機，看著陸子涼像一團暖風似的來到面前。

陸子涼笑意盎然地望著他，英俊的臉上是滿溢的愉快，對他道：「我來接你下班了，帥哥。」

白清夙眼眸黑得可怕，沒說話。

陸子涼莫名起了身雞皮疙瘩。「……幹嘛，太驚喜了？」他一把摟住白清夙的肩，就這麼勾肩搭背的往街上走。「餐廳不遠，你車子就先放這裡吧，我們走過去。聽說那家很好吃哦，既然你口味和我這麼像，應該會喜歡。」

白清夙輕柔而冰冷道：「小涼。」

「嗯？」陸子涼還沒轉頭，一股力道就將他猛然一拽，拽進了一條陰暗的小巷裡，用力抵在牆上！

陸子涼悶哼一聲，明顯愣住，要不是他早上知道了白清夙對他滿懷愛意，恐怕會被這粗暴的舉動給嚇到，以為白清夙忍不住要對他動手了。陸子涼張了張口，問：「怎麼了？要幹嘛？」

白清夙一手撐著牆面，一手扣住他的下巴，仔細端詳他。

他們倆的身高其實差不多，白清夙只稍微高了那麼一兩公分，並不具有壓倒性的優勢，但許是他身上的壓迫感太過強烈，陸子涼一時間竟覺得自己完全沒有反抗的餘地。

難得的是，即便被死死困住，陸子涼也並不恐懼。

他乖順地微仰頸子，任由白清夙審視，就仗著連白清夙自己都不知道的，那重至第六格的愛意，陸子涼簡直有恃無恐。

白清夙那黑漆漆瞳孔裡流露出來的殺意，在陸子涼眼裡都變成了濃情的注視。

陸子涼無所畏懼地迎著他的視線，喉結微動，輕語：「如果你是要親我，我很歡迎。」

白清夙線條冷厲的嘴唇輕抿了下。

陸子涼的目光控制不住地微落，盯在他顏色淺淡的唇上。

陸子涼心底，其實是對白清夙有著某種征服欲的。

冷峻的臉、深潭似的眼眸、居高臨下的神態、詭異而危險的氣質……白清夙渾身上下，沒有一點不長在陸子涼的癖好和審美上。

當初和城隍說要找個軟糯可愛的大學生交往，只是他的權宜之計，他真正無法抗拒的類型，就是白清夙這種看似無法攀越，也無法駕馭的冰山似的男人。

如果不是想要活命的警鐘不斷地被白清夙敲響，他可能早已淪陷，對白清夙予取予求。

白清夙並沒有親下去。

他捏住陸子涼雙頰的手輕輕摩娑，像是在感受陸子涼肌膚的觸感，以及裡頭透出來的溫度。表情認真得像是在確認什麼重要檔案似的。

陸子涼一時有些無奈。他不知道第幾次被白清夙單手捏住雙頰了，含含糊糊道：「這是你的特殊癖好嗎？可以，你愛捏多久就捏多久。」

「……」

片刻後，白清夙鬆手了，只是一手仍撐著他頭邊的牆面，定定地注視他。

「滿足了？」陸子涼有點好笑，他側過頭，親吻了白清夙露出來的一截手腕。「滿足了我們就走吧，預約的時間快到了，你要是想再捏，等我們吃飽了再來。」

說著，他就拉住白清夙的手臂，就像白清夙剛才拽他進暗巷一樣，將白清夙給用力拽出了暗巷。

絢麗的街燈鋪灑下來。

晚餐時間的街上人潮眾多，到處都熱鬧非凡，五光十色。前往餐廳的這一路，白清夙的目光總是落在陸子涼身上，像是迫切地想要看透他的本質，卻又隱隱約約的，不想直面真相。

走進步行街時，他們目擊了一起搶劫案。

有個人搶了女孩的包包後就跑了。

不少熱心民眾見義勇為，衝上前去追搶匪，就連賣地瓜球的老人家都追了出去，可陸子涼沒有動，而他身邊的白清夙也沒有動。

他們視若無睹地繼續前進。

白清夙的目光短暫地望向搶匪離開的方向，又轉回陸子涼身上。

在他眼裡，陸子涼一直是個奇特又矛盾的存在。

陸子涼那如雕刻般的英俊五官，總能露出使陽光遜色的燦爛笑容，分明能笑得那麼溫暖又熱情，實際上，卻是個涼薄冷情的人。

他看起來無所畏懼，卻又似乎經常感到恐懼；他長相善良，卻又並不善良。

白清夙忍不住想，如果陸子涼沒有被陸家人早早地拋棄，獨自在外嘗盡了世間冷暖、受盡了痛苦和委屈，會不會長成和他外表一致的，既溫暖又善良的人。

也許陸子涼本該被培養成那麼溫柔的形狀。

而那樣一來，陸子涼就不會是他這種邪性之人能夠觸及的存在了。

既不可能和他這樣並肩走著，那柔軟的唇瓣，也不可能吻在他的身上。

白清夙忽然伸出手，握住陸子涼的手。

生平首次，白清夙隱約察覺到了某種不安。他不確定原因是什麼，但這股情緒讓他想要緊緊抓住陸子涼，再不放開。

被牽住的陸子涼有些詫異，但很快的，他回握住白清夙的手，並拉著放進自己的外套口袋裡。

口袋裡非常溫暖。

白清夙心裡卻不知怎麼的，一陣一陣發冷。

四哥的那通電話就如石頭般壓在白清夙的心口。

如果陸子涼真的死了……那麼他身邊的這個小涼，到底怎麼回事？

預定的餐廳很漂亮。

裡頭裝潢雅致，園景美麗，餐點也非常好吃。

他們按照陸子涼的計畫，吃飯、閒逛、看電影，度過了一場完美的約會。

陸子涼心情好極了。

自從死在浴缸之後，他就沒有過得這麼順利過，正想問白清夙還有沒有什麼想做的事，就注意到白清夙又往左後方瞥了一眼。

這已經是白凊夙第三次做出這種舉動了，陸子涼忍不住也跟著回頭看一眼，問：「怎麼了？」

白凊夙頓了頓，收回視線，淡淡道：「沒什麼。」

白凊夙隱約瞥見了一個高大的男人。

他總覺得，那人好像在覬覦他的小涼。

回到車上之後，陸子涼調高了暖氣，道：「看完電影好像又餓了，你餓不餓？」

白凊夙並不餓，但他問：「你想吃什麼？」

陸子涼笑道：「其實我煮好宵夜了，我們回家吃吧。」

「煮？」白凊夙微頓。「你煮了什麼？」

在他的印象裡，家裡好像沒有什麼可以烹調的食材。

直到他看見電子鍋裡燉著的雞湯。

撲騰的熱霧中，白凊夙看著裡頭眼熟的、每一塊大小都切得恰到好處的雞肉，一向雲淡風輕的臉上，出現了罕見的僵硬。

「啊，好香，好香啊。燉得剛剛好，我真是天才……」陸子涼用湯勺撈了撈，確認了湯色，就迫不及待地拿來了兩個碗。

白凊夙艱難地滾動了喉頭，盯著鍋裡那些被攪得載浮載沉的肉和內臟幾許，似是不敢相信。半晌，他轉過身，心懷僥倖地去開了冰箱——

空的。

他歷經數月的精心飼養和嚴格挑選，好不容易養出來的，成熟而完美的雞……他起了個大早，在最恰當的時機從雞窩裡抓出來細細解剖，準備下班後再繼續把玩品味的雞……已然不翼而飛。

白清夙僵硬片刻，眼珠再次轉向電子鍋裡燉著的那鍋鮮美雞湯。

他瞳孔地震。

陸子涼撈起兩碗雞湯，對他露出迷人的燦笑，道：「發什麼呆，快來啊，你特地把雞骨都剃出來了，拿來燉湯最適合不過。我還在櫃子裡找到了紅棗和枸杞，也放了乾香菇，一定很好喝。」

白清夙在原地沉默片刻，才慢慢地跟陸子涼走到餐廳的檜木大圓桌，坐下來，盯著面前這碗湯色誘人的雞湯。

金黃色的雞湯上頭浮著一層淺淺的清油，濃郁的香氣霎時充滿了整個空間。

白清夙終於開口：「你，把我的雞給燉了？」

「嗯，就是你早上殺的那隻，你不是說這是時間到了，該殺的雞嗎？那你殺也殺了，光放著多浪費啊，不如讓牠做點更大的貢獻……」陸子涼看向他的臉色，總算是覺出了點不對勁，心頭咯噔一聲，遲疑道：「怎麼，你……還有用？」

白清夙沉默了。他拿起湯匙，喝了一口，入口鮮香濃郁，味道豐富，比外面賣的都要美味。

白清夙忽然也就沒那麼不高興了。仔細一想，這還是小涼第一次反過來餵食他。

真是個值得紀念的日子。

白清夙捧起碗吹了吹，三兩下就喝完了整碗，並把大小完美的雞肉和被陸子涼切過的內臟給吃得乾乾淨淨。放下碗時，他看向陸子涼，說：「你煮得很好。」

陸子涼沒想到還能得到這尊冰山的誇獎，有些詫異地眨了眨眼，道：「是嗎？那，哈哈那你多喝點。今年冬天太冷了，喝這個剛好可以驅驅寒，我以前自己住的時候，偶爾也會給自己煮一鍋。」

白清夙起身，似乎真的要去把整鍋端來，這下子陸子涼真有些受寵若驚了，趕忙舀起一湯匙喝一口，嘗嘗自己究竟煮出了什麼絕世珍饈。

「……」

味道也就還可以。

不過以這個廚房的貧瘠程度來說，他確實是超常發揮了。

喝了第二碗暖烘烘的燉湯，白清夙起身。「吃柿子嗎？」

「好啊。」

廚房裡側有一間儲藏室，剛採的柿子都放在那裡，白清夙過去之後，大圓桌上就只剩下陸子涼一個人。

陸子涼滿臉笑意地喝著湯，覺得自己和白清夙的關係有了飛躍一般的進展，正盤算著實行約會計畫的最後一步，一抬頭，就瞥見這張異常空蕩的大桌子。

陸子涼看著這空蕩蕩的大桌子，腦海中莫名就浮現往日裡，白清夙自己一個人坐在這裡，獨自沉默進食的模樣。

大圓桌總有家人團圓的意思，一旦空落起來，總會讓人心生落寞。陸子涼想到月老說白家的人因為恐懼，而要求白清夙隔離獨居的事，雀躍了一下午的心不知怎的，忽然有點悶。

陸子涼心想：「難怪白清夙廚藝這麼爛，肯定總在外面吃完才回來吧。換作是我，想到從前能坐滿的熱鬧圓桌因為自己而鳥獸散，也會心堵得想在外面解決。」

白清夙拿著幾顆飽滿的柿子和水果刀回來，見陸子涼含著湯匙發呆，淡淡道：「怎麼？」

陸子涼問：「你搬來這裡後，就一直自己一個人住？」

白清夙熟稔地執著刀，給柿子一圈一圈的削皮。「我從小就自己住。」

「從小？」

「家裡把我安排在公寓的一套房裡，會派人來照顧我，但那些人都只敢住在隔壁間，除了必要的時候，不會有人踏進我的屋子。」

白清夙手上速度很快，幾句話的工夫就把兩顆柿子去了皮，開始切塊。「我家是個很傳統的大家族，逢年過節一定要相互走動，送禮聚會，並且小住幾日。只有這種時候我才會被允許出現在大家的視線裡。不過即便如此，晚上我也會被單獨地劃到外頭的倉庫去睡。」

白清夙狹長漆黑的眸子瞥向陸子涼，語氣冷淡，像是某種善意的警告，輕輕道：「即便是親人，也沒什麼人敢親近我。」

陸子涼卻並沒有如白清夙預想的那樣，露出畏懼或困惑的神態。

陸子涼只是盯著他切出來的柿子，忽然道：「其實我也出身大家族。」

他放下湯匙，靠上了紅木椅背，邊看著他切果肉，邊道：「家裡的主宅涵蓋了整個山頭，房間多到數不清。只是，他們也不讓我住進去，他們讓我媽帶著我到外面去住。他們想要我暴露在外，暴露在所有人的視線下，如此一來……」

如此一來，就不會有誰再去注意另一個被家族藏起來的孩子。

所有對陸家有積怨、有仇恨，想要趁著陸家式微而落井下石的人們，都會把目光定在他身上。

他就是個替哥哥擋災的活靶子。

陸子涼垂下眸子，輕笑道：「我大概過得比你更差。」

白清夙道：「沒人照顧你。」

「是啊。因為我媽親眼看見我被人按進水裡溺死，在我媽的認知裡，我並沒有被搶救回來。她每次看到我都會崩潰，像瘋子一樣大吼大叫，覺得我是住在她家裡的鬼，怎麼也趕不走。當然，也就不會想起要給我吃東西。」陸子涼輕喃：「她只惦記我哥哥，惦記他有沒有吃好睡好……在她心裡，我已經死了很久了。」

白清夙執著刀的關節緊了緊。他用刀尖刺起一塊果肉，放進陸子涼的掌心。

果肉和盤子上其餘的一樣，都切成了小鴨子的形狀。

陸子涼只是垂眸捧著柿子小鴨，沒吃。

「我小時候真的過得超慘的。」陸子涼輕笑道：「我每天都吃剩飯度日，吃我媽媽的剩飯，吃鄰居的剩飯……實在太餓的時候，我就會去偷，只要是能入口的東西，我都偷過。後來，哈哈，你猜怎麼樣了？我居然難得運氣好，發現了一個好地方。」

白清夙雕小鴨的手驀然頓住。

「是一間很小很小的土地公廟，那裡偏僻，沒人看守，但總有信徒會拿水果去祭拜。我每天都去那裡偷供果吃。最常出現的水果，就是柿子。」陸子涼輕聲道：「柿子是挺貴的水果，不太可能被偷了一次，還會一直拿柿子去拜。但我小時候不懂這些，我每天都去偷吃柿子，連皮都吃。後來有一天，我發現柿子是削好的，削了滿滿一盤。」

陸子涼的指尖摸了摸掌心裡的小鴨腦袋。

「就是削成這樣，削成鴨子的模樣。一模一樣。」

白清夙靜默。

「吃慣剩飯的我都已經忘記食物那麼漂亮的模樣了，當下其實嚇了一跳，但我連土地公的食物都敢搶著吃，也就糾結了那麼一秒，就把整盤小鴨子都吃光了。」陸子涼笑了。「後來我才知道，那土地廟早就廢了，根本不會有人帶食物去參拜。那個好心人……就是專程來餵我的。」

如今面前的桌子上也擺了一盤和記憶中一模一樣的橘色小鴨子，而雕出小鴨子的人，早已沉默地停下了動作。

陸子涼突然抓住白清夙的椅子扶手，猛一拽，將白清夙轉過來直面自己。

「你是那個好心人嗎？嗯？」陸子涼將捧在掌心裡的小鴨子，當著白清夙的面放入口中，細細咀嚼。「那個沉默、疏離，卻又很甜的好心人？」

白清夙盯著他的眼睛幾秒，目光落到他水潤的唇瓣，沒說話。

陸子涼傾身湊近他。「我就知道我們以前遇過。因為你對我的態度，實在太奇怪了。你偷偷觀察過小時候的我對吧？你偷偷餵了我那麼長時間，是不是曾經忍不住現身，來靠近我、觸碰我了？我們一定接觸過，因為我隱約記得你的臉，覺得你眼熟……可每次回想，我又能感覺到，我的記憶在抗拒你。」

白清夙的睫毛顫了一下。

陸子涼輕輕地問：「你，是不是傷害過我，白清夙……」

白清夙的呼吸忽然粗沉起來。他張開口，想說話，陸子涼卻驀然前傾，吻住了他！

白清夙漆黑的眸子睜大。

陸子涼含住他的唇，火熱的舌頭探入他微張的嘴，在他敏感的口腔內撩了一圈，並在白清夙尚未反應過來前就退出來，溫柔地吮了下他的下唇，抽身後退，結束這一吻。

見白清夙定在了原地，神情隱隱錯愕，陸子涼就像惡作劇得逞似的笑了，心滿意足地舔了舔唇，拿起一隻柿子小鴨放進嘴裡，嚼出了滿溢的甜蜜。

「今晚還會陪我睡覺嗎？」陸子涼笑得有恃無恐，眉眼彎起的弧度俊帥又誘人。「就算有夜燈，我還是怕黑啊。」

白清夙微微抿了下唇。他垂在椅側、仍握著水果刀的那隻手，緊得關節發白。

他意識到自己現在的情況有點不受控。

他應該要斷然拒絕，離陸子涼遠一點。

然而事實再次證明，他根本無法抗拒小涼的任何邀約。

各自洗過澡後，熄了燈的客房大床上，兩人躺在了一起。

古舊夜燈的朦朧燈影中，他們各睡各邊，各抱各被，中間隔著些許距離，氣氛卻莫名旖旎。

短暫的靜默過後，陸子涼往白清夙那邊挪了挪，又挪了挪，很不安分地將手探入白清夙的被窩。

「……」

他感覺到陸子涼拉住他的左手。

陸子涼說起謊來面不改色，不要臉的湊到白清夙耳畔，用他低沉的男音輕聲道：「我害怕，你讓我牽著。」

「……」

白清夙縱容了。

陸子涼對他的無名指指根又揉又搓，還悶頭鑽到被子裡，不知道在看什麼，半晌，又鑽出來，衝他一笑。

「晚安。」陸子涼躺上枕頭，終於消停地闔上眼，乖乖地睡了。

而白清夙的心跳卻快得無法冷靜。睡意早已被驅逐，他心底一直死死壓抑著的，黑暗又病態的欲望，正在瘋狂暴漲！

誘人的獵物就近在咫尺，還對危險無所察覺，不斷地湊近、撒野，再無辜一笑……白清夙深吸一口氣，本是想平復情緒，可甫一吸氣，鼻腔中就瞬間充滿了小涼沐浴後的淡淡香氣。

那是和他一樣的沐浴乳香氣。

彷彿小涼渾身上下，從裡到外，都已經浸滿了他的味道和痕跡。

白清夙額角沁出興奮的汗珠，幾乎要控制不住衝動。

他想到了那一天。

那是他至今的人生中，最特別的一天。

那一天，從游泳比賽會場衝回來的小涼，在校門口攔住了他。

「學長！」

當年的小涼這麼喚他。

白清夙回頭時，看到的就是頭髮半濕，穿著國中部制服的俊帥少年。

那是在他悄悄地餵養下，長到了十三歲的陸子涼。

陸子涼氣喘吁吁，衝到他跟前時笑著喘道：「等等，等等啊！」

白清夙便停下來，耐心地等他喘勻氣息。

「哈哈，學長，嗯，那個，雖然你可能不知道我，但我從進入這所學校，就注意到你了。你……我們，我們在體育館遇過幾次，記得嗎？」陸子涼直起身子，仰著頭，臉頰跑得紅撲撲的，一雙眼睛彷彿浸滿了燦爛的陽光，就這麼亮晶晶地望著他。

因為從小營養不良的緣故，此時的陸子涼比同齡人瘦小，對上已經高三的白清夙，更是只高到了人家胸膛。看起來又小又脆弱。

白清夙低頭迎著他的視線，沒說話。

一腔熱情遭遇這般冷漠的態度，陸子涼也不氣餒，依舊笑意盎然道：「我記得你來看過我們的訓練對吧？你看！」他從頸子上摘下了一個東西，舉到白清夙眼前。「我拿到我人生中第一面金牌啦！」

他歡快地說著，獻寶似的將那面珍貴的金牌塞到白清夙的手裡。

白清夙的指腹摸到獎牌背面有凹凸不平的觸感，下意識地翻過來，發現背面被人用美工刀刻了歪歪斜斜的名字——陸子涼。

是自己刻的？

白清夙淡淡的疑惑才剛浮起，就聽陸子涼笑著再次開口。

「學長，你是我的初戀。」

白清夙怔住，瞳孔收縮了下。

旋即，一股詭異顫慄感驀然破開他綑在自己身上的枷鎖，衝上頭頂！

白清夙眼皮微動，邪性的黑眸像野生動物般，死死盯住了陸子涼。

陸子涼並未察覺那不同尋常的神態，他臉頰發燙，似是羞澀，卻又膽大妄為地續道：「學長，你的臉，你的長相……完全就是我的菜啊！我真的很喜歡你，我是真心的。」

白清夙沉默片刻。他在壓制他心中強烈且不尋常的情緒波動。片刻，才淡淡道：「長相？」

「啊，長相只是一個開端，就像我剛才說的，我已經注意你好一陣子了。」陸子涼抿唇笑了下，眉眼彎彎的。「學長你以前就來看過我比賽吧？我在比賽會場看過你好幾次。本來以為你是哪個選手的家人，後來發現……」他睫毛垂了下，又揚了起來。「謝謝你總是默默為我加油。在你之前，從來沒有人來幫我加油過，今天終於拿到金牌了，我想把它送給你。學長，你對我來說，就像……」

陸子涼沒有將話說完，只是帶著那青澀又熱情的笑意望著白清夙。

就像什麼？

白清夙難得起了一點好奇。

可他並沒有問出口。因為他心裡很清楚，不管陸子涼覺得他像什麼，都一定與他邪惡的本質相差千里。陸子涼對他的喜歡只浮於表面，而確實，他值得被人喜歡上的東西，也就只有他過於優越的外表罷了。

在以往，白清夙對自己的樣貌並不在意，如今看來，這副皮囊還是有那麼點可取之處——讓他在接近獵物時，更加地得心應手。

白清夙的目光在陸子涼身上流連幾許，低聲道：「頭髮還是濕的。」

突如其來的評價讓陸子涼愣了下。

白清夙的嗓音冷淡疏離，卻又異常平靜。

「你得保持健康才行。我帶你去吹乾。」

就是這麼一個最尋常不過的放學時間。

白清夙把他覬覦已久的獵物，帶回了自己家。

那個當下，他那自小就對危險非常敏感的可愛獵物明顯遲疑了。

但也許是不想錯過和告白對象獨處的時刻，又或許是對於賽場觀眾席上，唯一為他加油過的「家屬」的本能信賴，陸子涼的遲疑只存在了那麼幾秒，就心甘情願地踏入了陷阱。

接下來的一切，對白清夙來說都像美夢成真前的朦朧時刻。

陸子涼就像隻天真無辜的羔羊般，踏入了他危險的領地——

陸子涼坐在他的公寓沙發上、用他的吹風機吹頭髮、喝他給的冰牛奶、吃他買的點心、用他的筆寫作業……

這些年，白清夙在長久的暗中注視中，偶爾會有一種錯覺。

覺得自己對陸子涼好像是有感情的。

就像從小養大的雞崽，明知道最後是要宰殺的，臨到關頭，心中總有那麼丁點不捨。

那種不捨在此時此刻異常鮮明，不容忽視。

可同時，白清夙又很清楚，那並不是真正的珍愛，那只是種病態占有欲，是殺意來臨前的前奏。

所有血親都在反覆告訴他，他那邪惡變態的靈魂是注定無法珍惜任何生命的。他從小到大的行徑已經一次又一次地印證了這個定義，事到如今，就連他自己都深信不疑。

不捨、憐愛、珍惜……全都是短暫的錯覺。

白清夙聽說，第一個受害者對凶手來說總是最特別的。

小涼是他在世上最特別的人，自然會激起他為數不多的柔軟情緒。

算起來，從第一次在街上發現餓肚子的小涼，到現在已經五年了。

白清夙耐心地養了陸子涼這麼久，本來打算在陸子涼成年的那一日動手，因為那個獨一無二的年歲，象徵著獵物成熟的時刻。可看著陸子涼如今健康紅潤的模樣，他發現自己已經等不到那時候了。

陸子涼此刻的狀態，看起來恰到好處，完全符合他心目中獵物的理想狀態。

邪惡的殺戮欲望瘋了似的猛漲，白清夙等不及想要享受宰殺獵物的樂趣。

耐心教了陸子涼幾題數學後，白清夙去廚房削了些柿子。這將是他對獵物最後的投餵。

他喜歡獵物健康滿足的模樣。

白清夙沒有意識到，自打回到公寓裡，他對陸子涼一而再、再而三的照顧，其實是他潛意識裡對惡念的抗爭。他下意識地為自己即將到來的暴行拖延時間，阻止著靈魂中的邪惡面孔奪取掌控權。

他隱隱希望著自己不要傷害小涼。

可惜相對之下，這股堪稱良善的念頭太過虛弱，他根本無從察覺。

當白清夙端著整盤柿子小鴨走出來時，陸子涼已經枕著沙發扶手睡著了。

許是一整天的賽程下來消耗太多體力，不過幾分鐘的功夫，陸子涼就已然熟睡，他蓬鬆的黑髮垂落，紅潤的臉頰被沙發布擠出柔軟的弧度，手裡微握的筆搖搖欲墜，像是隨時都會掉入深淵。

白清夙屏住了呼吸。

美好誘人的獵物竟然在他的領地裡，完全放鬆了警惕。

這簡直是個令人無法抗拒的邀請。

——殺了他。

那個平時總能好好地壓抑在靈魂深處的邪惡聲音，每次一對上陸子涼，就好似嗅到了腥氣的凶鯊，層層破開白清夙完美的心防，發出清晰的蠱惑。

——快殺了他啊……！

白清夙的眼眸黑得可怕。

他佇立原地，魔征了似的盯著陸子涼好久。

牆上的掛鐘滴答作響，終於，白清夙挪動腳步，折返廚房。

「你身上有古怪，小涼。你在逼所有心懷惡意的人對你發瘋。」

白清夙輕聲道。

「你是唯一能讓我失控的人……」

客廳沙發上，陸子涼睡得無知無覺。

而一把鋒利的水果刀正在步步逼近。

詭異而緊張的氛圍在空間中不斷怒張。

彷彿自五年前，兩人在破落的小土地公廟相遇的那個瞬間起，命運的巨輪就注定要將他們推到這個殘暴的時刻。

可其實本來不是這樣的。

握著恐怖凶器的那隻手，本來……只是想端來一盤精心準備的柿子小鴨罷了。

第七章　他想殺我

深夜，客臥裡的古舊夜燈亮著朦朧的光。

陸子涼迷迷糊糊醒來，看見有人沉默地站在他的床邊。

這個景象詭異得不像現實，陸子涼怔了一下，有一瞬間以為自己還在夢裡，抬頭看見是白清夙，就更鬆懈了，困倦地輕哼道：「怎麼了，不睡覺在幹嘛……」

白清夙沒有回答。

陸子涼閉眼瞇幾秒，又強撐著睜開眼，再次慢吞吞地問：「你爬起來做什……」話音猛滯。

光怪陸裡的彩色光影中，他看見了白清夙手裡握著的東西，有一剎那的反光。

——是刀。

白清夙拿著把刀站在他床邊！

陸子涼瞬間清醒過來！

他僵硬幾秒，抬眸看向白清夙毫無表情的臉，很慢很慢地坐起身。而白清夙黑幽幽的眸子就如野獸般隨著他的動作，一點一點地移動。

陸子涼被那眼神盯得頭皮發麻，好不容易坐直起來，忙手臂往後撐，緊繃地往後挪，動作又慢又謹慎，爭取在不刺激到白清夙的情況下拉開雙方距離。他氣息壓抑，低聲問：「你要幹嘛？」

白清夙依舊沒有回答。

客房內光線昏暗，僅有的光源就是那盞夜燈，朦朧浪漫的顏色在此時看來，顯得格外怪誕。白清夙就站在床頭櫃旁，被光怪陸離的光芒潑滿半邊身子，另外半邊則陷在濃重的黑暗裡，彷彿在深夜叢林中蟄伏著的恐怖怪物。

忽然，白清夙往前了一步，膝蓋抵上了床墊，猛地衝他伸出手，要抓他！

無法忽視的壓迫感霎時擴大！陸子涼心跳漏了一拍，猛退躲避，卻沒注意到自己已然退到了床沿，登時手下一空，整個人向後咚地栽到床下去！

聽聲音就知道他摔得挺狠，然而那點痛楚和巨大的恐慌相比，根本微不足道。陸子涼踉蹌著扶住衣櫃站起，驚恐地盯著白清夙的刀尖，張了張口，悚然道：「白清夙你到底要幹嘛？」

白清夙終於開口，淡聲道：「我忍不住了。」

忍不住什麼？忍不住要殺他？

陸子涼耳畔嗡的一聲。

明明在兩人見面的第一天，他就預想過白清夙會殺他，可當這件事真的要發生時，他卻不可置信地瞪著白清夙。

……為什麼？

陸子涼怔怔地想。

為什麼會這樣？他們才剛約會回來，白清夙為什麼忽然就動了殺心？白清夙不是愛他的嗎？居然真的要動手？難道那份愛是假的？可月老的天秤明明都……

旋即，陸子涼猛然頓住。

他發現自己漏了一件事。

他看到白清夙對他有重至第六格的愛意，就有恃無恐，篤信白清夙不會真的傷害他，可他忘了去計算，白清夙對他的殺意究竟有多重。

白清夙究竟有多想殺他？

白清夙心底那份壓抑不住的殺意，是不是早就已經壓過了愛意？

比起和他談戀愛，白清夙終歸更想殺他。

陸子涼的心臟劇烈搏動。他看著白清夙手裡的刀，看著白清夙冷漠的神色，恍惚間……竟有種受傷的感覺。

白清夙都還沒有真正將刀子刺入他的胸膛，他心口就一抽一抽地疼，混雜著難以置信、驚恐、無措……以及深重的背叛感。

……背叛感？

背叛感通常來自於交付的真心，受到了傷害。

陸子涼驚慌的眼眸裡出現了錯愕，腦中一陣暈眩。

陸子涼心想：「該死，我是真的喜歡他。」

他禁不住地後退一步，和白清夙拉開更大的距離。

白清夙如獵食者般緊盯著陸子涼的一舉一動，見他的腳悄悄往門的方向轉動，便拿起擱在夜燈旁的東西。「小涼，不要怕，我只是——」

陸子涼如受驚的小動物般，瞬間就盯住了他動起來的那隻手，這一看不得了，白清夙拿的是一把鉗子！

——就是他早晨用來剪開雞的肋骨的那把花園鉗！

陸子涼驚嚇。「——靠！」

白清夙是真的想像殺雞一樣，把他給剖殺了！

陸子涼瞬間拔腿狂奔，如一陣風般穿過大床底端，不管不顧地就衝出了房門！

走廊上沒開燈，又黑又冷，他連拖鞋都沒想到要穿，死命狂奔，憑著記憶中的方向想直接衝到大門。

正摸黑著衝刺逃命，突然間，陸子涼迎面撞上一個東西！

砰的一下，撞擊力道太過巨大，他整個人摔倒在地，痛哼一聲，怎料那邊也傳來一陣痛呼。

陸子涼瞬間怔住。

是人？

可家裡怎會有別人在？

是人還是鬼？是駱洋嗎？

陸子涼愣然地盯住那個方向，就聽黑暗中又傳來些許動靜，似是那個傢伙爬了起來。

「嘻嘻……」

一陣詭異的笑聲傳出。

陸子涼瞬間起了滿身的雞皮疙瘩。

在笑？

下一秒，對方急速的腳步聲就衝他奔來！

「——！」

陸子涼手撐地面，一躍而起，剛站穩，對面就一個拳風襲來！

陸子涼本能地抬手去擋，對方卻異常靈活地避開他，瞬間張開手指抓住他的手腕，另一手暗中掄起硬物，高高舉起，往陸子涼頭側狠狠一砸——

砰！

陸子涼猝不及防被重擊倒地！

鮮血立刻從髮間湧出來，濕了半張臉，然而暴起的腎上腺素讓陸子涼一時感覺不到痛，他緊緊咬牙，伸出長腿用力一勾，將對方狠狠絆倒在地！

兩人登時在地上扭打成一團！

陸子涼狠揍對方幾拳，厲聲道：「你是誰？」

「嘻嘻……你還是這麼倔呀？」

那人甫一開口，莫名熟悉的嗓音就勾動了陸子涼的神經。他瞳孔震顫，覺得似乎有什麼恐怖至極的記憶，即將從腦海深處破牢而出——

鮮血。

劇痛。

被拖行的軀體。

逐漸淹過口鼻的窒息感……

陸子涼呼吸凌亂起來，渾身一僵，手上一時失了力道，被那人抓住了空檔壓倒下去！

那人高大的身體壓在他上方，粗喘著氣，興奮道：「真棒，你真棒，你還活著呢？哈哈哈！我們之間果然是很棒的緣分吶！你乖一點，我要把你帶回家，我們再來一次哈……」

那人撿起掉在一旁的硬物，高舉起來，準備再次朝陸子涼的頭狠狠砸下——

忽然，一個人影衝過來，將那人踹飛出去！

走廊燈光啪地被按開，白清夙目光冷厲地注視著那人。

那是個身材高大的男人，目測身高有一米八八，穿著件黑色帽T，寬大的帽沿幾乎罩住他的半張臉。然而只需一眼，白清夙就立刻認出來，對方就是早先約會時，偷偷跟在後方覬覦著小涼的人。

古怪的是，男人身上籠罩著一股邪性的黑氣，眼眶紅得發紫，眼神危險而邪惡，若不是他的喘息在大冷天裡，凝出了帶有活人溫度的白霧，他看起來簡直就像一隻徹頭徹尾的惡鬼。

那男人凶狠抬頭，釋放出濃烈的殺意，似是想將壞他好事的人也一併殺了，然而一看見是白清夙，男人的眼神忽然就變了，變得無比崇拜。

男人道：「嘻？您……我知道您啊！我聽說過您……哈我知道了……」

拋下這麼幾句沒頭沒尾的話，男人突然扔掉了行凶的紅磚頭，轉身就逃！

白清夙立刻就要追，可瞥見那紅磚頭一角上的血跡，白清夙身形猛滯，一轉頭，竟看見滿地鮮血。

白清夙登時瞳孔一縮。「小涼？」

陸子涼倒在地上，一直沒有爬起來，手摀著腦袋，身體輕輕蜷縮。

白清夙心跳像是要停了。

他立刻回到陸子涼身邊，扶住了陸子涼流血的頭，拿開他按在上面的手。「傷在哪？讓我看看。」

「別碰我！」陸子涼異常激動地推開他！

白清夙頓住。

就見陸子涼失神的眼眸裡滿是驚恐，挪動著後退，急喘著道：「不要……別靠近我……！」

鮮血不斷從他髮間溢出，滑到下巴，在地面上凝成血灘。

白清夙薄唇緊抿，再次傾身，不容拒絕地抓住他！

陸子涼驚恐掙扎。「滾開！」

可惜爆發的力氣一旦洩了就很難再快速攥起，陸子涼拚命扭身想逃，白清夙卻單手就控制住他，另一手撥開他的頭髮，只花了幾秒就找到出血點。白清夙立刻抓起陸子涼的手，按上去。「這裡，按好。我去叫救護車。」

那紅磚頭造成傷口有點深，不確定有沒有傷到顱骨，白清夙心頭發緊，剛起身，褲子就被拽住。

就聽陸子涼顫聲喃喃道：「不要……別丟下我……那個人……那個人是……！」

白清夙沒能聽清後面幾句說了什麼，見陸子涼雙手都來拽他褲子，立刻蹲下身，再次抓起他的手按住傷口，用難得溫和的口吻重複道：「按好傷口，小涼。保持清醒，我馬上回來。」

陸子涼似乎受到了嚴重驚嚇，一向明亮的眸子裡恍惚得厲害，也不知道究竟有沒有聽進去。白清夙隱約覺得情況不對，快速地跑進房間拿手機叫救護車，再回來時，陸子涼已經倒回地上，意識搖搖欲墜，按著傷口的手也早就無法壓緊。

白清夙立刻將毛毯蓋在他身上保暖，又用乾淨的紗布幫他按壓傷口，注意到血流得比較少了，但並未止住。

「小涼？」白清夙用另一手檢查陸子涼的其他傷勢，一邊道：「告訴我你哪裡痛。」

陸子涼沾著血珠的睫毛顫動著，抓住他的袖子，嘴唇微微蠕動。

白清夙側耳去聽。

陸子涼害怕地呢喃：「是他……就是他……」

白清夙道：「你認識剛才那個人？」

陸子涼低語：「我好痛……呼吸……不了……」

白清夙立刻檢查他的呼吸，卻沒有發現異常，確認道：「胸口有壓迫感嗎？」

陸子涼閉上眼睛，絕望又恐懼的輕道：「救我……」

他微弱地呼救，揪住白清夙袖口的手卻鬆了開來。

白清夙冷靜的聲音終於出現不穩。「小涼？小涼？」

陸子涼徹底失去意識。

白清夙喚不醒他，只能按著他的傷口，怔怔地看著他沾染鮮血的蒼白臉龐。

白清夙感到渾身發冷。

巨大且陌生的不安在胸膛中橫衝直撞，他覺得自己好像也呼吸不了了。

他不知道第幾次轉頭望向大門口，希望救護車立刻就出現在眼前。

濃重的窒息感中，時間慢得彷彿要逼人發瘋。

到了醫院，陸子涼被醫護人員推進去，白清夙剛想跟過去，就被趕來的員警攔住，做了筆錄。

白清夙不時瞥向陸子涼離去的方向，快速向警方交代了凶嫌特徵、事件始末，並告訴員警：

「我家大門外和果園小路上都有裝監視器，一定有拍到到那人離開的方向。請盡快抓住他。」

否則他絕對會幹出駭人聽聞的事情來。

員警離開後，白清夙坐在手術室外的椅子上，直盯著亮著的手術燈。

他冷峻的臉上毫無表情，看不出一絲焦急之色，彷彿只是偶然間坐在了這裡，可忽然地，他發現到自己的手原來在輕輕顫抖。

他垂下眸子，看見了滿手猩紅，黏黏膩膩的，很不舒服。

是小涼的血。

於是白清夙那想要洗手的念頭，再次沉寂了。

他甚至小心地握住了自己的手，用自己的體溫去暖它，想要減緩血液乾透的速度。

在白清夙眼裡，陸子涼就像一顆誘人的果實。

光是看著，就能想像出它甜蜜美好的滋味。他看顧了這顆果實多久，就饞了它多久，他拚命隱忍克制，其實做夢都想將它切開來，嘗一嘗它裡頭鮮美的滋味。

可就在他真的按耐不住，想要去動它的時候，突然，冷酷的現實輕飄飄地告訴他——

這是這世上最後一顆果實了。

吃掉了，就再也沒有了。

白清夙心中那本來再難壓制的殺戮欲，陡然地就被一盆冷水澆熄了。

四哥曾說，他喜歡陸子涼喜歡到捨不得殺。

白清夙本來非常不以為然。陸子涼是他相中的第一個獵物，他只是還沒有遇到真正恰當的動手時機。

如今他忽然意識到，也許四哥說的沒錯。

他不想要陸子涼死。

他根本無法承受陸子涼死亡的後果。

他那一次又一次被陸子涼勾起的殺意，正在將他自己引向毀滅。

白清夙低下頭，深吸一口手上的血腥氣。

……很香。

他幽深如潭的眸子裡顯露出丁點陶醉，控制不住的又深吸一口，但很快的，他閉上了眼，壓抑地喘息。

「小涼。」白清夙低聲道：「小涼，你不能有事……」

手術室打開，護士問：「陸子涼先生的家屬在嗎？」

白清夙立刻起身過去。

醫生走出來，認出他。「哦，白法醫？是你的家人？」

白清夙道：「他怎麼樣了？」

醫生皺著眉道：「傷口處理好了，沒傷到顱骨，可能會有腦症盪的情況，但大抵沒什麼大礙。只是他的身體狀況很糟，糟得不可思議。他簡直像個重病將死的人。」

重病將死的人？白清夙微微怔住。

醫生道：「光看各項數值就知道他身體出了嚴重的問題，可我們查了病例，他近年並沒有重大傷病的記錄。他最近有什麼異常嗎？」

自從陸子涼住進來，白清夙就一直留心著，小涼明明被他照顧得很好。狀態好得活蹦亂跳，就算低燒著，精神也不錯。

但旋即，白清夙想到四哥的那通電話——

『陸子秋既然是被殺害的，那麼陸子涼一定早他一步遇害。你喜歡到捨不得殺的那個小可愛，恐怕已經不在世上了……』

緊接著，白清夙又想到陸子涼落水後，明明身體不舒服，卻對醫院有著強烈到不尋常的抗拒。像是來到醫院後，會出現什麼脫離陸子涼掌控的事情似的。

再加上，陸子涼肌膚上那種細微的，常人難以察覺的異樣觸感……

白清夙眼皮顫動。

難道……

醫生見他一直不說話，以為他被突如其來的噩耗給震住了，轉而安撫道：「先安排他住院，最好做個詳細檢查，別擔心，人現在沒什麼生命危險。很快就會醒的。」

一整夜，白清夙都守在陸子涼的病床邊。

陸子涼卻一直沒醒。

他頭側貼著紗布，手上掛著點滴，臉色蒼白如雪，像一具安靜的屍體。白清夙經常盯著他的胸膛，默數他的呼吸，偶爾，心裡忽然湧起一陣莫名的恐慌，白清夙還會握住他的手腕，去探他的脈搏。

就在白清夙不知道第幾次去抓那截手腕時，陸子涼發出一點微弱的呻吟。

白清夙立刻抬頭。「小涼？」

陸子涼眉毛皺起，呼吸急促起來，額角冒出冷汗，甚至輕輕掙扎起來。「嗚……」掙扎的力道很虛弱，白清夙輕而易舉地按住他，不讓他亂動。「怎麼了？很痛嗎？」

陸子涼的睫毛劇烈顫動，卻怎麼也睜不開眼，半晌，他喉嚨裡發出極度恐懼，卻也極度微弱的嗚咽：「不要……不要啊……」

是做噩夢了。

白清夙的手臂半摟住他，一手輕柔地按住他的髮頂。「小涼，醒醒。」

陸子涼醒不過來。他痛苦地抽了口氣，像受傷的小動物一樣哀鳴，眼角沁出淚珠，驚慌地呢喃：「哥……哥……救我……」

白清夙那冰塊似的心，驀然一陣揪緊。他很輕很輕地撫摸小涼的頭髮，想要安撫他的情緒，但小涼依舊小聲啜泣著，顯得那般無助。

於是白清夙撫摸他的手又停住了。

白清夙黑漆漆的眸子望著陸子涼臉上的淚痕，忽而輕問：「我也在你的噩夢裡嗎？」

他還殘留著淡淡血腥氣的手撫過陸子涼的面頰，溫柔地去擦那些眼淚，清澈的淚水又濕又涼，這樣的觸感讓白清夙想到不久前浸透他掌紋的鮮血。

白清夙薄唇輕抿。

「……我也在你的噩夢裡吧。」

陸子涼無意識地啜泣一會兒，掙扎著側過身，蜷縮起身子，不安地想把自己給藏起來。白清夙注意著不讓他壓到頭上的傷，替他裹好被子，然後傾身將他半摟在自己的胸膛前，給他能夠躲藏的安全感。

手裡一下一下地輕拍陸子涼的背，無聲地哄著他。

慢慢地，陸子涼安定下來，只是眉毛還緊緊皺著，臉色煞白。

「害怕的時候，別再叫你哥了。」白清夙淡淡開口。「你可以叫我的名字。我幫你殺了所有欺負你的人，你就不會再做噩夢了。」

白清夙輕輕執起陸子涼的手腕，摩娑著他的腕骨，然後，他側頭，吻在陸子涼脈搏鼓動的手腕內側。

就像不久前的暗巷裡，陸子涼對他做的那樣。

白清夙薄而淺淡的唇貼著陸子涼的肌膚，輕喃：「小涼想要誰第一個死？就選那個砸傷你的人好不好？你想要他怎麼死呢？說出來，我都能做到……」

這時，一旁傳來敲門聲，有人開了門。

白清夙撩起眼皮，幽黑的眸子和梁舒任對上視線。

梁舒任看見白清夙在偷親昏迷傷患的手腕，剛要邁進來的腿不由頓住。

「梁檢？幹嘛停住？」

後頭傳來郭刑警粗獷的聲音。

「呃，咳，沒事。」梁舒任還是走進來了，目光掃過躺在病床上的陸子涼，眼底一陣複雜。他對白清夙溫聲道：「我們還是出來說吧？」

此時天才濛濛亮，醫院的走廊上安安靜靜。

三個熬了一整晚的男人站在空橋附近，喝咖啡提神。

梁舒任氣質儒雅，站在窗邊拿著杯咖啡，整條醫院廊道都彷彿成了巴黎街景。他低嘆道：「我聽說陸子涼傷勢沒有大礙，本來想著能不能和他交談幾句，沒想到他還沒有醒。真是打擾了。」

白清夙道：「為什麼是你過來？」

這種私闖民宅的案件不太會在深夜直接勞動檢察官，現在距離案發才過了不到五小時，按照往常速度，案子應該還停留在警方那邊。

郭刑警憋不住話，率先道：「闖進你家的那個人我們已經查到了，他叫王銘勝，是個藥廠研究員。你們家的監視器有拍到他，又好死不死剛好一台車經過，頭燈把他的臉照得超級清楚！我們員警一下子就認出來，他是不久前被我們篩掉的嫌疑人之一！」

郭刑警激動地抬手比劃。「就那個你前後驗了三具屍體的連環殺人案啊，我們懷疑過他，局裡留著他的資料，一下子就比對出身分了。」
白清夙只問：「抓到了嗎？」
「還沒有。但我們搜了他的住所，發現他原來還有另外租一間屋子，就在南汸街一棟老公寓的四樓。」郭刑警深吸一口氣。「你知道我們在他租屋處的冰箱裡找到什麼嗎？」
白清夙默了一秒，明白為什麼是梁舒任親自出馬了。「左腿。」
「就是左腿！」郭刑警壓著氣音，飛快道：「我們才剛從湖裡撈到少了左腿的屍體，這裡就出現一條左腿，離奇不離奇？我們連夜做了ＤＮＡ比對，確認了，就是受害者駱洋遺失的那條左腿！那個租屋處裡還採集到了大量血跡，搜出了新型安眠藥，那個王銘勝……」
郭刑警激動得連咖啡都差點灑出來。「他八成就是連環殺人案的凶手啊！謝天謝地，老天保佑，終於知道凶手的身分了！死那麼多人還差點辦成了個懸案，你都不知道我這兩個月來掉了多少頭髮！現在警方在擴大排查，一定很快就能抓住那畜生。哎，說起來功勞還是你的，你家監視器真的是這兩個月來唯一給力的一支，畫面高清，完全不糊！」
白清夙沒應聲。之前的監視器畫面會糊，應該是有惡鬼或惡神在幫那個王銘勝，如今忽然不糊了……他漆黑的眸底閃過森然的殺意。
梁舒任注意到了，心中一悚，抓住他的肩膀嚴肅道：「白清夙。」
白清夙抬眸和他對視。
梁舒任被那眼神盯得心頭發緊，道：「現在還不知道王銘勝為什麼忽然闖進你家，你不要輕舉妄動，他連磚頭都帶進你家了，顯然本來就有行凶的準備。那種連環殺人魔心理狀態都不正常，也許是因為你連剖了他的三個受害者，他才注意到你，對你起了興趣。如果不是陸子涼也在你家，受傷的也許是你！」

白清夙道：「他的目標本來就是陸子涼。」

「——！」梁舒任和郭刑警雙雙驚住。

「昨晚出去，我就注意到有人暗中尾隨我們。」白清夙冷聲道：「他盯的是小涼。他的前三個受害者全都是運動選手，小涼是他偏好下手的類型。」

一陣悚然的靜默。

郭刑警倒吸口涼氣。「……靠腰，所以他昨晚其實就是想殺人？」他捏緊了咖啡紙杯，驚駭道：「對了，他總是先弄暈受害者，把暈厥的受害者溺死，然後砸爛對方的臉，拋進明石潭棄屍。他確實把陸子涼砸暈過去了啊。」

白清夙道：「我之前的驗屍報告也提過，我懷疑重創受害者臉部的凶器很有可能是磚頭。王銘勝在深夜闖進我家，可能是想趁小涼熟睡，將新型安眠藥注入小涼體內，再把人帶走。」

「但是出了意外，他直接撞上陸子涼，情急之下就掄起磚頭了。」梁舒任思索道：「只是這次好像不太符合他先前嚴謹的行事風格。他既然尾隨過你們，就一定知道家裡不只陸子涼一個人在，怎麼會突然這麼冒險？你們倆都是成年男性，以一對二太不切實際了，他應該要選陸子涼自己在外面落單的時候動手。」

白清夙回想著昨夜，陸子涼那像是創傷後應激反應的狀態，輕道：「小涼可能認識他。」
梁舒任和郭刑警都詫異地看著他。
白清夙冰冷的指尖輕蹭著咖啡杯，望向病房的方向，眸底森寒。
「小涼也許拿了什麼不該拿的東西，引起凶手不安了，非進我家不可。」
白清夙看向郭刑警。
「能不能麻煩你派人幫我保護小涼，我回家看看。」

病房內，陸子涼昏睡了一整天。
他身陷在他最大的噩夢裡。
夢裡夜幕低垂，星空璀璨，他被父親牽到一個池塘邊。
那個池塘小小的，看起來不深，但對八歲的孩子而言，它就如深海般無法觸底。
哥哥曾無數次告誡過陸子涼，不要自己跑到這裡來玩。
然而今日，是父親帶著他和哥哥過來玩的。
——應該是安全的吧。
當時的陸子涼這麼想。

直到他聽見母親的慘叫。

「啊啊啊啊啊啊啊——」

母親淒厲的嗓音如厲鬼在嚎啕。

「啊啊啊啊啊不要！他們只是孩子，他們不會游泳啊！嗚嗚他們會死的，您不能這麼做！住手啊啊——」

「……把她拉開。」一個低沉的嗓音這麼說。

那是大伯伯的聲音，他是家族裡地位最高的人，是家主，沒有人敢忤逆他的話。

於是陸子涼眼睜睜地看著母親被從自己身邊狠狠拽開，摔在了一旁，被麻繩用力捆住。

陸子涼嚇到了，邁著小腿想過去。「媽媽……」

然而父親的手就像鐵鉗一樣，死死地抓著他。

陸子涼像小獸一樣劇烈掙扎。「嗚！」

「你弄痛他了。」

一直沉默著的哥哥忽然開口。哥哥本就沒有被父親牽著，此時靠過來，直接拉開父親的手，把陸子涼牽在自己手裡。

陸子涼驚慌道：「媽媽她——」

「噓。」陸子秋低聲道：「媽媽會沒事的。」

陸子涼問：「現在到底要做什麼？為什麼後面來了這麼多人……」

陸子秋看著他幾許，衝他笑笑。「你不是一直想來這個池塘玩嗎？大家都來陪你玩水了，開心一點。」

每次陸子秋一撒這種半真半假的謊，陸子涼立刻就能察覺到。陸子涼看著雙胞胎哥哥，又看向後面如傀儡人偶般木訥的父親，心底一陣恐懼。

那陣恐懼在他看見池塘中探出一雙恐怖的半透明大手時，攀到了巔峰！

「啊啊啊啊——」

陸子涼發出驚恐的哭叫，被那大手抓住了幼小的身軀，瞬間就往水裡拖！

嘩啦——

黏稠的冷水淹過頭頂！

窒息感一湧而上，陸子涼激烈掙扎，在濃稠的黑水中拚命滑動四肢，想要呼吸。他掙脫那隻半透明的大手，好不容易浮上水面，眨眼間又會被拽下去，浸入水底。

不斷重複，宛如煉獄酷刑。

有什麼東西正在滲入體內，像帶刺的觸手般撕裂血管，陸子涼的耳邊迴盪著慘叫聲，有他自己的，也有母親的。

極致的痛苦撕扯著感官，在某個時刻裡，陸子涼覺得自己痛出了幻覺，他的雙耳浸泡在濃黑的水中，卻彷若能聽見遙遠的聲音——

「……家主，您真的要這麼做嗎？」

「這次不能再出錯了。惡鬼集結，我們非保住城隍不可。」

陸子涼肺裡的最後一絲空氣，化作了一串串破裂的氣泡。

「……何必這麼難過？結束之後，溺死的留給妳，我要帶活下來的那一個走。」

「不要啊啊……」

身體不斷下沉，陸子涼的瞳孔在渙散。

「子涼。」

陸子涼失神的眸子微動。是哥哥的聲音，悶在水裡，但顯得很近。

「子涼，不管我們誰活下來，都不要恨對方，好嗎？」

「子涼？回答我啊啊……」

陸子涼虛脫地閉上眼睛。

他知道自己不會是活下來的那一個。

因為相較於天才般的陸子秋，他不管做什麼，都顯得平庸至極。

他用盡力氣在這水潭裡求生，被痛苦的慘叫折磨盡了體力，而陸子秋卻還能組織言語，和他說話。

陸子涼覺得很不甘心。他還覺得委屈、痛苦、害怕……

他知道自己要被家族拋棄了。

所有和他血脈相連的親人，都會因這一場溺斃，將他視為無物。

若不是在水中下沉，陸子涼一定哭得很厲害，哭得滿臉是淚。被珍愛的人們猝不及防地拋進必死的深水裡，原來是這麼恐怖的事情。

明明昨晚的家族聚會上，所有人都寵愛著他，轉眼間，他們就能在岸上看著他去死。原來他們是早就安排好了的。

原來昨晚的聚會是一場道別。

陸子涼失去意識的最後一剎那，隱約覺得自己似乎張開了口。

「哥……救我……」

他不知道自己說了什麼。

他的聲音被濃稠的黑水給吞沒，沉寂在廣袤的靜默中。

他的靈魂好似沉到了黑水的最底端，碰觸到這世間最邪性、最恐怖的脈流。

巨大的邪惡和黑暗占據了他的腦海，如引災的凶獸一般闖進他體內，自此棲息在他的靈魂深處。

爾後，他的記憶出現了斷層。

直接就跳到了被趕出陸家，住進外頭屋舍的時刻。

「記憶沒有斷層。你只是一直昏睡著。」

隔著門板，陸子秋這麼告訴他。

陸子涼沒回應。此時他正獨自待在「新家」的黑漆漆小房間裡，抱膝坐在地上，臉色麻木，一動不動。

門外，陸子秋喚他：「子涼？」

陸子涼依舊一動不動，眼神很空洞。

陸子秋沉默了會兒。「可能永遠不會再見了。不出來和我道別嗎？」

陸子涼不說話。

沉重的靜默瀰漫在曾經親密無間的兄弟倆之間，就在陸子涼以為陸子秋已經離去時，門板忽然砰地被推開！

陸子涼精神不穩，被狠狠嚇了一大跳，下一秒，他就被陸子秋用力抱住！

「哥一定盡快強大起來。在這之前你不要死，你絕對不能死。哥會來看你的，哥會偷偷保護你。」陸子秋緊緊抱著自家弟弟。「求你，求你活下來！用盡全力活下來！」

一向活蹦亂跳的陸子涼，此時像失去生機的人偶般安靜。

陸子秋覺得自己要瘋了。「你聽進去沒有？你聽見了沒啊子涼——」

陸子涼輕喃：「大伯伯說的獻神祭典，是什麼時候？」

陸子秋見他有反應，又哭又笑地捧住他的臉，和他額頭相抵。

「二十五歲生日的前一天。就是我們滿二十四歲的那一刻。」

陸子秋堅定地告訴他。

「哥會成為最強大的城隍，徹底擺脫家裡的控制。在那之後，哥一定……」

哥一定什麼？

陸子涼不記得了。

實際上，方才的這一切他全都記不清了，也只有在夢境裡，才會重演得這麼清晰。

陸子涼緩緩睜開眼，發現自己躺在醫院病床上。

病房內除了他自己，空無一人。

頭很痛。

陸子涼抬起手，在頭側摸到了紗布，懵了一會兒，記憶才逐漸回籠。

對了，他在被白清夙嚇得逃出客房後，被人打暈了。

陸子涼撐著床墊坐起來，按住腦袋。那個人，那個王銘勝！他看見王銘勝的臉了，長什麼樣子來著……

陸子涼頭痛欲裂，摸到了放在一旁的手機，想看一眼時間，眼睛卻忽然定在了日期上。

十二月二十號。

距離他的二十五歲生日，還有將近兩週。

陸子涼忽然就怔了一下。

——獻神祭典是什麼時候？

——二十五歲生日的前一天。就是我們滿二十四歲的那一刻……

陸子涼的指尖突然顫抖起來。

那個戴著青面獠牙面具的城隍，那個從一開始就莫名親近他、對他自稱「哥」的城隍……陸子涼其實不是沒有懷疑過對方的身分。在知道那傢伙不是門神，而是城隍之後，懷疑他是陸子秋的想法就更是猛地跳了出來。

但這個想法很快就被陸子涼忽略了。

一是因為陸子秋已經脫離他的生活太久，他很難一下子把陸子秋連結到身邊人身上；二是他覺得兩人用這種方式相遇的可能性太離譜，比起失散的兄弟忽然相認，說是那破廟裡的城隍忽然想交新朋友，好像更合理一點。

然而如今回想，兩人相處時的每一個細節，似乎，都是明顯的線索。

那一直不肯摘下的面具、對他懷有著奇怪的愧疚感、對他的死亡狀態感到迫切緊張，還對他可能遭受的危險，表現出異常激烈的反應。

那位城隍想要親近他的渴望，和其面上遮遮掩掩的矛盾態度結合在一起，簡直欲蓋彌彰。

陸子秋……

陸子涼忽然間就意識到，為什麼自己會下意識地忽視種種線索，希望對方不是陸子秋。

因為他們的生日還沒到。

生日沒到，獻神祭典根本還沒來得及舉行，陸子秋竟然就以靈體的姿態出現在他面前……那只有一種可能。

陸子秋死了。

在人間育成的神明在獻神祭典之前死亡，神格會受損，靈體也會受到重創。很可能支撐不了多久，就會魂飛魄散。

陸子涼聲音輕顫：「不，不可能，那個城隍應該不是……」頓住。

他想到那個城隍說過的，那些似真似假的玩笑話。

——我們倆絕對不行。

——即便我確實深愛著你，為了那不可言說的原因，我也不得不放棄。

——我以前欠你，我現在來還的。可以幫你運好幾千次的屍哦……

有那麼一瞬間，陸子涼覺得自己好像要崩潰。

這世上除了他哥，沒人會這樣半真半假地逗他。

陸子涼呼吸急促起來。「……是因為我？因為我死了，沒人替他擋災，他才被殺的？」

如果他沒有被愚蠢地殺死，誰都傷害不了陸子秋。

但很快，他洶湧的痛苦又好似被斷續的記憶給卡住，逐漸冷卻。

「不，不對，我只是陸家保護他的其中一道防線罷了，就算我死了，他也不痛不癢，甚至都不會察覺。」

陸子涼輕喃。

「對，不關我的事。不是我的錯。他一次都沒有來見我，就像所有人一樣拋棄了我，憑什麼要我內疚？憑什麼……」

陸子涼這麼自語著，身體卻好像失去了控制，忽然就急切地爬起來，抓起一旁袋子裡的衣服換上！

他甚至都沒有細想是誰為他準備的東西，抓著手機就急匆匆地跑出醫院。

夕陽餘暉中，陸子涼攔下計程車，計程車沿著環湖路線行駛，在到達白清夙家的那條山路時，夜色已然降臨。

蒼白的路燈亮起，陸子涼下了車，沿著蜿蜒的山路往上跑！

他要親眼確認。

他要確認那個城隍到底是不是陸子秋。

在那之前，他絕對不信……

可跑了一陣子後，忽然間，陸子涼察覺到了不對勁。

在以往天黑之後，越是往山裡走，越是燈火寥落、人影稀疏。

然而今日，半山腰上的城隍廟竟燈火通明。

陸子涼抬頭望去，赫然發現上方的山路上，有一群穿著黑色衣衫、戴著黑獸面具的人影，乍一望去，也不知究竟是人是鬼。

那群戴面具的人影提著一盞盞的紅燈籠，列了長長的隊伍，正慢慢地往城隍廟的方向走。

每個人都微低著頭，姿態恭敬而肅穆，而在長長隊伍的中間，竟抬著一個靈柩。

那靈柩通體烏黑，散發出恐怖的威壓，紅燈籠的光線倒映上去，彷彿讓它沾染了血色。樹林中安靜得詭異，連風都無聲無息，天空開始捲起了濃雲，將月光擠出了天際。

沿途的路燈不知何時，全都黑了。

濃深的山林中，那列送葬隊伍的紅燈籠，成了一列詭譎起伏的長燈。

——本來現實的世界，轉眼間就極近鬼神。

陸子涼驀地停下腳步！

他悚然地意識到，自己的腳步聲竟是這方區域裡的唯一動靜。

心口怦怦地急跳，他正遲疑著，那詭異的送葬隊伍裡就有人注意到了他。

隊伍領頭者臉上的黑獸面具，緩緩轉過來，就要看向他的方向——

突然，一隻手從旁邊伸過來，用力抓住陸子涼的手腕！

陸子涼狠狠嚇一跳，反射性要甩開，對方卻用力一拽，陸子涼登時眼前一花，下一秒，竟就瞬移到了城隍廟的後面！

陸子涼微愣，猛轉過頭，看見了戴著青面獠牙面具的城隍。

城隍正望著下頭的送葬隊伍，輕嘖一聲：「好險，可不能讓他們撞見你。今天不是一起玩耍的好時機啊心肝，你聽話，先從後面那條小路離開，等我——」祂回頭，忽然注意到陸子涼頭側的紗布，立刻捧住陸子涼的頭，焦急察看。

本來就緊繃的聲線登時摻上了慍怒。「誰傷了你？」

陸子涼只是看著祂，不說話。

城隍急道：「怎麼傷的？嚴不嚴重？醫生怎麼說——」

啪！

城隍側著頭，錯愕睜大了眼。

陸子涼一巴掌打掉了祂的面具。

恐怖的青面獠牙面具喀嚓地摔在了地上，城隍愕然地看著那面具，睫毛劇烈顫抖，僵硬好半晌，才緩緩地轉回被打偏的臉，直面陸子涼。

「……」

「……」

他們像照鏡子似的望著對方。

可怕的沉默在空氣中蔓延。

醫院。

白清夙看著空蕩蕩的病床。

「……」

幽黑的眸子裡好似要捲起恐怖的風暴。

守在門外的員警走了以後，他就離開了那麼一下子。

他的小涼就不見了。

他帶來的換洗衣物也不見了。

……陸子涼跑出去了。

而那個覬覦小涼的殺人魔，此時仍然藏匿在無垠的夜色之中，蓄勢待發。

白清夙深吸一口氣，快步出了病房，並給郭刑警打了電話。

「陸子涼不見了。」

第八章 問鬼

送葬的隊伍提著詭譎的紅燈籠，來到了破落的城隍廟前。

靈柩被緩緩地放下，氣流激起了輕灰。

老廟公注意到外頭動靜，蹣跚地走出來。

看見這麼一群身穿黑衫、臉戴面具的詭異隊伍，老廟公也絲毫不覺得有什麼可怕，只和藹地詢問領頭者：「啊……你們……是誰呀？」

領頭者那黑獸面具下，傳出低沉的男音。

「陸家。」領頭者道：「送新生的城隍上任。」

老廟公聽了，眼睛周圍的皺紋倏然一張，似是非常驚訝。

「陸家的……城隍啊？」老廟公道：「大家族的城隍……神格極高……怎麼會來……我們這種……小廟呀？」

領頭者沉默了。

最終，領頭者只道：「獻神祭典即將開始，請您迴避吧，老人家。」

戴著黑獸面具的陸家人開始迅速且安靜地行動起來。

他們如鬼影般無聲地擺出繁複的陣勢，手裡的鮮紅粉末一經灑出，就潑成了濃豔的血色。濕潤的地板抹出了鮮血般的巨陣，那副威壓甚重的靈柩周圍，亮起了淡淡的，螢火似的光芒。光芒越來越多，越來越亮。

天空的濃雲開始發黑，樹梢震動，風聲鶴唳，遙遠之處似有無數的鬼影圍攏而來，萬鬼攢動，淒聲叫囂。

黑衫黑面的陸家人拿起鑼鼓，沉聲敲擊。

噹——

「月老沒騙我。那面具底下，果真是張會讓我做噩夢的臉呢。」

城隍廟後面，陸子涼看著眼前的雙胞胎哥哥，輕飄飄地說。

陸子秋長得和陸子涼一模一樣，除卻陸子秋因為養尊處優而顯得更瓷白一些的肌膚，在外人看來，根本分不出他們兩個有什麼區別。

陸子秋僵硬地看著陸子涼幾許，又被鑼鼓聲引得望了望獻神祭典的方向。他似乎在忍受某種痛楚，那邊的鑼鼓聲震一次，陸子秋就承受不住的輕顫一下，耳根周圍的瓷白肌膚上，隱隱顯露出細小卻可怕的裂紋。

陸子秋強忍著靈魂震盪的疼痛，維持面上的平靜，緩緩開口：「子涼，現在不是說這個的時候，你——」

「求你活下來。用盡全力活下來。」

陸子秋猛地怔住。

「當年，你是這樣告訴我的。」陸子涼輕輕地說：「我受了那麼多折磨，都不敢死，你怎麼能被殺死呢？」

陸子涼突然伸手掐住陸子秋的脖子！

「……唔！」陸子秋的喉嚨裡洩出一聲痛哼。

「你從小就天資靈秀，隨便擺弄一下那些奇奇怪怪的法器，就能驚豔所有人，每個人都說你將會是陸家數代以來，培養出來的神格最高的城隍。如果你不願意，誰能殺得了你？」陸子涼冷冷地注視他。「陸子秋，你根本沒有用盡全力保護自己，對吧？」

陸子秋看見自家弟弟眼底閃過的恨意，忽然像是承受不了一般，心緒激烈地動盪起來！

……是。

是的，他沒能用盡全力。

因為受到惡鬼們圍攻的那個當下，陸子秋心神不寧。

他感覺到了與他血脈最親密的雙胞胎弟弟好像出了事，正心頭一慌，那些惡鬼就忽然對他群起攻之，就那麼一瞬間的分心，一把刀尖就直接扎進了陸子秋的胸口。

痛楚讓陸子秋猛回過神，反手擊開了惡鬼，剎那間就讓對方碎成了粉末。他擔心地摀住胸口的傷，立刻撤到遠處確保自己的安全，可突然間，他低下頭，怔怔地盯著自己胸前的傷口。

鮮血汩汩湧出，染濕了衣服。

陸子秋瞳孔劇縮。

在以往，即便是一個小割傷，也不可能讓他珍貴的血液淌出來。因為在血珠凝出來之前，傷口就會被抵命咒轉嫁到陸子涼身上，他自己永遠都會毫髮無傷。

他應該要毫髮無傷的。

除非……

陸子秋難以置信地摀住自己的傷口，用力地按住，可鮮血還是源源不絕的湧出，彷彿昭示著他往後的任何努力，都將從這一刻起失去意義。

陸子秋瞳孔劇震，輕喃：「不……」

那個傷口其實不深，根本不致命。

但陸子秋忽然就嗆出一大口鮮血。

他身邊還圍著一群虎視眈眈、要他性命的惡鬼，可他卻好似都忘記了一般，摀著自己胸口跪倒下去，突然大哭起來。

艱辛的成長需要十多年的努力，可信念崩塌卻是一瞬間的事情。

在應該誓死捍衛自己的時刻，陸子秋腦海裡卻只有那個他滿心愧對，卻無法見到的人。

——肯定是因為我。

——我還是害死了子涼……

陸子秋本來可以輕而易舉地，讓在場的惡鬼全部灰飛煙滅。

可他好像突然掉進了無比孤獨的世界裡，控制不住地捣著胸口，在危機四伏的黑暗中，撕心裂肺地哭泣。

他任由惡鬼殺了自己。

死亡的那一刻，他聽見了自己神格破裂的脆響。

陸家傾盡全力、日盼夜盼，不惜犧牲陸子涼也想養出來的東西，出現了不完美的醜陋裂紋。

這一道道蛛網似的裂紋就好似骨血裡的暗傷，令他境界跌落，疼痛難忍，本來能如呼吸般輕輕鬆鬆度過的獻神祭典，變成了凌遲般的折磨。

熬不過去，就會魂飛魄散。

城隍廟前，詭譎的祭典如火如荼地推進著。

靈柩周圍漫溢出來的光芒越來越盛。

廟後的陰暗處，陸子秋被自家弟弟掐著脖子，被獻神祭典爆出來的力量寸寸凌遲，可他只是靜靜地忍耐。

就如他這十多年來的日子一般，安靜又隱忍。

「子涼。」陸子秋輕啞道：「哥對不起你。」

陸子涼眸子一動，突然注意到他耳根附近的裂紋蔓延到了頸側，驀地鬆開手！

「咳……」陸子秋捣著脖子深吸一口氣。

陸子涼盯著他幾許，抿了抿唇，涼薄道：「十多年來，一次都沒來見過我，我早就沒有哥哥了，別說得好像我們很熟。」

陸子秋眼底有著濃郁的愧疚，解釋道：「你對我來說太重要，我不希望家裡人發現這一點，又興起要動你的心思，所以我……」

「不重要。」陸子涼道：「我背負了兩人份的厄運，被所有人拋棄也是理所應當，在我眼裡，你也就是其中一個陸家人而已，沒什麼區別！我來這裡只是不敢相信，當年那個信誓旦旦的人……居然就這麼被殺死了？呵，真是想不到啊。」

震天的鑼鼓聲變得越來越急促，陸子秋皺了下眉。時間不多了。他看著陸子涼頭側的傷，有些急切地開口：「子涼，你聽我說，白家那個……他叫白清夙對嗎？他其實和我是很類似的存在，他就是個惡神的雛型！惡神站在我的對立面，你又是和我最親密的存在，他想要傷害你是一種本能。你留在他身邊實在太危險，他一定會忍不住對你動手，不管他殺沒殺過人，他就是個殺人魔——」

「殺人魔？」

陸子涼突然冷笑。

他向前一步，揪住陸子秋的衣襟，怒道：「你才是最大的殺人魔！」

陸子秋緩緩睜大眼。

「你知道我為什麼沒辦法和人維持關係嗎？你說我沒在愛人，要想找到對象就只能欺騙感情，你以為是為什麼！」陸子涼憤怒道：「每一次，每一次我鼓起勇氣和人親近，都會像恐怖片一樣收場！他們總會在某一天莫名其妙地傷害我，想要置我於死地！在這世上，我根本沒有可以信任的人，沒有一個安全的地方，我每天都在懷疑自己下一秒會不會死，我簡直沒有辦法休息。這都是因為你。」

他死死瞪著陸子秋，似乎覺得很荒謬。「我就是在八歲那年沒能自己游上去，為什麼就要受到這種待遇？為什麼我不過是被趕出陸家的門，就得永遠孤身一人？我就想像普通人一樣生活，怎麼就這麼難？你以為我想當個涼薄的人嗎？憑什麼我就得這樣涼薄地活著，連個親近的人都不敢奢求！」

陸子涼笑了幾聲，見陸子秋已經徹底僵住，便鬆開了他，冷酷道：「你說白清夙是惡神？呵，惡神好歹在我快餓死的時候給了我吃的，還餵了我五年，在我看來，他比你更值得去信啊。」

陸子秋臉色驟變。「陸子涼，你知道自己在說什麼嗎？」

「我現在是鬼了呢，我親近他，會變成惡鬼嗎？如果我真成了惡鬼，你要親手殺了我嗎？」陸子涼忽而一笑。「那種場面一定很有趣吧。」

陸子秋胸膛激烈起伏，臉色難看到了極致。

廟前，鑼鼓的鳴響更加緊湊，催得一聲急過一聲！

噹——

陸子秋的身形猛晃一下，輕吸一口氣，有一瞬間蒼白得像是要破碎了一樣。

陸子涼從他的表情上看出了痛苦之色，忽然就心頭一懸。「你幹嘛？」

陸子秋抬眸望著他，眼底的痛苦含著一層怒意，似乎被他剛才的話氣得不輕。但緊接著，陸子秋就張開手臂，傾身用力抱住他！

「子涼，即便我不在了，一旦你涉足鬼神之事，惡鬼惡神們還是會忍不住被你吸引。」陸子秋輕道：「我實在改變不了這一點。我很抱歉。」

陸子涼一頓，陡然掙扎起來。「什麼叫你不在了？」

「就是，舉個例子嘛。」陸子秋把他抱得死緊。「我是真的希望你離白清夙遠一點，可我又希望，你能因為他而活過來。我也是很自私的……呃！」

陸子涼被他突如其來的痛吟嚇了一跳，發力想推開他，看看他究竟怎麼了，可獻神祭典那邊卻忽然閃現出刺目的光芒！

金色的光線如浪濤般暴湧而起，霎那間就淹過了夜色，湧進了意識，陸子涼眼前金光一片，什麼都看不清楚，也無法動彈。他感覺到陸子秋的懷抱鬆開了他。

陸子涼心慌。「等等！」

下一秒，金色的光海就吞沒了陸子秋。

陸子涼猛地伸出手，想抓住他，驚叫：「哥……」

可他「哥」的音才開了個頭，一隻手就從後方用力摀住他的嘴，將他粗暴地向後拽——

哐啷！

陸子涼滾了兩圈撞在一塊硬物上，疼得一睜眼，就看見破舊的廟門在眼前轟然闔上！

濃烈的金光被擋在偏殿外頭，後方傳來少年清冽的嗓音。「白痴嗎！你乾脆直接跑到陸家人面前，大喊大叫說自己沒死透算了！」

月老怒指著他，恨鐵不成鋼道：「拜託你動動腦子，他們精心培養的城隍因為你而神格破損，若是知道你竟還想透過禁術贖命……哈，誰知道他們又會想出什麼陰損法子折磨你、利用你！拜託你遠離他們的視線！」

陸子涼癱坐在地上，背靠著紅色跪拜椅，一動不動。

月老睨他道：「喂！被那金光閃傻了？」

陸子涼失神片刻，很慢很慢地道：「你說，因為我，而神格破裂？」

「那是陸家人的想法。因為你一死，陸子秋就崩潰了。」月老輕哼一聲。「但是在我看來，陸子秋完全是自己找死，根本不關你的事。反倒是你無辜受害，那些惡鬼是為了殺他，才先對你動手的。」

安靜的偏殿裡，月老年少的嗓音顯得有些冷漠。

「陸子秋僅僅因為手足的死亡就跌了境界、壞了神格，實在太過軟弱，他根本擔不起城隍的位置。當初他來到廟裡時，我就覺得他總有些不合時宜的軟弱。」

月老說著，清亮的眼眸落下，盯在陸子涼身上。

「作為即將上任的一廟主神，他居然因為自己內心的愧疚，死死抓著應該放手的人，哈，說真的，他來坐坐城隍的位置，我覺得很可怕。實力強大的人未必公正，往後若是和惡神們打交道，他一定守不住底線。那獻神祭典他熬不過也好，我並不想和他同守一廟，他早晚，會再幹出玉石俱焚的蠢事。」

陸子涼一直低著頭。半晌，才道：「他……快消失了嗎？他快魂飛魄散了？因為……神格破裂？」

「害死你的人，你擔心他？」

月老有點嫌棄。祂望向外頭，震天的鑼鼓聲已經被祂隔絕在偏殿之外，只有隱隱的光線從門縫透進來。「對於神格破裂的神靈來說，獻神祭典就是個難過的死劫，你剛才見的，也許就是他的最後一面了。」

「……」

陸子涼安靜得過分。

月老這才覺出不對，紆尊降貴地蹲下身來，仔細瞧他，這才發現陳舊的地上已經落了好幾個水點。

陸子涼在哭。

月老驚了下，張了張口，愕然道：「你、你哭什麼？你們十多年沒見，早就沒感情了，至於這麼傷心嗎？他是傷害你的罪魁禍首啊。」

陸子涼輕輕顫抖，抬手摀住了眼睛。

月老難得無措，伸出的手臂懸著，像是想安慰他，又無處安放。「你幹嘛啊……你自己死的時候都沒哭，幹嘛為別人哭啊？」

「我本來也有的。」陸子涼微微哽咽。「哥哥，爸爸媽媽，很多很多家人……我本來都有的。」

月老一時怔住。

「我明明也是他們的孩子，我甚至還和陸子秋長得一模一樣，可他們竟然為了陸子秋就拋棄我，從此，不管我的死活。」陸子涼輕輕吸鼻子。「自那天起，我就發誓不再和陸家人扯上關係，我告訴自己，我也是很珍貴的，他們不要我，我也要自珍自重。我可以自己保護自己，靠自己的力量活下來，並且成為一個優秀的人。」

陸子涼稍稍抬起頭，濕潤的睫毛下，眼淚如珍珠般滑落下來。

他本就長得好看，濃密的眉毛蹙起了心碎的弧度，明潤的眼眸含著深重的破碎感，那無助的眼神一掃過來，月老心口就跟著抽疼了一下，為他受過的委屈而憤怒。

陸子涼哭笑道：「我這麼拚命想活，我死了都想活過來……我明明是為了自己才這麼拚命的，可為什麼，陸子秋一死，我偏偏……有種前功盡棄的感覺呢？」

陸子涼轉過身，仰頭看向供桌上的那個天秤法器。

前一天看，天秤還是個充滿希望的寶物，如今再看，竟只覺得心中麻木。

「為什麼？我為什麼這樣？」

月老默然。

陸子涼哽咽。「當初發現自己被殺害的時候，我真的好怕，我害怕極了。我以為那就是人類懼怕死亡的本能，懼怕凶手，懼怕所有和自己死亡相關的一切……現在想想，哈，哈哈哈……我其實是怕陸子秋死吧？我怕沒有我擋著，他會受傷，我更怕他發現我死了，就放棄自己……」

陸子涼笑了起來。他越笑，眼淚掉得越凶。

「我當初真的是瘋了，我居然直接跑來拍你的廟門，找神明討說法……正常人誰會這樣做！現在知道陸子秋毀了，之前那拚死拚活的求生意志，居然，忽然就散了，沒有意義了。原來我是為了陸子秋啊？原來我是為了他……」

陸子涼揪住自己的髮絲，笑得很厲害。

「怎麼能這樣？我怎麼可以是為了他……這不就意味著，其實連我都不是真心覺得自己珍貴嗎？是因為記得自己是他的一部分，才這麼執著地要保護好自己……哈、哈哈……我這到底算什麼？自我欺騙？原來我是真的相信，我不配在沒有他的情況下，活著啊……」

月老蹙起眉毛。

祂看陸子涼自暴自棄地哭著笑著，用力揪住陸子涼的後頸，迫使他仰起頭。

祂垂眸告訴他：「每個靈魂都是獨一無二的。沒有誰該是誰的附屬品。」

陸子涼瞳孔失焦，好似回不過神。

自打初見以來，月老首次見到陸子涼崩潰的時刻。就連面對死亡都能鎮定地找到出路、搏出一線生機的人，居然為了傷害自己最深的人放棄求生。祂沒想到會這樣。

月老心想，是祂搞錯了。

陸子涼並不是個自私自利的人。

他是個極度自卑的人。

他的涼薄，全都是對他自己的涼薄。

月老扶住他的臉，告訴他：「你既然是獨立成長的，你心中的那份驕傲就要自己守住，不要因為誰的死就屈服了，那樣，會愧對曾經那麼努力的你。」

陸子涼濕潤的睫毛顫動。

「在我眼裡你其實更有潛力，可惜你的家族只盯著陸子秋，根本沒有去挖掘你的優點。陸子涼，你是個單獨的個體，不管陸子秋怎麼樣，你爭取到的生機就是你自己的。我不明白你為什麼一夜過去，就變得這麼絕望，但你的生機仍在，選擇權也仍然在你的手裡。」

月老手指捏緊，迫使陸子涼集中注意力。

祂問：「你自己說的，賠命要賠在這一世才有意義。欠你的人即便死了，也還是欠著你的，你還是可以討回你平白葬送的性命。你要回去找那個邪性東西，繼續獲取他的愛嗎？」

陸子涼慢慢地眨了下眼，視線逐漸聚焦。

他想到白清夙。

想到白清夙深更半夜站在床邊，拿著刀，殺意赤裸的模樣……

陸子涼眸底閃過濃烈的恐懼，無意識地顫抖了下。

月老又蹙了下眉。祂的目光移到陸子涼頭側的紗布，嗓音變得極冷。「他傷你了？」

陸子涼形狀優美的嘴唇動了動，沒應聲，只是搖了搖頭。

也不知道是沒傷他，還是沒有要回去白清夙家的意思。

月老心底的慍怒再次騰然而起。祂不知何時起就已經把陸子涼歸到自己的羽翼下，每次看到陸子涼受欺負，祂表面上疏冷，其實心裡都很不爽。

但祂只是個掌管姻緣的月老。

看著無辜的受害者一次次身心受創，祂無能為力。

這樣也好。月老心想。

當初，祂是因為即將成為同僚兼上司的陸子秋的請求，和些許忤逆上頭的樂趣，才把那禁忌的天秤法器拿出來的。可祂故意沒有告訴陸子涼一些會造成紙紮人偶受損的因素。

祂從一開始就不希望陸子涼成功。

因為祂知道，即便陸子涼真的搏出了那萬中無一的可能性，活過來之後，也依舊會面對惡鬼惡神們的折磨。

甚至會比以往更勝。

祂面上不提，其實於心不忍。

月老將一把小刀放到陸子涼手裡。

那是把通體朱紅的刀，木質的溫潤手感，刀刃沒有開鋒，卻含著一股凜冽之氣。

陸子涼茫然了一會兒，有些疑惑地看向祂。

「不想繼續，就割斷紅線吧。」

月老用那年少的嗓音輕聲告訴他。

「來生不會再讓你投生到這種人家了。我保證。」

◆

警方展開了一整晚的搜索，既沒有找到殺人魔王銘勝，也沒有找到被他盯上的陸子涼。

直到接近清晨時分，一通電話打進了轄區派出所。

『有、有屍體！』

一個中年人驚慌地報案。

『那個涵洞！就那個半山腰城隍廟後面那條路，一直下去，有一個瀑布啊，瀑布後面的涵洞！我去夜釣，我、我家大黃跑進去，裡面有、有一具屍體啊啊啊啊啊！』

在附近巡邏的員警過去查看，立刻通報了分局，刑警等人趕到現場，又過了不久，檢察官到了。

梁舒任接過刑警遞來的手電筒，越過水漥，一看見躺在裡頭的屍體，腦筋就嗡了一聲——

寒氣逼人的涵洞中，面孔熟悉的年輕男子闔著眼，英俊的容貌變得死白又冰冷，無聲無息地躺在潮濕的岩石上。

梁舒任不敢相信地快步上前，用手電筒白光照在屍體的面孔上，像是想要看得更清楚些。然而不管他多不願意相信，所有的細節，都在他腦海裡叫囂著「陸子涼」這個名字。

陰冷的涵洞裡，冰冷的屍體前。

梁舒任想到了那一天。

那是他至今的人生中，最恐怖的一天。

它發生在高三那年，一個最尋常不過的放學時間。

梁舒任在圖書館被白清夙放了鴿子。

白清夙一向守時守諾，從來不曾這樣爽約，何況他們今天來圖書館不只是要備考，還要完成一份急迫的分組作業。

打電話給白清夙，他也沒接。

出於擔心，梁舒任去了白清夙家。

白清夙的家門很奇怪，只能從外面上鎖，梁舒任按了門鈴，又拍了拍門，皆無人回應。

也許白清夙還沒回家。

梁舒任這麼想著，正要轉身離開，忽然，門裡頭傳來一聲悶響！

像是有誰摔倒在地的聲音。

梁舒任的腳步頓住了。「清夙？你在家嗎？」

門板後面，回應他的是一連串的急促腳步聲，以及再次摔倒在地的動靜。

哐啷啷——

有東西接二連三地落地。

梁舒任那一貫敏銳的心，忽然就懸了起來。

他立刻打開門衝進去！

入目的是一片狼藉的客廳。

沙發靠枕、書包、作業、考卷、筆……全都散落在地。

而凌亂的雜物之間，赫然有點點的血跡。

梁舒任瞳孔劇縮。

他緊盯著那刺目的血紅，沿著血跡衝進廚房，看見了他此生難忘的一幕——

白清夙正拿著刀，盯著餐櫃的方向。白清夙冷漠的臉、興奮的呼吸、全是鮮血的手、淌血的刀尖……每一個元素都恐怖至極。而那幽黑眼眸所注視的方向，倒著一個少年。

少年本該雪白的制服上沾滿了鮮血，就倒在餐櫃腳邊，一動不動。

制服上繡著的名字也被血色浸染。

——陸子涼。

梁舒任認出了那是他們學校國中部的制服。

梁舒任滿目驚悚，全身的血液彷彿都衝上了頭頂！他也不顧白清夙還手執凶器，直接用力推開了白清夙，衝到陸子涼身邊，喊道：「……學弟？學弟！」

陸子涼唔了一聲，有些茫然地睜開眼，雙眸空洞。

梁舒任焦急地想問他傷到了哪裡，但忽然間，他聽見了腳步聲。

白清夙拿著刀，緩緩走過來。

白清夙輕柔而冰冷地警告。

「不要碰我的小涼。」

梁舒任簡直毛骨悚然！

他一把抱起瘦小的學弟，拚死往外衝！

廚房是開放式的，連著餐廳，梁舒任把陸子涼扛在肩上，瘋了般地逃命，想要往大門跑！

然而白清夙就像個無聲而迅速的鬼影，繞過餐桌，一次次地堵住了他的出路。

最後，他被堵到了餐廳的角落。

梁舒任急喘著氣，瞳孔微擴著，對白清夙瘋魔的樣子感到難以置信。

白清夙平時收斂著的那種詭異而危險的氣質，此刻無限放大，充斥了整個空間，壓迫著氣氣。那雙黑得好像折射不出光亮的眼眸，更是緊盯過來，執著的視線宛如凝實成了利刃，一下一下地刮蹭著梁舒任的神經！

梁舒任感到呼吸困難。

後面無路可退，白清夙逼近一步，恐怖的威脅感更是成倍的壓過來！

梁舒任感覺到陸子涼在害怕地發抖，便將陸子涼放下來，迅速藏到自己身後。

白清夙黑漆漆的眼睛就如野獸般緊跟著陸子涼，目光還往後探了探，想要看看他被藏到哪裡去。

梁舒任冷汗直冒，雙手撐住兩側的牆，身子後靠，死命地將陸子涼擋住。

「……」白清夙的視線於是回到了梁舒任身上。

雙方沉默對峙。

氣氛壓抑得可怕，神經緊得像是隨時都要崩斷，梁舒任輕喘幾口氣，目光落在白清夙手裡的刀上，率先道：「把刀放下。」

白清夙滿臉漠然。

梁舒任重複道：「……白清夙，把刀放下！」

白清夙卻道：「為什麼？」

為什麼？居然問為什麼？梁舒任大聲道：「你已經傷到人了，你這是在犯罪！把刀放下，讓我們離開！」

白清夙輕喃：「你要走，可以。但我要小涼留下來。」

梁舒任想要大吼不行，但他知道白清夙現在狀態不對，情緒激動只會讓情況更加惡化。這個時候也不可能分神報警，他緊盯著白輕夙的一舉一動，深吸一口氣，問：「你把他留下來，要做什麼？」
白清夙靜默一瞬。
「我，」白清夙道：「我想……」
手裡握著的刀尖隱隱顫抖起來。
梁舒任注意到了，同時他也發現白清夙沒握刀的那隻手一直在流血。
滴過整間屋子的血，是白清夙的？
梁舒任臉上閃過意外。他的手向後，按住陸子涼的手臂，無聲地安撫了下，再一次逼問：
「你告訴我，你想做什麼？」
白清夙薄唇微動，卻沒有發出聲音，忽然，他抬起手，看見了自己握在手裡的刀。
白清夙忽然怔住了。
須臾，他閉了閉眼，用那隻流血的手摸向口袋。
梁舒任警戒地瞪著他。「你要幹什麼？」
白清夙拿出了手機，撥了個電話。
通話一秒就被接通了。
白清夙道：「四哥，拜託你過來一趟。」他撩起眼皮，深黑的眼睛彷彿穿透梁舒任，盯在被藏起來的陸子涼身上。「我有一個很想殺的人，我實在，控制不住……」
很想殺的人。

梁舒任不敢想像，年紀尚幼的陸子涼親耳聽到這種話，未來該做多少噩夢。

他在白清夙放下刀的那一刻，立即轉身抱起陸子涼，衝出白清夙的家門。

他一路跑，跑下了樓梯，跑出了公寓，跑到了街邊。

他甚至不斷回頭，確定白清夙沒有拿著刀追出來。

多年的好友一夕間成了恐怖的凶犯，梁舒任知道自己會永遠記得這一天。

他在確認安全後，才放下陸子涼，焦急地彎下腰將陸子涼檢查一通，發現陸子涼身上一道刀傷都沒有，只有頭上腳上有一些嗑碰到的瘀青。制服前襟的那灘可怕血跡，是沾上去的。

梁舒任不放心地問：「有沒有哪裡痛？他到底對你做了什麼？」

陸子涼看起來有些恍惚。

梁舒任接連問了好幾句，陸子涼都像是沒聽見似的，好半晌，才終於開口。

陸子涼說的第一句話是：「啊，我的書包忘在裡面……」

梁舒任不敢相信地道：「你先擔心一下自己啊，我們……我想想，我先帶你去警局報案，之後我們再——」

陸子涼道：「為什麼要報案？」

為什麼？梁舒任愣了下。他按住陸子涼的肩膀，認真地和他解釋：「他那是殺人未遂，我們必須把他抓起來，免得他再來傷害你。」

陸子涼卻笑了，道：「這樣就殺人未遂了？這和我所認知的殺人差得有點遠啊。他根本沒傷到我，怎麼就殺人了？他如果真想殺我，就不會在落刀的時候，自己抓住刀刃了。」

梁舒任道：「他如果沒想殺你，就根本不會落刀。他有這個意圖，而且還真的付諸行動了，就算最後他沒有傷到你分毫，也不能改變他犯罪的事實。」

陸子涼靜了靜，抬頭端詳了下梁舒任的臉，道：「我還是第一次遇到為我討公道的人。學長，謝謝你，但是你的好意我就心領了。剛才那樣……哈哈，那沒什麼的。那真的沒什麼。」

梁舒任不知道陸子涼到底都經歷過什麼，才會覺得剛剛那一齣「沒什麼」。他勸道：「就這麼放著不管，也許他明天又找上你呢？後天呢？在你快要忘記的時候，重新出現呢？你難道要活在恐懼裡，每天擔心自己的性命安全？」

陸子涼聽了這話，露出了十分不合時宜的，陽光般的笑容。

「怎麼會有你這麼溫柔的好心人啊？」陸子涼笑道：「我本來覺得今天運氣糟透了，很傷心的，但現在又覺得好像沒那麼糟。」

梁舒任心想，這樣就叫好心人了？這不是每個人都會做出來的反應嗎？

「你說的對，我以後要當游泳選手的話，就得積極地保護自己的身體。我從頭到腳都很珍貴。」陸子涼單薄的身軀明明還因為剛才的恐怖事件而發抖，卻說出了這樣的話。

「但是這次就算了。沒有他，總還會有別人來傷害我。他既然在最後一刻握住刀刃，放過我了，那我也不追究了。放過彼此不是很好嗎？一個一個追究……太累了。學長你如果去報警，我也不會承認發生過這件事的。就讓我安靜地生活吧。你放心，我會記取教訓，以後，我再也不會……」

陸子涼垂下眸子，那一刻，他看起來真的非常傷心。

他沒把話說完，就道別離開了。

梁舒任自己去警察局報了案。

然而一切都不了了之。

梁舒任一直覺得自己對陸子涼有愧。

因為他的正義感並沒有從一而終。他和白清夙一直是朋友，直到今天都是。他知道白清夙有些異常，可這份異常被他自己控制得很好，除卻當年那一次，就再也沒有失控過。

這些年來，白清夙一直都是記憶裡的那個冷靜又克制的優秀菁英，梁舒任始終願意去相信，白清夙不會再重蹈覆轍。

然而看著涵洞裡，躺在地上的那具冰冷屍體，梁舒任的信念受到了重擊。

陸子涼的屍體被保存得很好。

保存得太好了，和王銘勝那毀掉受害者面部、綁磚塊拋屍明石潭的殘暴犯案手法相差太大。

梁舒任無法控制地想：「不會吧？不會的……陸子涼從醫院失蹤的時候，清夙給人的感覺是真的很心急啊。難道他是裝的？他殺了陸子涼，藏在這裡，然後才通報說陸子涼失蹤？他是幾點回醫院的？時間來得及嗎？該不會，該不會真的是……」

這時，涵洞外頭傳來一陣動靜，似乎是又有人到了。

梁舒任忽然想起值班法醫是誰。「等等，別讓清夙進來，攔住白法醫——」

可白清夙已經看見了裡頭的屍體。

只需要一眼，他就能認出對方是誰。

白清夙突然站住不動了。

他看著屍體，整個人竟像是靜止了一般。

在場所有人都忍不住看向白清夙。

白清夙一直都是個深不可測的人，和他共事多年也未曾見過他情緒外露的時刻，他那張冰山臉就猶如他這整個人的標籤，巍巍不動，萬事漠然。

但在這寒冷至極的瀑布涵洞裡，所有人都從白清夙身上，感覺到了某種強烈的情緒波動。

分明依舊是那張無波無瀾的臉，可是白清夙身上那股即將爆發出來的情緒，已然無聲地震懾全場。

一片死寂之後，白清夙抬步，緩緩地走到屍體旁邊。

他沒說什麼，沉默地戴上手套，蹲下來，開始自己的工作。

「……」

梁舒任也蹲下身子，不動聲色地觀察白清夙。他發現白清夙的動作很溫柔。比起以前相驗時俐落擺弄屍體的作法，白清夙輕柔的動作裡，透出了一股令人心塞的珍惜。

梁舒任心中一陣動搖。剛想開口，白清夙便開始說話。

聲音一如既往地淡定。「初步判定的死因是溺斃，死亡時間……推估在五天前左右，考慮到環境因素，也可能是四天。」

四天？

梁舒任和刑警們的表情都彷彿見了鬼。

「啥？」

「怎麼會啊哈哈。」

「不可能吧法醫，你清晨的時候不是還——」

白清夙沒有理會，續道：「他殺的可能性很高。這裡，雙手上有一些防禦性傷痕，但不多，可能受害者在遇害的時候，已經意識不清。頭部有明顯外傷，手臂上有針孔，可能被注射了藥物，詳細的情況，得……」

得解剖才知道。

白清夙忽然就說不出那個詞。

他再次像定格了一樣，靜止不動。

頭裡一陣陣地發疼，發緊，彷彿有什麼恐怖的力量，在他頭顱深處一下一下地撼動著牢門。

白清夙眼眸發黑，瞳孔縮到了極致，呼吸變快，心臟在劇烈地收縮。

「清夙？」

「清夙——」

白清夙站了起來。

他脫掉手套，放到梁舒任手裡，很輕地說：「我得出去一下。」

梁舒任兩步跟上他，抓住他的手臂，聲音壓得很低。「你老實告訴我，是不是——」

「不是。」白清夙沒看他，眼眸望著涵洞外的山路，眼神很恐怖。「不是我。但你們再不抓住王銘勝，也許……」

白清夙抿住唇，掙開梁舒任，大步走了出去。

他沒有往下頭停車的地方去，而是沿著山徑，往山林裡走。

天際黑雲陣陣，月光隱蔽，有滾滾雷聲從遠方傳來。

不多時，大雨瓢潑而下——

白清夙開始耳鳴。

深冬的雨水打在身上，他卻好像感覺不到冷。連綿的雨幕就猶如陰陽兩界間的層層薄阻，越是往前，真實與鬼神的世界，就越發模糊難分。他孤身一人，踏入了這生人勿近的地方，倏忽抬頭，就望見了漫山遍野的鬼海。

數之不清的鬼魂嘈嘈簇擁著，森森陰氣從四面八方撲湧而來，只需吸入一口，就能凍人神魂。

這些鬼魂們大張著嘴，對白清夙叫囂著什麼。

白清夙聽不見。

他一直約束著自己不近鬼神，自然也就失去了聆聽鬼神聲音的能力。

可是這一次，白清夙主動走入了鬼海，向那欉欉的鬼影，問了一句話。

「陸子涼在哪？」

他一路問，一路前行。

他知道躺在涵洞裡面的那個人，並不是他這幾天相處的小涼。

那是陸子涼失去的身體，只是一具空殼子。

長久以來，白清夙所渴望的，其實都是陸子涼那具誘人的血肉之軀。他想要剖開那具血肉的柔軟肌膚，觸摸它淌出來的鮮血，並掏出裡頭的溫暖內臟，仔仔細細地把玩。把玩過後，還要好好地珍藏起來，永遠照顧它。

他想像那個過程，已經想像了成千上萬遍。

他做夢都想剖了陸子涼。

可當解剖的機會真正來到眼前時，白清夙只覺得一陣暈眩。

從什麼時候開始，他嚮往的不再是陸子涼的軀體，而是靈魂呢？

他對陸子涼的情感，究竟是從什麼時候開始變質的？

陰冷的鬼海中，白清夙一邊問鬼，一邊不斷地自問。

也許，是陸子涼倒在他果園裡的那一天。

高中那年及時收手之後，除了在體育媒體上，白清夙再也沒有見過陸子涼。他壓抑著自己靈魂深處的邪惡面孔，偽裝成最普通不過的人，隱忍且克制地活過一年又一年。

可他也從來沒有忘記過陸子涼。

陸子涼一直住在他心裡最隱密的角落，住了太久，久得像是一場此生求而不得的夢，以至於當陸子涼忽然真真切切地出現在果園裡時，白清夙的心，受到了不可思議的撼動。

就好像忽然收到天上賜下來的禮物一樣。

他這樣邪惡透頂的人，原來也能有收到禮物的一天。

他迫不期待地去觸碰他的禮物，卻發現，禮物摸起來和記憶裡不太一樣。

於是他開始好奇、探究……

他不知不覺地，開始觸碰到陸子涼迷人的靈魂。

「陸子涼在哪裡？」

白清夙不知道第幾次問出這個問題。

他的耳邊混雜著雷聲、雨聲，和斷斷續續的耳鳴，可鬼魂們大張嘴巴說出來的話語，一如既往地，在他耳裡化作一片死寂。

白清夙神色冷漠，繼續往前走。

『……廟……』

白清夙猛地頓住！

轉頭，看向聲音的來源。

『在半……隍廟……』

『他在半山腰的城隍廟。』

白清夙聽見了。

他永遠淡定從容的步伐，開始狂奔起來——

半山腰的城隍廟就在不遠處。

從瀑布涵洞上來的這條路，恰好能通到城隍廟的後方。

白清夙穿出了模糊陰陽的雨幕，腳步踏實在山林的土地上，他在大雨中狂奔，一路奔跑到那間城隍廟。

他從廟宇圍牆後面的小門闖進去，踏入了廟的領域。

一進去，白清夙就感覺到左手無名指的指根，出現了不容忽視的異樣感。他抬手，發現那裡不知何時多出一枚紅棉線圈成的指環。

這紅線圈好似冥冥之中賦予他直覺，指引著他，往供奉月老的偏殿走。

深夜的寂靜廟宇裡，搖曳的雨中燈籠下。

白清夙踏上階梯，推開了偏殿老舊的門扉。

他找到了他的小涼。

幽暗的偏殿裡，神龕上亮著紅色的小燈。

有幾個地方在滴滴答答的漏雨，而陸子涼蜷縮在乾燥的角落裡，身上裹著毛毯，似乎在昏睡。只是他睡得並不安穩，眉毛一直輕蹙著，像是又陷在了噩夢裡。

白清夙立刻蹲下身子，難得焦急地輕輕搖他。「小涼？」

陸子涼沒應聲，只是把自己縮得更小。

白清夙先是摸摸陸子涼的臉，又檢查了他頭側的傷口，看起來並沒有大礙，就馬上把陸子涼揹起來，想要出去。

哐——！

偏殿的門忽然自行用力甩上！

白清夙頓住。

他盯著那老舊的門扉幾秒，用力去拉門。

可門板彷彿被什麼力量封住了，竟紋絲不動。

「……」

白清夙轉身，撩起眼皮，看向神龕。

神龕上坐著一位白髮蒼蒼的月下老人神像，暗紅的光線中，祂本來慈祥的眉眼好似染上了深沉冷厲之色。

白清夙看不見神明。

可他意識到，殿裡的月老正在冷冷地注視著他。

「讓我出去。」

白清夙對著一片虛空說。

回答他的只有死寂。

白清夙再次嘗試拉門，單薄陳舊的門板彷彿焊了漿，依舊紋絲不動。他眼眸深黑，淡淡開口道：「你就是在陸子涼死後，幫助他能活動自如的神明？你既然想幫他，就不該強留他，今晚下了雨，他會凍死在這裡。」

一片死寂。

「如果我沒猜錯，你是想給他復生的機會吧？那你就更不該放任他睡在這裡。讓我帶他走，我會幫他的。」

依舊是一片死寂。

白清夙望著神像面孔上的陰影，目光上移，看著「月老星君」四個字。指根上的紅線圈觸感更明顯了。

「我不會傷害他。」

白清夙忽然說：「只要能讓他活過來，我什麼都願意做。我對他是真心的。我寧可自己死，也想讓他活下來。」

神龕上的月老神像依然沉沉地望著他。但他隱約感覺到，那視線似乎不那麼迫人了。

白清夙正想要再開口，突然間，門外傳來一陣模糊的腳步聲。

深夜的廟廊上，那腳步聲顯得蹣跚而詭異，慢慢地走過來，越來越近，越來越近。

嘎啦——

緊閉的門扉突然從外面被推開了！

白清夙回頭，對上一張滿布皺紋的恐怖老臉。

「……」

老廟公發現殿內竟然有人，非常詫異地睜圓了眼睛！

他倆傻的懷抱裡還抱著兩個塑膠盆，似乎是想進來擺在漏雨的地方。看著眼前渾身濕透的男人，又看了看他背上揹著的青年，老廟公想了想，像是想明白了，和藹地道：「啊……是來……躲雨的嗎？」

白清夙默了一秒。「是。現在要走了。」

「現在啊……哦……雨是……小了點。」老廟公在漏雨的地方擺好了盆子，對他緩緩招手。「來，你來……我借你們……傘吧……」

說著就蹣跚地跨過紅色門檻走了出去。還不忘招呼他。「來……跟我來……」

白清夙回頭望了眼神龕上的月下老人，就揹著陸子涼離開了。

老廟公借給他們一把很大的傘。

白清夙一手托著陸子涼的臀部，一手執傘，腳步快而穩健地下了階梯。

他能感覺到廟前的廣場上瀰漫著一股強大的威壓，像是剛剛舉行過什麼盛大隆重的儀式，殘餘的力量混雜在空氣裡，無形卻具有壓迫力。白清夙加快了腳步。

他莫名反感這股力量的味道。

山道上的路燈亮著氤氳的光芒，細細的雨水打在傘面上，發出連綿的聲響。

白清夙向下走了一小段，陸子涼那垂在他肩頭的手就緩緩抬起，替他握住了傘柄。

白清夙側頭。「你醒了？」

陸子涼微睜的眼睛從傘緣下方望出去，看見了潮濕的石階，他有些失神的眸子眨了下，便又閉上了，把臉埋進白清夙的肩背裡。

他聲音悶悶的，呢喃道：「如果當初在這裡遇到的，是你就好了……」

就是這裡。

這條從城隍廟下山的雨路。

他遇到了向他遞傘的王銘勝。

如果他注定要死在一個殺人魔手裡，還不如從一開始就栽在白清夙身上。

至少，白清夙不會用「溺死」這種羞辱游泳選手的方式殺死他。

白清夙問他：「那你原先遇到了誰？」

陸子涼沒有回答。他只是握著傘柄，握得很緊。半晌，又呢喃道：「我不要回醫院了。我想回家……」

白清夙輕聲道：「好。」

深夜的陡峭小路上，白清夙穩穩地揹著陸子涼，往家的方向走。

除了雨聲，世界分外寧靜。

下坡的坡度漸緩，兩人到了大馬路上，再往下走一段，就是熟悉的四合院古厝。

白清夙並沒有從大門進去，而是直接走上土坡，進了果園。

濕潤的空氣裡和著淡淡的果香，白清夙一路走到果園深處的磚砌倉庫前，用鑰匙喀啦開了鎖。

啪。

燈光亮起，傘被隨意地擱置在旁邊，白清夙揹著陸子涼走入倉庫，直往倉庫深處的地下室樓梯去。經過角落裡立著的那幾具紙紮人偶時，白清夙的目光在它們之間明顯的一個空位上停留一瞬，便走過了。

倉庫地下室只用幾個大型的博古架和木櫃子粗分了格局，最大的「房間」裡擺著大床和書桌，明顯是個給人住的地方，該有的起居家具也都一應俱全。

陸子涼從白清夙背上下來，目光緩緩掃過整個環境。

燈光明亮，空氣中也沒有尋常地下室那種潮濕窒悶的味道，反而乾燥舒爽。到處都整理得乾乾淨淨，一點灰塵都沒有，就連寢具散發著曬過太陽的好聞氣味。

陸子涼沉默幾許，終於說了進來後的第一句話。

「你要把我關在這裡？」

果園深處的倉庫地下室……

確實很像電影裡殺人魔會做的事情。

「只是暫住。」白清夙道：「這裡隱蔽，比主屋安全，那個闖進屋裡傷害你的人到現在都還沒抓到，你待在那裡，我不放心。」

白清夙拉過書桌前的木椅子讓陸子涼坐下，伸手想要再次檢查他頭上的傷口，陸子涼卻下意識地避開了。

不只白清夙一頓，陸子涼自己也怔了一下。

一陣難言的靜默在兩人間擴散開來。

「哈……」陸子涼忽然心想：「我為什麼跟他回來？」

就因為剛才他在月老殿裡說的那番話，就又燃起希望了？

明明昨晚恐懼得要死，拚了命地想要從他身邊逃走，居然就這麼輕易地被帶回來了。

陸子涼靠著椅背，低下了頭。月老讓他切斷紅線的時候，他怎麼就這麼猶豫……

前方，白清夙單膝跪下，微微仰起頭看他。

陸子涼怔怔地和他對視。

就見白清夙的手伸向旁邊，竟從旁邊的櫃格裡拿出一把帶鞘的小刀。鋒利的刀刃抽出刀鞘，錚然一聲，在燈光下閃出懾人的光芒。

陸子涼近乎麻木地望著那恐怖的利刃。

他心想：「這就是我的詛咒吧。」

只要想親近誰，就會被誰狠狠傷害的詛咒。

陸子涼的目光從刀刃上離開，突然伸手，輕輕觸碰了白清夙的臉。

「原來，你還是要殺了我啊。」

「不是。」

白清夙將刀子放進他的手心。「如果你感覺到威脅，就用刀刺向我吧。」

陸子涼空洞的眼眸裡，終於再次泛起一點波瀾。這是今天第二個給他遞刀的人了。他看起來究竟是多麼無助，才讓所有人都忍不住遞給他自保的武器。

陸子涼一直有些恍惚的目光總算是聚焦在白清夙身上，看清了白清夙的模樣。

此時的白清夙竟然非常狼狽。

渾身都濕透了，潮濕的瀏海垂在額前，止不住地滴水。地板很冷，白清夙卻單膝跪在上頭，就只為了能從下往上的，凝望陸子涼想要藏起的眼睛。

陸子涼和他對視了一會兒。

嚓啷——

刀子落到了地上。

陸子涼捧住白清夙的臉，認真地問：「告訴我，在你的想像裡，究竟想要把我怎麼樣？」

白清夙似乎沒想到他一上來就是這個問題，薄唇抿了下，脖子發力，想要偏開頭。「小涼……」

陸子涼雙手固定住他的臉，不讓他逃避。「我就給你一次機會。你現在不說，之後再想告訴我，我也不聽了。」

聞言，白清夙停下了扭頭的力道。

這顯然不只是自白的機會，還是個允許他求得原諒的，寶貴的機會。

白清夙的眼珠很黑，黑得彷彿深淵一般，折射不出任何光明。他髮梢的水珠滴下來，順著肌膚滑落，猶如淚水一般，為他冷峻深邃的臉龐平添了一絲脆弱。面對這個問題，白清夙明顯很猶豫，幽深的眼眸裡有一絲掙扎，擔心一旦將自己真正的想法說出口，事情反而會變得無可挽回。

許久，白清夙緩緩開口。

「我想把你剖開。」

「還有呢？」

「想要直接感受你的體溫，觸碰你的內臟。想要，聽你痛苦無助的聲音……」

白清夙握住陸子涼的手，垂眸親吻他的手腕。「對不起，我昨晚，忽然間就控制不住這股邪惡的欲望。真的控制不住。我拿刀靠近，其實，是想和你商量。」

「商量？」

「我想問你，能不能讓我剖開來看看。我保證會把你恢復原狀，把你縫好，並精心照顧你，直到你恢復健康。」

「……」

「我會答應你任何願望，會把你照顧得很好。之後你若是想離開了，也可以，隨時離開。」白清夙的唇瓣貼在陸子涼的手腕內側，低語：「我是個壞人啊。」

陸子涼被他的話給震撼。

白清夙道：「對不起，我明知道你接近我是想和我交往，可我讓你住進來，卻是想殺了你。想要滿足自己的癖好，把生病的你照顧好，親眼看著你在我手裡恢復健康的樣子，再把你剖開來。我本來一直都是這麼打算的。但是，就在昨晚，我忽然發現，原來我不只想殺你，我似乎……還想和你戀愛。」

陸子涼非常詫異地看著他，半晌，又有點好笑。他想到自己從一開始就在白清夙身上取到了「重至第六格」的紅線，無奈地心想：「你早就想和我戀愛了，傻子。」

白清夙仰頭望他。「小涼，我喜歡你。但我擔心自己會……」

陸子涼等他說下去。

可白清夙輕輕地抿住了唇。

接著，白清夙站起來，開了暖氣，從衣櫃拿出一套換洗衣物。「你身上也濕了。先去把濕掉的衣服換了吧。浴室在那邊，用毛巾擦拭身體就好，不要自己洗澡。記得不要跑，動作也不要太急。我，去主屋拿醫藥箱過來，把你頭上的紗布換掉。」

說完，就轉身離開了。

獨留陸子涼在原處。

陸子涼安靜坐了會兒，就開始按照白清夙的叮囑，既不跑也不急地把自己打理好。換上乾爽溫暖的衣服，看著鏡子裡蒼白的自己，陸子涼忽然就露出了一個笑。

殺人魔的坦誠。

多麼珍貴的東西。

不是誰都有勇氣在自己喜歡的人面前敘述內心的黑暗面，何況是這般病態邪惡的陳述。

「剖開來摸一摸，再縫回去恢復原狀？」陸子涼笑嘆：「真是變態。」

他看向樓梯的方向，那是一個可以隨時逃跑的方向，但奇異的是，陸子涼聽完白清夙方才那番驚悚至極的言論，竟沒有興起逃命的念頭。相反的，看著白清夙以那般狼狽的、低聲下氣的姿態剖開自己的內心，小心翼翼地呈給他看，他的心跳竟然開始加速。

「都說要把我剖了，我居然還不逃跑，嘖，變態是會傳染的嗎？」

受到生命的威脅，卻還想留在白清夙身邊？

「我真是瘋了。」

白清夙這一趟去了很久。

陸子涼等不到人，開始在地下室裡走走逛逛。

這裡應該就是白清夙小時候逢年過節來阿嬤家短住時，被趕出來睡的倉庫。

後來因工作而搬過來後，這裡就成了白清夙擺放收藏品的地方。

各種浸泡在瓶瓶罐罐裡的舊標本擺滿了博古架，還有製作標本的工具、溶液，或骨骼、臟器模型之類的，什麼都有，陸子涼走過幾列架子，像參觀生命科學博物館似的，越看越驚奇。

逛到了最靠近樓梯的博古架時，陸子涼發現中間最顯眼的大格子裡，擺的不是那些珍藏多年的標本罐子，而是一個精緻的彩色玻璃盒子。

在滿室驚悚的氛圍中，漂亮得格格不入。

陸子涼歪頭，好奇地湊過去，對玻璃盒子東看西瞧，又往樓梯的方向看了眼。

接著，他忍不住伸手，小心地扳開扣鎖，想看看這個和眾多收藏品擺在一起的盒子裡，究竟藏著什麼。

「難道是什麼真正的人骨嗎……」

盒蓋一開，陸子涼怔了一下。

裡頭擺著一面陳舊的金牌。

XXX年全國游泳大賽國中組……

陸子涼緩緩地眨了下眼。拿起金牌，他心中泛起一股奇怪的感覺，指腹摸到背面有凹凸不平的觸感，像是刻了什麼。

他將金牌翻過來看。上面刻著歪歪扭扭的字。

——陸子涼。

陸子涼的瞳孔收縮了下。

記憶像微風一樣輕輕颳起，撫過了無數歲月，停在那最青澀熱情的年歲，以及那暗戀許久，卻在告白當日就被迫戛然而止的一片真情。

——學長，你是我的初戀……

倏忽間，陸子涼想起了一切。

告白。

贈送。

公寓的沙發。

刺下來的刀刃……

以及及時抓住刀刃的那隻手。

鮮血滿溢到胸前制服上的滾燙感，突然就占據了腦海。

陸子涼很少把誰忘得那麼徹底。

就連被王銘勝給殘忍殺死，他都好歹記得有這麼個凶手的存在。

可他居然徹徹底底地忘了白清夙，就連丁點的空間，也不肯給他留。

陸子涼摩娑著那面金牌。

「可你卻一直留著它。」

他輕笑一聲，有些無奈。

明明在那件事情發生後的第二天，他還鼓起勇氣去敲白清夙的家門，藉口拿回自己的書包，想再見白清夙一面。

可他拿回了書包，得到了一句勿近鬼神的告誡，卻並沒有見到白清夙。

白清夙拒絕見他。

選擇避不見面的人居然把金牌保留得這麼完好，還為它挑選了這麼精美的盒子，收藏在最顯眼的位置上。

陸子涼在金牌上落下了輕輕一吻。

「我竟然栽在你身上兩次啊。」

白清夙回來的時候，看見陸子涼平躺在床上。

床頭櫃上多了一盞夜燈。

和他之前拿去陸子涼臥室的古舊夜燈是同一款式。彎曲的金屬燈桿，色彩繽紛的玻璃燈罩，只是燈罩做成了花朵的形狀。不知道陸子涼從哪裡翻出來的，已經插上了電。

房間的大燈亮著。夜燈也亮著。

玻璃燈罩照映出來的彩色光斑投射在牆面上，被稀釋得很淡，卻更加引人眷戀。

白清夙多看了那盞燈一眼。他靠過去，撫摸陸子涼的頭。「會覺得頭暈嗎？」

「我沒事。」陸子涼鼻子動了動。「你去買吃的？」

「嗯。太晚了，只有市區那邊還有店開著。」白清夙打開醫藥箱，替他頭側的傷口換了藥。「等一下吃一點再睡。」

「聞起來像皮蛋瘦肉粥。」

「對。」

「但我想吃別的。」

「想吃什麼？」

陸子涼本來乖乖地躺著給他包紮，聞言，抬手抱住他的腰。

白清夙明顯頓了一下。

陸子涼輕輕道：「你說你想要剖開我，是嗎？」

白清夙腰腹的肌肉變得僵硬。

因為陸子涼的手不安分地滑動起來，一路向下。

「我很高興你找我商量了這件事。你離開的這段時間，我考慮了一下，我不可能讓你用刀子剖我，鉗子也不行。但，你可以用這裡。」

掌心按在了白清夙的胯部。

「你可以來回剖。剖幾次都行……」

白清夙的呼吸立刻粗沉起來。

他的眼睛變得非常幽深，垂眸緊盯陸子涼。

陸子涼彎著唇，有恃無恐地衝他笑，挺起胸膛，吻在他的唇上。

濕潤的觸感猶如貓咪的舔拭。白清夙按住他的後頸，忍不住回吻，雙唇一張開，陸子涼就迫不及待地將舌頭探進來，柔軟而滾燙熱度到處橫掃，在他的齒間捲弄著，撩撥著，肆無忌憚。

吻技太好，白清夙被他吻得迅速淪陷。

衣物被褪去，褲子鈕扣也被拽開來，白清夙轉眼間就半裸了，而陸子涼渾身完好，笑聲悶在了熱情的吻裡，鮮活至極。

白清夙心跳快到不行。

陸子涼的手撫過他的身軀，再次按在他的胯部，手掌握住那挺立粗壯的陰莖，揉弄一把。

白清夙停住了吻，吸了口氣。

陸子涼目光投過去，哦了一聲：「看來有人的凶器已經準備好了呢。這麼凶狠的款式，哎，我會不會被一下捅死……」

白清夙拉開陸子涼的手，按著他躺下，單手拽住他的褲腰，唰啦一下，連同內褲一起全剝了！

陸子涼被嚇了一跳，下身涼颼颼的，嘴上的撩騷停了一瞬，有點不安。「你不會……你不會真的要直接捅進來吧？」

白清夙俯身，在他嘴上親一下，就起身到博古架後面，從矮櫃子裡拿出一個茶色小罐。

陸子涼好奇。「那是什麼？」

「可以潤滑的東西。」

「不會是泡那些標本的溶液吧？」

「……怎麼可能。」

白清夙從醫藥箱裡拿出手套，俐落戴上，將茶色小罐裡的液體到在手上，然後扳開陸子涼的雙腿。

陸子涼看著，居然覺得有點刺激，玩笑道：「好像什麼 play……啊啊！」

白清夙的手指剛插入他緊澀的後穴，居然連摸索都不用，直接就精準地按在了刺激前列腺的敏感點上！

陸子涼像活魚似的彈了下腰，倒抽口氣。「你、你居然一下子——」

白清夙按揉著那個點，循序漸進地加入手指，擴張甬道。

「嗚，操，等等……」陸子涼被刺激得有點崩潰，抓住他的手腕，想把手指拔出來。「等等啊，不要，不要一直按那裡……！」

白清夙道：「按這裡你會很舒服。」

「但是，太刺激了，哈啊……已、已經好了，不用再擴了啊啊！」

「不好好擴張你會痛。忍耐一下，小涼。放鬆。」

陸子涼掐著白清夙的手腕，急喘著氣。他以前從來沒有在做前戲的時候就喘起來。他線條美好的唇瓣微張著，眼眸濕潤，盡量調整呼吸。

「做得很好。」白清夙淡淡的嗓音誇獎他，一隻手撫弄他逐漸立起的陰莖，另一手的手指逐一埋入穴口，在濕軟的腸道裡細細拓展。

包裹著手指的滾燙溫度，讓白清夙的黑眸裡燃起瘋狂的興奮。

「唔，可以了。進來……你快進來吧。」陸子涼低低喘息，望著白清夙的眼睛，道：「來，你親自，把我給剖開吧。」

白清夙抽出手指，將手套脫到了一邊，把潤滑油抹到自己硬得發痛的肉刃上，抵住陸子涼的穴口。

陸子涼顯得有點緊張。白清夙的那根有點太大了，他忽然就不敢直視，側過臉埋進棉被裡。

白清夙握住他勁瘦的腰，慢慢地插了進來，粗壯的肉刃一點一點地撐開穴肉，果真就像殘忍剖開他的身體一樣，從他最脆弱柔軟的地方直攻進來。

「啊呃……哈啊……！」難以忽視的脹痛感讓陸子涼呼吸大亂。白清夙進得太慢，太緩，陸子涼簡直能清清楚楚地感受到體內的每一寸皺褶都被撐開侵入，刺激感異常鮮明，鮮明到令人恐懼的地步。

陸子涼胸膛起伏，忍不住露出眼睛，往下瞥去一眼，發現白清夙竟還有一半沒進來。

「嗚……」

白清夙抓起他的手腕親吻，漆黑的眼眸緊緊盯著兩人相連的位置，看著自己一寸寸地用堅硬的性器剖開小涼的身體，那巨大的滿足感幾乎要將他滅頂！

白清夙享受著捅入小涼體內的強烈快感，當整根粗壯的性器全數埋入時，白清夙覺得自己肉體和精神上的滿足感，幾乎攀到了前所未有的高峰——

剖開肉體、感受體溫、觸碰內臟……小涼用溫柔的方式，實現了他所有殘忍邪惡的欲望。

白清夙低身吻住陸子涼。「小涼，你好棒……你好熱啊。」

陸子涼輕蹙著眉毛，被撐得難受。他覺得白清夙抵在一個很深的地方，有些無助地仰著頸子，小口吸氣。

白清夙撫摸他柔軟的髮絲，一手去撫摸他敏感的性器，讓他舒服。「別怕，放鬆一些，等你適應了，我們再開始。」

陸子涼牽住他的手，濕潤的眼眸望著他的表情，輕啞道：「你……嗯……你喜歡嗎？這種方式，能滿足你嗎？」

「我想是能的。我希望你也能享受這個過程，小涼。」

白清夙低頭含住陸子涼胸前的紅纓，舔拭逗弄。那雙望過來的冷淡黑眸性感至極，明明頂著一張冰山似的冷峻臉龐，卻竟在做這般情色的挑逗，想要取悅他，陸子涼心中隱密的征服欲忽然就得到了滿足，輕抓住白清夙的頭髮，仰頭低吟。

游泳選手的軀體優美勻稱，肌肉精實，腰身柔韌，白清夙的嘴唇一路向下，吸吮出連綿不斷的吻痕，到了腰腹處，停了停，去舔弄那小巧可愛的肚臍。

陸子涼喉結滾動。「嗯啊……！好癢，別、別弄那裡……啊啊！」

埋在體內的性器稍稍地動了動，牽動起令人頭皮發麻的刺激感！

陸子涼健美的雙腿抬起，圈上白清夙的腰，喘息道：「繼續，哈啊繼續……」

白清夙開始頂弄他，先是小幅度地抽動，力度逐漸加大，整個拔出再重重搗入，彷彿要將他釘死在床上！

凶悍的力量如猛獸一般，還次次都精準地頂到敏感點，陸子涼簡直不敢相信，過度強烈的刺激感讓他胸膛挺起，忘情地大聲呻吟。

白清夙抓著他的腰，一手扶住他的後腦杓，盡量不讓他受傷的小腦袋承受太劇烈的晃動，下身卻頂得一下比一下狠，直搗深處！

「啊啊、嗯啊啊……」

淫靡的水聲啪啪作響，激烈地抽插後，兩人雙雙射了出來！

極致的高潮讓人難以回神，陸子涼好不容易緩過來，就感覺到體內的性器再次脹大。

陸子涼僵了一下。他們才做了一次，他的腰就已經開始發痠。

紙紮人偶果真是不比上他原本完美的身體，但他縱容道：「我們換個姿勢吧。」

「好。」

陸子涼跪趴在床上，翹起性感的臀部，白清夙揉了揉他手感絕佳的臀肉，凶狠的性器一下子就闖進了最深處！

「……！」陸子涼瞳孔微縮。

這和方才的節奏不太一樣。

「小涼，」白清夙湊到他耳邊，輕柔地要求道：「你能不能，發出那種聲音？」

陸子涼挑眉，回頭望他，笑容迷人。「那種聲音？」

白清夙道：「痛苦的聲音。」

陸子涼詫異，然後笑道：「你真的很變態啊白清夙。」

白清夙撫摸陸子涼美好的肩背線條，腰際擺動，堅硬的肉刃再次破開層層軟肉，直抵深處！

陸子涼爽得吸了口氣，到口的呻吟卻一轉，變得壓抑緊繃，像是受盡折磨。「呃，呃啊……哈啊啊……嗚嗯……」

痛苦的聲音傳到白清夙耳裡，彷若天籟。

白清夙無法形容這種美妙的感覺！

他眼中病態的狂喜根本掩飾不住，握著陸子涼的腰瘋狂操弄，滑潤的水聲不絕於耳，柔軟濕潤的腸道緊緊吸附肉棍，纏綿至極。白清夙就如初嘗血肉的兇獸一般，再難自制，粗壯可怕的性器不斷往小穴裡侵入、碾轉、深搗，將陸子涼逼出了害怕的哭叫！

「嗚啊啊啊啊——」

白清夙聽見他哭，更興奮了，一手撈住陸子涼精實的小腹，一手橫過他的胸膛，抱著他狂操一頓！

「——！」陸子涼眼眸睜大，嘴唇微張，身子繃得叫不出聲。

白清夙太瘋了。

陸子涼從來沒有想過自己會有被操哭的一天。

他甚至沒想到自己會哭喊出這句話：「嗚，好累……我好累……！啊呃……嗚慢點啊……」

在床上喊累，簡直是運動選手的恥辱。

但陸子涼已經被操到神智不清。他英俊的臉龐上滿是淚痕，頸子繃出了優美的弧度，用可憐的哭腔求饒道：「不要，啊啊不要了……你他媽讓我休息一下啊！」

他想要爬走，甚至跳下了床，但很快又會被抓回來，壓著繼續操幹。

陸子涼可憐地啜泣著：「清夙，白清夙……」

白清夙扛起他的一條腿，深深地頂弄。

陸子涼害怕地搖頭。「啊……啊會死的！不要、不要再往裡了呀啊啊……」

白清夙問他：「頂這裡舒服嗎？」

陸子涼又會誠實地哭道：「嗯，好舒服……嗚嗯好爽……」

白清夙力氣巨大，擺弄人體對他來說習以為常，幫陸子涼變換姿勢簡直易如反掌。他總喜歡去親陸子涼左肩上那鬼畫符似的紅色刺青，在那處又親又啃，像是想把它給去掉。

陸子涼被操得渾身敏感，啜泣道：「癢，不要啃了……」

白清夙舔過自己留下的牙印。「這就是抵命咒的痕跡？」

陸子涼吸了口氣。「啊……啊唔……對，就是……啊啊！」

白清夙將他的兩條腿都扛上肩膀，由上而下地插他！

陸子涼都記不清他們到底做了幾次，到最後他已經什麼都射不出來了。

他被操暈了過去。

失去意識前，陸子涼不禁想，按照白清夙這瘋狂的欲望，如果動的是真刀，他大概已經死了上千遍了。

再次醒來的時候，陸子涼滿眼茫然，有點不知今夕是何夕。這還是他初次嘗到縱慾的後果。他迷迷糊糊地眨了眨眼，直到和躺在身邊的白清夙對到眼，才稍稍回神。

「醒了？」白清夙全程圍觀他甦醒的過程，覺得小涼大概是全世界最可愛的生物。

陸子涼慵懶地哼一聲，感覺到身體乾乾爽爽的，問：「你幫我……」一開口，他就愣住了。

他的嗓音沙啞得可怕。看來是昨晚哭叫得太厲害了。

「……」陸子涼想想還挺羞恥。

白清夙掀被起身，倒了杯溫水給他。

陸子涼見白清夙寬實的背上全是抓痕，腰際的地方也被他的腿給夾青了，不禁挑起眉，滿意地欣賞起自己的傑作。

嘴上還忍不住誇讚：「啊，大清早的，怎麼會有這麼性感的帥哥呀。」

白清夙拉他坐起來，深深望他一眼。「喝吧。」

陸子涼將溫水大口灌下。「幾點啦？」

「四點多。」

陸子涼一口水差點噴出來，咳了幾聲。「下午四點多？」

「對。」

「哇……」陸子涼身子越過白清夙，把杯子放到床頭櫃上。「我們這樣是不是太放縱了？」嘴上說著，又直接趴下來，懶洋洋地壓在白清夙腿上。

白清夙喉頭滾動了下。陸子涼渾身赤裸，優美的身軀帶著遍布全身的吻痕和指痕趴過來，簡直誘人至極，猶如送上眼前的鮮美大餐。

白清夙忍不住輕捏他的後頸，手掌一路緩緩撫摸下去，像在給一隻貓順毛。「有沒有哪裡不舒服？」

「嗯，有點……」

有點過於疲憊。

還有種奇怪的虛弱感。

陸子涼有點無力地閉上眼睛。紙紮人偶的體力雖然不如原本的身體，但應該也不至於上個床就難受成這樣，看來他頭上的傷口看似沒有大礙，卻已經極大程度地損傷了紙紮人偶。

他正在快速衰弱。

陸子秋從一開始就警告過他，紙紮人偶會隨著時間的流逝而逐步損壞，之後就會開始生病，且病情會隨著時間加重，無藥可醫。他這些日子以來又是溺水又是被砸破頭的，情緒還大起大落，換作以前的那具健康身體也沒准要生場小病，何況是這脆弱的紙紮人偶。

……情勢越來越糟了。

白清夙感覺到陸子涼趴了會兒，忽然抓住他的左手，在他無名指的指根捏了捏，又看了眼時間，有點懊惱的模樣。

是那個紅線圈的位置。

自從昨夜看見它之後，白清夙便一直能注意到它的存在。看來這就是月老用來幫助陸子涼的東西。

白清夙低聲道：「小涼，你想要什麼，需要什麼，都可以直接和我說。」

就感覺陸子涼頓住，好半晌，低頭親了親他的手心。那裡有一道淺色的長疤。

「你明明這麼想殺我，想殺我想了這麼久，可每次到了真的要得手的時候……你又總是及時忍住。你獨自在這股矛盾的殺意裡煎熬這麼多年，一定，非常愛我吧。」

白清夙默了一瞬。「你想起來了。」他捏住陸子涼的雙頰，將陸子涼輕輕轉過來，注視他的眼睛。「你想起當年的事，卻還留下來了？」

陸子涼彎眸一笑。「怎麼，你也知道自己當年有多恐怖？挺有自知之明啊。」

「……」白清夙輕道：「對不起。」

「重逢的時候發現我不認得你，是不是挺驚訝的？」

「我起初以為你是裝的，好從我家的果園裡逃跑，可後來發現，你是真的忘記了。」白清夙道：「我以為自己一定在你的記憶裡留下了深刻的印記，結果，被留下印記的是我。在以前，我只想著把你養到成年後殺掉，可在那天之後，我每次想到你，都會想起你對我告白的模樣。」

陸子涼睫毛微動。

「你敏感且謹慎，不輕易接近任何人，你的告白本是全世界最珍貴的東西，我卻毀了它。現在察覺到了自己對你的情感，我回想過去，其實是後悔的。我因為一時的失控，錯失了很可貴的東西。」

白清夙輕撫他柔軟的黑髮，漆黑的眼眸認真地望他。「小涼，我腦子深處總會有邪惡的念頭浮現，有時候能壓下去，有時候卻強烈到無法忽視。我不能否認，我是享受那些邪惡想像的，甚至經常去考慮它們的可行性，暢想著付諸行動的那一刻。所有人都告訴我，我不可能愛上別人，也不可能珍惜任何人，就連我的父母和親人都遠離我，害怕終有一天會死在我的手上。」

他薄唇輕抿了下，神祕的冰山面孔下，流露出一絲罕見的不安。

「你，真的願意留下來？」

善於隱藏自己想法的人一旦坦承起來，實在讓人難以招架。

陸子涼坐直起來。他同樣認真地直視白清夙的眼睛，想要答應的話滾到了嘴邊，卻堪堪停住。

白清夙剖開了最陰暗邪惡的內心，對他坦白了一切，可他自己呢？

他是個已經被殺死的人，甚至，連身體都是假的。

他接近白清夙的動機並不如白清夙以為的那麼純粹，反而充滿了隱瞞和利用，真要算起來，他藏起來的事情，比白清夙更多。

心中的罪惡感突然暴漲，陸子涼恍惚間發覺，自己在白清夙面前就像個騙子，萬分卑劣的感情騙子。

白清夙見他遲遲不開口，並未追問，只是垂了下眸子，站起了身。

「你一直沒吃東西。」白清夙道：「你等一下，我把粥拿去主宅熱一熱。」

「等等！」

陸子涼拉住他。

白清夙停下來回望他。

陸子涼唇瓣動了動，最終像是吞回了什麼話，對他彎出一個笑。

「我和你一起過去。」

現在正是夕陽西下的時刻。

瑰麗的紫紅色天空下，果園裡充斥著淡淡的香甜果香。

和喜歡的人並肩穿過果樹林，倒是有那麼點浪漫。

可也許是心情的影響，陸子涼總覺得周遭好像瀰漫著一股陰寒的氛圍，陰鬱壓抑，無形無相，這種不適感持續了一路，到後來陸子涼甚至覺得有誰在偷偷看他。

陸子涼腳步慢下來，終於忍不住回頭，想要打破大腦營造的錯覺——

卻猝不及防地和一道黑影對上視線！

「……！」

那是道人形的影子，躲在樹幹後面，朝這裡窺伺。

仔細一瞧，在夜幕逐漸降臨的果樹林中，竟有成群的人形黑影藏匿在拉長的樹影裡，忽隱忽現，正不懷好意地凝視著他和白清夙。

果林裡竟然全是鬼！

陸子涼起了一陣雞皮疙瘩。

「小涼，不要離開我的視線。」

陸子涼猛回過頭，見白清夙停下腳步等他。

深冬的陽光消失得很快，白清夙站在稀微的光線裡，臉色疏冷，眼眸深黑，影子同樣拉得很長。白清夙分明也看得見樹林中的鬼群，感知得到他們越發肆無忌憚的險惡視線，可他卻依舊姿態從容，甚至隱隱享受。

陸子涼這才發現，白清夙身上的氣質好像變了。

變得更加危險、黑暗，令人膽寒。

那本來被白清夙好好隱藏著的邪惡靈魂，似乎在陸子涼不知道的時刻裡，掙開了重重枷鎖，浮上了表層，呼之欲出。

陸子秋在城隍廟後面說過的話，好像言猶在耳。

——他其實和我是很類似的存在，他就是個惡神的雛型……

陸子涼突然問白清夙：「你昨天是怎麼找到我的？」

白清夙走回來，牽住他，簡單道：「問了人，得到了指引。」

陸子涼心中咯噔一聲。

根本沒有人知道他在城隍廟。

白清夙問的，必定不是活人。

白清夙為了自控，一直都不近鬼神，然而他卻以紙紮人偶之身，不斷地靠近白清夙。他越靠近，白清夙就動搖得越厲害，為他打破的戒律，也開始失速般暴增。

陸子涼一陣發冷。

——我正在毀掉他。

這個念頭一旦起了，就再也壓不下去。

四合院古厝好似受了居住者身上氣場的影響，看起來比以往更加鬼氣森森。

餐廳內，兩人坐在一起吃了熱好的雞湯和粥。

陸子涼吃得有些心不在焉，覺得胃裡堵得難受。但他不想讓自己的情緒影響白清夙，找話題道：「我們今晚還得去睡倉庫嗎？」

「不喜歡那裡？」

「喜歡啊，很喜歡。那裡很有趣。」

「有趣？」

「裡面裝了很多你過去的東西，就像你存放祕密的專屬小屋，我還有很多地方沒參觀到呢。」陸子涼笑道：「況且你不是把你珍貴的收藏品都放在那裡了嗎？我覺得，那裡該有我的位置啊。」

白清夙深深望他一眼。「你想把自己放在哪？」

陸子涼彎起眸子。「嗯，肯定得是個又大又顯眼的好位置……我想想，那張床是不是很符合要求啊？我裸著躺在上面，一定是件最吸睛的收藏品吧，你下來地下室，都不會有閒心看其他藏品一眼，會直奔我這兒。」他湊到白清夙耳邊，輕聲道：「我就在那裡等著你下來把玩，只給你一個人操。」

白清夙深吸一口氣，拿著湯匙的指關節都繃緊了。

陸子涼笑意盎然。「怎麼樣？是不是也開始覺得那裡很有趣了？」

白清夙道：「有趣極了。」

陸子涼得到認同，心情稍好，總算是吃完了整碗的粥。

飯後水果時間，白清夙再次展現他絕妙的刀工，給陸子涼削了滿滿一盤的柿子小鴨。

有了可愛造型的柿子總是更加甜美。

陸子涼的指尖點了點小鴨子的頭。「當初在那間土地廟，你原本只餵柿子的，怎麼後來知道要餵飯了？」

「因為我跑那裡跑得太勤，被我四哥發現了。他問我是不是要像養家裡的雞崽那樣，把你養大了殺掉。」

陸子涼沒想到有人敢這麼直白，詫異道：「你承認了？」

「嗯。我說我觀察過了，沒有人餵你，既然我養了你，你就是我的了。」白清夙道：「四哥聽了也沒有阻止我。他只是告訴我，我吃什麼，就得給你餵什麼，否則你永遠不會長大。可惜你上了國中就不再來了。」

陸子涼笑道：「那時候的教練比較照顧我嘛，會給我買便當，就不用再跑去土地廟找吃的了。老實說，我小時候還一度以為是土地公顯靈了，才總準備吃的給我，但後來想想，我就不是那種能得到神明眷顧的命。」

陸子涼說著，見白清夙把整盤柿子推到他面前，自己只吃切下來的零碎果肉，還是用刀尖刺著吃的，便忍不住笑，拿起一隻柿子小鴨，餵到白清夙嘴裡。

「不過我覺得你有句話沒說錯，我白吃了你將近五年的飯菜，確實就是你養的了。」陸子涼湊過去，在白親夙嘴角吻了一下。「以後……如果有機會，你未來的飯菜，就由我包了。一定讓你吃得開開心心。」

白清夙聽出了他藏在輕鬆話語間的懸念。

白清夙放下刀，撫摸陸子涼的臉，輕輕捏住，陡然一問：「之前闖進家裡來的那個人，你是不是認識？」

陸子涼一怔。

他的身子明顯僵硬起來。

白清夙道：「他叫做王銘勝，是一起連環凶殺案的最大嫌疑人，你對他的反應有點過於激烈了。他傷害過你？」

陸子涼突然站起來！他倒了杯涼水，灌了一大口，才道：「大半夜的突然在家裡撞見一個人，誰都會被嚇到的吧。不過怎麼還有連環殺人案啊，治安這麼差？我最近不怎麼看新聞，居然不知道。」

白清夙的目光在他微微顫抖的手上一落，續道：「你是不是拿了他什麼東西？我找過，但不確定是什麼。」

陸子涼一悚。「你找過？不是……我真不認識他。我就是在房間裡被你嚇壞，跑出去又被嚇了一次，這才反應過激的。算起來罪魁禍首還不就是你。」

白清夙凝望他，輕柔地問：「好，我換個問題。我怎麼才能讓你留下來？」

陸子涼神經緊繃，不解道：「什麼意思？我不是已經留下了嗎？還過夜了。」

白清夙一字一頓。「要怎麼做，才能讓你活過來？」

陸子涼腦袋嗡了一聲！

他震愕地瞪著白清夙，好一會兒，才呢喃道：「什麼？」

白清夙無聲地嘆息。

「其實，我們昨晚發現了你的屍體。」

嚓啷——

陸子涼失手摔了杯子。

與此同時，相驗解剖中心。

晚間八點多，大部分的工作人員都已經下班了。

對準大門的監視器中，自動門開啟，一個穿著黑色帽T的高大男人走了進來。

幾乎是同一時間，監視器錄像就陷入一片雪花。

廊道上，蒼白的日光燈啪啪閃爍起來。

王銘勝臉上掛著詭異的笑容，興奮地大步走入。

他身後還跟著三個人——或者說，是三隻鬼。

其中兩個面容損毀，根本看不清五官，臉上的爛肉垂晃著，每走幾步就往地板滴下幾滴黑血。第三個則容貌清俊，滿眼驚懼地望著王銘勝的背影。

——那赫然是駱洋。

駱洋似乎非常恐懼，數次轉身，想要逃走！

「駱洋啊。」

駱洋霎時停住，彷彿無法違背王銘勝的命令一般，僵滯原地！

王銘勝陰笑一聲，勾勾手，駱洋就控制不住地走到他身邊，任由他掐住頸子。

「別再跑了啊，你還在生我的氣嗎？你怎麼能生我的氣啊？我……哈哈，我真正愛過的人，可是只有你一個哦。」王銘勝手上用力，享受他痛苦的神色。「我尤其愛你的左腿！那條受了傷，逼得你不得不退役的左腿……嗯，真可愛，我好寶貝它的！」

駱洋牙齒喀喀作響。「神……經病！」

「昨晚有人動了它，我非常生氣，但我忽然間……哈！」王銘勝喜道：「真奇怪啊，我一生氣，一失去理智，靈魂裡的力量，嘻嘻，就好像得到了解放……！」

他掐著駱洋，猛一低頭咬住駱洋的唇！

粗暴的吻瞬間奪走了駱洋的神智。

駱洋眼眸失焦，清俊的臉龐開始破碎、撕裂，變成一片血肉模糊。他被迫以死亡時的面孔，臣服在殺害他的凶手腳下，任由其支配，死生不可解脫。

徘徊在相驗解剖中心裡的鬼魂們，全都顫慄地窺伺著這個方向。

「聽說，昨晚，掌管這片區域的城隍誕生了。」

王銘勝眼眶紫紅，深凹發黑的眼窩裡，那雙眼瞳彷彿浸了血色。他蒼白的面孔上掛著詭笑，陰氣森森，全然不似活人。

「但是沒關係。幫我成長起來的那個瘋子說過，我們這種人，也是有神明的。」

王銘勝鬆開駱洋，再次邁出大步。

被他殘忍殺害的三名受害者們就如忠誠的奴僕一般，在他身後亦步亦趨。

「開心嗎？我啊，嘻嘻，我找到了我們的神明！」

王銘勝大笑道。

「我還找到了能讓他氣到失去理智的東西！就在這裡……！能讓他從人類蛻變成惡神的東西，聽說在這裡就可以找到啊啊哈哈哈哈──」

一名在辦公室內加班的女性工作人員聽到走廊外面有人在笑，奇怪地開門，直接就撞見了王銘勝！

工作人員錯愕道：「你誰──」

王銘勝從黑色帽T的前兜裡拿出紅磚頭──

砰！

鮮血濺了一地。

第十章　殺人魔

「所以，是你自己把屍體藏在涵洞裡的？」

駕駛座上，白清夙淡淡開口。

車子正加速駛向陸子涼屍體所在的相驗解剖中心。

陸子涼閉了閉眼。「對。」

之前他本來能感知到自己屍體的位置，但突發狀況接二連三地出現，陸子涼一時忽略了，如今細細一感受，卻赫然發現，自己竟然感覺不到自己的屍體了，彷彿和屍體之間斷了聯繫。

怎麼會這樣？

陸子涼手心冒汗。

白清夙這一路聽完自家愛人敘述的死後經歷，眼眸黑得可怕。他盡力壓抑腦海深處湧出來的殘暴念頭，平靜地確認：「屍體受損的話，你會怎麼樣？」

陸子涼喉頭像是梗了個硬物，說不出話。

白清夙沉默地踩深了油門。

窗外的景色飛速退後，陸子涼手捏成拳，緊得輕輕顫抖，半晌，白清夙伸手過來，握住他。

「別擔心，解剖定在後天，你的身體現在沒事的。」

「……」

「你說，王銘勝把你溺死在浴缸裡，是嗎？」

「……嗯。」

「他用什麼方法把你帶回去的？」

「細節我記不清了。他好像給我什麼飲料，他自己也有，我沒想太多，就……喝了。」

車內氣壓驟降。

白清夙身上湧出來的殺意，濃重得彷彿凝成了實質。

陸子涼顫抖了一下。

他突然感到非常不安。

這股不安在他們抵達相驗解剖中心，看見了中心裡沖天的黑氣時，飆到了頂峰！

整個相驗解剖中心彷彿被數以萬計的鬼魂環繞，空氣陰冷得滲入骨髓，目之所及之處全都像是裹了一層險惡的黑紗，彷彿所有心懷惡意的汙邪之物，都聚湧了過來，竊竊期待著什麼。

萬鬼攢動的恐怖景象讓陸子涼目露震愕，見白清夙視若無睹地踏入中心，忙伸手拉住他。

「等等！」

白清夙看他。

「你別進去！」陸子涼緊繃道：「告訴我停放屍體的地方在哪，我自己去找。」

「不可能。」

「但這些鬼很不對勁，我不想讓你——」突然，陸子涼餘光瞥到了什麼，眼眸睜大。「那是，那是血嗎？」

白清夙也看過去，發現左側廊道的磁磚縫裡，好像有什麼液體正沿著流出來。

他們大步跑過開啟的自動門，在燈光閃爍的廊道上，看見一具倒地的女性屍體。

她脖子上戴著工作證件，頭顱被整個砸碎，臉上沒有一塊好肉，骨骼暴露，鮮血和腦漿流淌出來，怵目驚心。

陸子涼摀住嘴，別開頭乾嘔兩聲。

除了他自己的凶案現場，這還是他第一次看見屍體。濃腥的血氣飄散在空氣裡，無孔不入，陸子涼每呼吸一次，胃裡就翻江倒海。

白清夙卻面色如常地蹲下身，眸子盯在散落在旁邊的些許紅色碎屑。看起來像紅磚頭的碎屑。

白清夙起身，即刻拉住陸子涼跑起來。「我們得盡快。」

陸子涼呼吸壓抑。「砸爛的那種臉，駱洋……王銘勝有個受害者，就被砸成那樣！」

白清夙道：「王銘勝已經不是正常人了。那天他闖進家裡時，面色看起來就不對。」

「什麼意思？」

「接觸過惡鬼、受過惡鬼驅使的殺人魔，遲早要喪失理智，向純粹的惡欲屈服。他的靈魂之前就已經被汙染，現在恐怕已經變成披著人皮的惡鬼，開始可以動用不屬於活人的力量了。」

「可他為什麼要……」

「他是衝我來的。」

陸子涼瞳孔收縮。

他們一路狂奔，衝到存放大體的地方，正要進去，一道身影突然從陰影中衝出來，撲向陸子涼！

此人面容全毀，張著血盆大口撲過來，恐怖至極！

陸子涼驚險躲過。「靠靠靠靠——」

怎麼又有臉被砸毀的鬼？這也是被王銘勝殺死的受害者？

臉毀鬼嘶吼一聲，再次朝陸子涼撲過來，顯然他的目標就是陸子涼一個。陸子涼手邊沒有能防身的武器，本身又不是練格鬥的，只能靠本能抵禦，掄起拳頭去重擊那張噁爛的臉！

血肉噴飛！

臉毀鬼尖叫：「嘎啊啊啊——」

陸子涼被那種叫聲狠狠嚇一跳，又補了一拳，白清夙從後面抓住那臉毀鬼，狠狠甩到一邊去！

哐咚——

臉毀鬼撞在牆上，蔫倒下去，但下一秒，居然又爬起來，再次糾纏上來！

白清夙立即擋在陸子涼身前。「冰櫃就在裡面！」

陸子涼輕喘口氣，轉身衝進門裡，就見寒冷的藏室內，所有的冰櫃居然全部都已經被拉開，一具具蓋著白布的屍體暴露在視野裡，寒氣陣陣，詭異至極。

王銘勝進來找過了。

濃郁的屍臭沖進鼻腔，陸子涼扶住牆，難受地乾嘔一陣，趕忙定了定神，再次往前跑。

他的屍體已經不在這裡了。

藏室另一頭還有一道門，陸子涼繞過金屬桌，推門追了出去！

這裡的廊道更暗了，頂上的日光燈全都在啪啪閃爍，那黑紗一般的鬼氣在光線中流淌，濃濃淡淡地滾動著，干擾視線。

陸子涼左右張望，隱約聽見遠處有推動滾輪的聲音，就往左邊追過去，很快，那聲音變得越來越明顯。

有人推著擔架走。

陸子涼如風一般地急奔，轉過拐角，看見了那個讓他斷送性命的男人。

是王銘勝。

王銘勝似是聽見了後方追來的腳步聲，早已停下來，等著看追來的人究竟是誰。他身邊跟著三個臉毀鬼，兩男一女，都守著擔架，而擔架上躺著的，赫然就是陸子涼的屍體！

陸子涼腳步急煞，瞳孔控制不住地擴張。

仇恨和恐懼一時間齊湧而上！

可下一秒，他就強逼自己回神。

他的目光在自己的屍體上短暫停留，又掃過那三個臉毀鬼，注意那名女性臉毀鬼的衣著，和剛剛進門後發現的那名被殺害的工作人員一模一樣，顯然就是同一人。而旁邊其中一個男性臉毀鬼，竟然是駱洋。

陸子涼頭皮倏然一陣發麻。

什麼情況？

受害者們為什麼都跟王銘勝站在一起，姿態還這麼順從？

駱洋不是恨他恨到要發瘋了嗎？

「哦？哦，是你啊，嘻嘻，我還想是誰呢。」

王銘勝看見來者是陸子涼後，陷在紫黑色眼眶裡的眼睛驚喜地睜圓。

「你來了，那位也來了吧？是那位把姜姜留下的？是嗎？」

看來姜姜指的是剛才來攻擊他們的臉毀鬼。

至於「那位」……

陸子涼厭惡道：「少噁心了，別把受害者喊得這麼親密。把我的身體還來！」

王銘勝大笑。「先前認出我時還嚇得渾身發抖，今天，哈哈，居然又敢對我大吼大叫了啊？屍體我才不還你。我殺了你，你就歸我了啊！」

陸子涼怒道：「放屁！你到底想幹什麼！」

王銘勝道：「你，嘻，你真的是我殺掉的人裡，最可愛的一個。我今天啊，其實不是針對你，我在尋找眷顧我們這種人的神明。而你，你是一個很棒的工具！」他突然就衝陸子涼勾了勾手。

那一瞬間，陸子涼感覺到一股不可抗拒的力量鎖住了他的靈魂！

——彷彿有一根無形的長鈎穿透了他，要將他強行勾過去一般。

陸子涼竟然不由自主地往前邁了兩步。

他心下驚悚，用盡意志激烈抗拒那股邪惡力量，死死止住了腳步！

王銘勝驚喜。「哦？你果然很特別呢。」他拍拍手。

兩個臉毀鬼就衝向陸子涼，抓住他，把他往前拽！

陸子涼吼道：「放手！」

王銘勝道：「你既然死在我手上，就無法再違抗我了啊。你的性命被我奪走，就歸我了，很難理解嗎？」

說著，王銘勝突然如鬼影一般，眨眼間就到了陸子涼面前，冰冷的手指按住陸子涼的額心。

陸子涼眼前陡然一黑！

他的靈魂深處捲起一股顫慄。

這股異樣的顫慄極度強烈，如滔天巨浪般兜頭壓下，將他的意識壓入深不見底的黑暗裡——

在那黑暗中，陸子涼聽見了雨聲。

雨水打在傘面上，嘩啦輕響，又從傘面的破洞往下淌，滴在髮頂上。

很冰。

冰得讓人克制不住地發抖。

蜿蜒向下的山道階梯上，陸子涼轉頭，看見了那日求得紅線後，向他遞傘的人。

王銘勝微笑的臉龐近在咫尺。

王銘勝對他開口，咒語一般地呢喃：「一起下山吧？」

他就像被什麼力量給蠱惑了一般，麻木地和王銘勝共撐一把傘，一起下了山。

王銘勝說：「時間不早了，不然，一起吃頓飯？」

他就和王銘勝吃了晚飯。

王銘勝又說：「剛買的，喝吧，我送你到車站……」

他就接過王銘勝遞來的柳橙汁，喝了……

麻木而模糊的印象中，王銘勝好像掛著溫柔的微笑。

如今再看，王銘勝的嘴角，全程都翹起讓人悚然的詭異弧度。

陸子涼恐懼地深吸了一口氣。

被王銘勝完全支配、奪取性命的過程，在腦海中瞬間放大——

他想起自己被帶回王銘勝的舊公寓。

想起自己曾經短暫地清醒過來，擺脫蠱惑並奮力反抗，卻被王銘勝狠狠砸暈過去！癱倒在地後，王銘勝對他注射了更強的藥物，接著，他被拖進狹小老舊的浴室裡……鮮血拖行了一路。

他想起王銘勝興奮地擺弄那架在浴缸邊上，朝他錄影的相機。

想起浴缸裡，逐漸淹沒上來的冷水……

強烈的恐懼如漩渦般瘋狂地席捲過來，狠狠沖刷陸子涼搖搖欲墜的理智！

陸子涼痛苦地掙扎，手腳卻力氣盡失，不斷發抖，開始不受控制。靈魂深處對凶手的巨大恐懼，好似在瞬間就能壓彎他的腰板，逼他臣服。

原來是這樣。

陸子涼雙眸開始失神。

受害者死亡那一刻的恐懼，成就了凶手的支配權。

刻在人類本能裡的求生欲，在此時此刻，反倒讓人想要軟弱地屈服。

陸子涼感覺到自己死亡前所經歷過的所有痛苦，正在一分一秒地重演。

他一刻不屈服，就得再在王銘勝邪惡的笑聲裡，死上千百遍。

浴缸的冷水慢慢淹沒上來，淹過胸口，漫上了口鼻……

煎熬的窒息感開始撕裂心肺。

好痛……

陸子涼用盡全力地掙扎，痛苦卻越來越深刻。

他覺得自己好像在狹窄的浴缸裡下沉。

身體穿過了底部，沉進了更深更黑的水域。

水域中彷彿濃縮了王銘勝的一切惡念，陸子涼被凌遲的感官逐步放大，被這黑水給浸透，眼睛看見了王銘勝那興奮的臉，耳朵聽見了王銘勝扭曲邪惡的暢笑。

王銘勝曾經犯下的種種罪行，都迫不急待地湧入陸子涼的耳目。

陸子涼好似親歷了其他四位受害者所遭遇的暴行。

他控制不住地和受害者們一起淒聲慘叫、垂死掙扎、不斷失血……最終死去。

恐懼和絕望，就像這片黑色水域中最渴望的那份甜美。

而這片無盡黑水的遠方與深處，好似有成群的惡鬼在圍觀、欣賞，並激動地鼓譟。

陸子涼的意識不斷沉落，沉到了水域的最底端……

碰觸到這世間最邪性、最恐怖的脈流。

陸子涼忽然皺緊眉毛，忍著痛楚睜開了眼。

他記得這個。

八歲那年，在陸家的池塘底端，他碰到過這條邪川。

年幼的他被巨大的邪惡和黑暗占據了他的腦海，恐懼得失去了意識，溺死在了池塘裡。被搶救回來後，他的記憶就發生了斷層。

陸子涼勉強維持住清醒，扭過頭，往下望去。

當年陸子秋究竟看見了什麼？

陸子秋究竟抵禦住了怎樣的恐怖和邪惡，才被判定為城隍？

可陸子涼望下去，卻只看見一片濃郁的黑暗。

更古怪的是，他一凝視這片黑暗，就感覺到一道視線回望向他。

旋即，濃郁的黑暗伴隨著隱隱熟悉的氣息，包攏過來——

陸子涼發現，他好像沒有小時候那麼害怕了。

他艱難地避開身子，不讓黑暗纏住他。

忽然，陸子涼注意到，自己身上有個地方在發光。

他摸過去，從口袋裡拿出了一把刀。

那是月老遞給他，讓他切斷紅線的那把朱紅色木刀。

木刀像是承受不住黑暗力量的擠壓，在他手中扭曲變形，變軟融化，最後竟然逃難似的淌進他的手心，進入他體內。

溫暖的力量融進血脈，周身熒熒散發出柔和的光芒，那一瞬間，陸子涼看見自己的手上，多了一條長著黑色斑點的紅線。

又或者說，這條線一直都在，只是他以前看不見。

這是連接著他和王銘勝的紅線。

陸子涼瞇起了眼。

這條姻緣已經明顯變質，布滿了噁心的黑斑，卻依舊牢固。這恐怕就是王銘勝控制受害者的媒介。

陸子涼抬起手，用力扯斷了那條線！

啪——

王銘勝那狠狠凌遲著他的邪念霎時斷開！

濃郁的黑暗退去，陸子涼身子一輕，迅速上浮，意識終於突破層層黑霧，清醒過來！

燈光蒼白的中心長廊上，陸子涼猛地視線聚焦！

他眼眸清亮，在王銘勝震驚的目光裡掙脫臉毀鬼們的控制，突然用力揮出拳頭——

砰！

王銘勝飛出去，摔倒在地。

臉毀鬼們都露出驚駭之色。

陸子涼大步過去，壓在王銘勝身上，衝王銘勝的臉又狂毆了數拳！

「敗類！」陸子涼怒聲道：「該死的敗類！」

王銘勝被毆出了鼻血，短暫的震愕之後，大笑。「果然，果然那位看上的獵物就是不一樣啊！我殺了你，他是不是超生氣的？生氣就好啊哈哈哈——」他在又挨了一拳後，迅速抓住陸子涼的手，反身壓住陸子涼。

陸子涼猛踹幾腳掙脫開來，再次掄起拳頭。

雙方激烈地扭打起來！

陸子涼洩憤一般地衝王銘勝狂毆，眼睛卻忍不住瞥向不遠處的擔架。

不管怎麼樣，得先保住屍體再說。

陸子涼抓緊時機，朝王銘勝的腹部猛踹一腳，趁他痛得直不起身，趕緊踉蹌著爬起來，往擔架衝過去！

「駱洋！」陸子涼對守在擔架旁的駱洋喊道：「駱洋你清醒一點！他可是王銘勝，不要被他控制——」

駱洋麻木地看著他。

另外兩個臉毀鬼得了命令，追上來抓住陸子涼，陸子涼被拽得狠狠摔了一跤，掙扎著想甩開他們。「你們都給我清醒一點！」

「嘻，他們不像你啊，他們很聽話的。」

王銘勝慢慢地站了起來。

他滿臉是血，深陷的眼窩裡，那一雙可怖的雙眼流露出極度的瘋狂，看著萬分可怖。他一步步走來，手探進帽T的前兜裡，拿出一塊染血的紅磚頭。

王銘勝道：「本來想把你的屍體帶到那位的面前毀掉的，但既然你來了，在這裡再殺你一次，肯定也可以讓那位喪失理智吧。你剛剛在黑暗裡，一定也聽見了？聽見我們，有多期待那位的降臨……」

陸子涼渾身是傷，被兩個毀臉鬼用非人的巨大力量狠壓在地。可他眼中沒有太多害怕的情緒，抬頭看著王銘勝，忽然露出一笑。「那群惡鬼們肯定在白清夙出生的時候就盯著他，盼著他放棄人性和理智成為惡神。可他們盼到現在，盼到了什麼？你到底哪來的自信，覺得自己可以做到連你的前輩們都做不到的事？」

王銘勝在陸子涼身前蹲下，手裡沾血的紅磚頭晃呀晃的，令人膽寒。

王銘勝道：「嗯，怎麼辦，我就是很有信心啊，尤其是看見他那一晚那麼緊張你，緊張到居然直接放棄追我了。你是可以撬動他理智的關鍵呀。何況，嘻嘻，前輩們的失敗又關我什麼事？」

王銘勝咧開嘴笑。

「失去信念，失去理智，不都是瞬間的事情嘛。沒有了那些人性的枷鎖，他就是我們的神明了。而你，哈哈，我們會記得你的貢獻的。」

王銘勝露出了既扭曲又興奮的笑容。他呼吸變粗，舉起紅磚頭，對準陸子涼的腦袋，就要砸下——

忽然有人一把抓住了王銘勝的後腦杓！

王銘勝被用力砸在牆上！

「呃啊啊啊！」王銘勝發出慘叫。

白清夙冷冷地盯著王銘勝流出來的血，因為奔跑過來而微微急促的呼吸，忽然變得有些粗沉。他垂著眼眸，像是在欣賞王銘勝痛苦的喘息，骨子裡透出來的那種危險氣質，突地鮮明起來。

從白清夙身上傾瀉而出的強大威壓，霎時濃重得彷彿能令空間扭曲。

白清夙彎下腰，撿起掉落在一旁的紅磚頭。

壓著陸子涼的臉毀鬼全都細細顫抖起來。

陸子涼同樣心下一悚，趁機掙脫，衝向白清夙。「不要！」

白清夙看向他。

陸子涼抓住白清夙的手腕，把紅磚頭搶過來。「你，咳咳，你揍他幾拳就行了，別用這個，會死人的！」

白清夙任由他奪走紅磚頭，伸手摸他的臉。「你流血了。」幽黑的眼珠轉向王銘勝。「發現屍體不在冰櫃，你應該等我。」

「沒事。沒事的。」陸子涼也不知道是在安撫自己，還是在安撫白清夙。「不管怎麼樣，我們都找回屍體了！走，我們快走，先把屍體帶到安全的地方……」

白清夙不動。他身上流露出來的黑暗氣息彷彿能浸染周遭的顏色，強大且殘忍的殺意擴散開來，無聲無息，將空氣凝縮成一根緊繃的弦。

天花板上的燈管啪啪閃爍。

陸子涼心頭發緊。這種恐怖到令人顫慄的味道，就和那「黑水」底端的邪川一模一樣。他用力抓住白清夙的手臂。「你冷靜一點！拿回屍體才是我們最初的目的，記得嗎？遇到王銘勝只是意外，別被他影響了！他現在一時爬不起來，我們先帶屍體走，等一下警察自然會——」

白清夙道：「我想殺了他。」

陸子涼厲聲道：「不行！」他一拽白清夙，讓白清夙面對自己。「王銘勝就是想刺激你，讓你失控，你不該如他所願！你花了將近三十年來證明自己的人性，難道要毀在這裡？」

「嘻……毀？你居然用毀這個字眼？」

他們猛然轉頭，看見王銘勝竟慢慢坐起來。

王銘勝被剛才那一下砸得頭破血流，可見到白清夙，他卻好像無比喜悅。「那是解放！是全然的解放！您只要展現自己的本質就好了啊，幹嘛為那些弱小的東西壓抑自己？您想殺什麼人，想折磨誰，我們都送到您眼前！我們等待您好久了——」

「你他媽給我閉嘴！」

陸子涼一腳將王銘勝踹倒下去！他心中的不祥無限擴大。

他想到方才沉入「黑水」時，對著王銘勝的暴行興奮鼓譟的惡鬼群們。

面對殘暴的行徑，居然拍手叫好。白清夙一旦失控，也會成為那樣的存在嗎？

變得失去人性，嗜血暴虐？

更甚至於，變成他們的神，成為他們滿足自身殘暴欲望的信仰？

不行。

絕對不行！

陸子涼突然拉著白清夙就往前跑！

必須先離開這裡，先離開王銘勝這個巨大的刺激源。

不遠處就是安放陸子涼屍體的擔架，而駱洋正守在那裡。

王銘勝嘶啞吼道：「毀了屍體！毀了它——」

本被白清夙的氣場給震懾住的駱洋霎時動起來！

駱洋抓起擔架上的屍體，就要將它往地上摔，陸子涼心跳都漏了一拍，將手裡的紅磚頭往駱洋臉上丟——

「呃啊啊！」

正中臉部！

陸子涼驚險地撈住差點掉下來的屍體，和白清夙一起讓它躺好，就抓住擔架，往前推！

長廊的最底端有一個可以離開中心的後門，陸子涼對白清夙道：「不要回頭，我們快出去！你不想要我活下來嗎？」

白清夙從擔架的尾端推，很輕地問他：「你不想要他死嗎？」

陸子涼咬牙。當然想。

他做夢都想要王銘勝死無全屍。

但陸子涼說：「我更想活下來。我想要一個不會拋棄我的家。我好不容易遇到你，我想和你一起好好生活……」

「咳啊啊啊啊啊——」

陸子涼悚然頓住。

他轉頭，白清夙已經不見了。

「……」陸子涼心跳失速，猛轉過身，發現白清夙站在王銘勝面前。

白清夙手上不知何時多出了一把解剖刀，正刺在王銘勝肩膀上，從容地往血肉深處壓去！

那不是個致命的位置。

白清夙在享受折磨人的快感。

白清夙說：「那我更要保護你。這種傷害你的人，不能存在啊。」

王銘勝發出不似活人的慘嚎，白清夙聽夠了，慢悠悠地拔出刀子，欣賞了下鮮血湧出的美景，第二刀就對準了王銘勝的心臟。

陸子涼在白清夙的臉上，看見了笑容。

他從來沒有在白清夙臉上見到過這麼明顯的笑容。

白清夙看似冷靜，其實已經失去了控制。

——他是真的要殺了王銘勝。

陸子涼毛骨悚然，渾身發冷。

只要嘗過一次殺人的滋味，就不可能回頭了。

惡鬼們，即將如願以償地得到他們的神明。

眼看白清夙就要刺出刀刃，陸子涼鬆開了擔架的金屬握欄。

他衝向白清夙——

啪嗤……！

白清夙突然聽見不遠處，傳來古怪的聲音。

很快的，又是一聲。

啪嗤！

像是微凍的骨肉，被砸碎的黏膩聲響。

白清夙那被殺意和瘋狂給擄獲的理智，短暫地清醒了一瞬。

他轉頭，有點奇怪地看向那個方向，發現那個名叫駱洋的受害者，正拿著紅磚頭砸著什麼。

白清夙目光微落。

躺在擔架上的屍體，被砸得面目全非。

「……」

白清夙猛地怔了一下。

駱洋舉起紅磚頭，再次砸下去——

啪嗤！

「……咳！」

一陣滾燙的濕意濺上白清夙胸前的衣服。白清夙僵硬地轉回了頭，發現陸子涼不知何時擋在了自己面前，手抓著解剖刀，鋒利的刀刃直接刺穿了陸子涼的掌心。

陸子涼蹙著眉毛，沒忍住，又吐出一大口血來。

「操。」陸子涼輕咳著道：「怎麼這麼痛……」便倒了下去。

那一刀明明刺在手上，卻竟然彷彿狠狠撕裂了他的心口！

陸子涼痛得意識模糊。忽然，他想起陸子秋曾經焦急地吼他，說被白清夙殺死會魂飛魄散，讓他離白清夙遠一點。

他本來還覺得是誇大，可原來白清夙真正起了殺意時，威力真的這麼恐怖，不過是傷到了手，卻猶如胸口直接被當場刺穿。紙紮的身體不如活人的血肉結實，王銘勝尚且能扛住一刀，陸子涼直接就嘔出血來。

這具紙紮人偶的身體徹底報廢了。

糟了。陸子涼心想。沒想到這一層。

白清夙完全呆住了。他扶住陸子涼軟倒的身體，漆黑的眼眸逐層清醒，流露出非常罕見的不知所措。

「小涼……？」白清夙聲音不穩，見陸子涼再次低頭咳出血，本能地想查看陸子涼的身體，卻被陸子涼按住。

陸子涼難受地喘息，額頭抵著白清夙的心口，低聲道：「沒關係。」

白清夙僵硬幾秒，看了看駱洋的方向，又看了看他被刺穿的手，試圖辨別讓陸子涼痛苦的主因。很快，他意識到了什麼。

「是我。」

「……不是。不是你的錯。這副身體，本來，就快要壞了。」陸子涼笑著說：「早在和你滾完床單時，我就有預感了。我剛才不該和王銘勝打架的，傷到了太多地方……」

「你的屍體被——」

「沒關係。不重要了。」

「你這具身體，是不是快要——」

「噓。沒事。」陸子涼輕聲道。他抹去唇邊的血，直起身子凝視白清夙，蒼白而英俊的臉上，竟是溫暖的笑容。

陸子涼忽然問：「你知道為什麼，我從小遇到過這麼多危險，瀕死過那麼多次……卻總能活下來嗎？」

白清夙眼眶發紅，喉頭發緊，根本出不了聲。

陸子涼道：「因為，我總會遇到好心人。」

他緩緩抬起那隻沒受傷的手，捧住白清夙的臉。「像是那個姓梁的學長、我的教練……還有你。尤其是你。你是我被趕出陸家後，遇到的，第一個好心人。你不知道我那天餓得有多絕望。我本來也是個小少爺啊……我那天很想死，真的。」

他蹭過白清夙的眼角，摸到了一點濕意。「你說自己的腦海裡經常出現惡念，說自己是個壞人，但你其實也是好心人，白清夙。誰都有兩面的。你不要……忽視自己的光明面。」

巨大的虛弱感襲來，陸子涼徹底失去支撐自己的力氣，軟倒在白清夙身上。

白清夙抱著他，再次看向不遠處那具被砸壞的屍體，他那總是如冰山似的臉龐上，首次出現鮮明的恐懼。

「我幫你把屍體修好可以嗎？有用嗎？」

當然沒用。

身上的痛楚漸漸抽離了，陸子涼感覺到自己的靈魂，也即將從這具損毀的紙紮人偶裡脫出。

沒想到，最後還是失敗了啊。

陸子涼闔上眼，聽見白清夙激烈的心跳響在耳邊，那麼近，近得彷彿就跳在自己的胸腔裡。

這還是第一次在瀕死的時刻裡，有人陪著他。

陸子涼沾血的唇角彎出了笑意。

「屍體不用修了，你……把我剖了吧。」陸子涼輕喃道：「剛剛那齣，讓我想起王銘勝在往浴缸放水的時候，出去接過電話。那時我試圖逃跑，不小心碰倒了相機，記憶卡摔了出來……我吞了它。」

白清夙窒息道：「不，我不想剖你。」

「記憶卡裡一定……存有他的犯罪證據。」陸子涼的聲音越來越輕。「還有受害者，在等待真相大白的一天……」

白清夙像是害怕失去般，忍不住抱緊陸子涼的身體。他的心口被巨大的自責和恐懼給填滿，本在瘋狂肆虐的黑暗與邪念反而被壓在最底層，無法破土。他甚至恐慌到想向正神求助。

「那間城隍廟，是那間廟裡的神明在幫你吧？我帶你過去，現在就帶你過去！倉庫裡還有很多紙紮人偶，一定，還有什麼辦法。」

陸子涼揪住他的衣服，讓他別動。

「白清夙……我有個願望。」

「我答應，我都答應。」

「我想要當你的第一個受害者。」

白清夙怔住，身體劇烈顫抖起來。他感覺到陸子涼親了親他的心口，像是在安撫他，又像是在告別。

「在你按照原本的預想，親手剖開我、殺死我之前，你，不能殺死任何人……」

白清夙的呼吸緊繃得幾乎停止。

陸子涼輕喃：「好不好？」

「……」

「好嗎？」

白清夙薄唇微張，好一會兒，才擠出一個字：「好。」

陸子涼似乎是笑了。他發出很輕微的笑聲。

接著，就是長久的靜默。

白清夙道：「小涼？」

他抱住陸子涼一動不動的軀體，溫柔地撫摸陸子涼的後腦杓。

「小涼？」

陰冷的長廊裡，瀰漫著令人窒息的沉默。

不久，警方到了現場。

警察們錯愕地看著這一片狼藉，無法想像這邊究竟發生了什麼。

慘死的工作人員、滿廊的鮮血、從冰櫃裡偷出來被砸毀的屍體、身受重傷的殺人魔王銘勝……還有，抱著一具詭異的紙紮人偶，靠著牆發呆的白法醫。

沒有人敢靠近白法醫。

白法醫的臉色，和他懷裡破破爛爛、笑容詭譎的紙紮人偶，都把身經百戰的警察們嚇得夠嗆。

大家都踟躕在一旁，難以下手，所幸，他們等來了救星。

「梁檢！」

刑警抬起封鎖線，讓梁舒任趕緊進來。「郭隊長跟著救護車去醫院了，我們怎麼勸白法醫他好像都聽不見，實在是……」

「我過去看看。」

梁舒任快步走進中心，越深入案發現場，他的臉色越凝重。當看見白清夙懷裡抱著什麼東西時，他的表情更是難看到了極點。

「清夙。」

靜默。

「白清夙。」

還是靜默。

梁舒任蹲下身子，既沒有碰白清夙，也沒有動他懷裡的紙紮人偶。梁舒任說：「我們要移動陸子涼的屍體了，要暫時把它運到殯儀館那邊，你不起來幫忙嗎？」

聽到陸子涼這個名字，白清夙終於有了反應。

他睫毛輕輕顫了下，空洞的眼眸裡湧動起強烈的情緒，手臂收緊，懷裡的紙紮人偶發出啪沙的紙張細響。他輕啞開口：「小涼告訴我，他吞了相機的記憶卡。裡面，有王銘勝對他行凶的過程。」

梁舒任沉默。也沒有問陸子涼是怎麼告訴他的，只溫聲道：「陸子涼沒有能夠聯繫上的家人，你同意的話，我就安排解剖。因為王銘勝這個案子比較急迫，社會大眾和上頭都很關注，也許，明天就得進行。我可能得找別的法醫，你可以接受嗎？」

梁舒任其實有點忐忑。他知道白清夙對陸子涼有種病態的執著，也許會堅持親自參與解剖。

但令人意外的是，白清夙沒有反對。

他只是將那恐怖的紙紮人偶抱在懷裡，緩緩站起來。

然後問：「王銘勝，去哪了？」

與此同時，半山腰的城隍廟。

吱呀——

供奉月老的偏殿木門被打開。

一身紅衫的少年走出來，垂眸看著孤身站在台階下的青年。

月老眉毛皺著，嘴唇緊抿，面色複雜地看著陸子涼。失去了紙紮人偶做軀體，陸子涼看起來非常虛弱，像是耗盡了力氣。

「前面的廟門沒關，是特地為我留的門吧。」

陸子涼衝祂一笑。

「我失敗了呢。」

月老閉上眼，輕嘆：「進來。」

陸子涼慢吞吞地走進偏殿，在看到那個依舊擺在桌上的天秤法器時，他的目光不禁流連幾許，接著，就移開了。他往偏殿那熟悉的角落裡一窩，舒了口氣。

「你不知道剛才有多刺激！」

再次淪落到這般絕境，陸子涼居然笑得出來。他邊笑著，邊一股腦地將方才發生的事情全都告訴月老。

「……那一下我差點直接痛死！啊，現在不痛了，但又忽然覺得，怎麼這麼累……」

見他昏昏欲睡，月老終於開口：「不後悔嗎？好不容易掙來的活命機會，卻為了別人，放棄自己。」

陸子涼頭靠著木門，瞇眼想了想。

「是啊。原來這世上，也有能讓我不後悔的人呢。」

也許是因為方才的一番惡戰，陸子涼眼皮異常沉重，睏倦地闔上眼。「雖然有遺憾，很大的遺憾，但真的不後悔。我是不是，沒那麼涼薄了……唔，在請鬼差來之前，能先讓我睡一覺嗎？就睡一下下……」

月老沉默地望著他。直到陸子涼熟睡了，才道：「睡吧。」

祂看了一眼門外。

「不會有人打擾你的。」

第十一章　地下室的收藏品

清晨，明石潭上下起了一場暴雨。

雨水捲著瑟瑟冷風，一路颳進了市區，拍打家家戶戶的門窗。

濃雲蔽日，天光黯淡，暴雨一直持續到了上班時間，大馬路上湧現了堵塞的車流。

市立醫院裡，巡房的醫生來到王銘勝的病房，發現守衛在門口的兩位員警竟然都靠著牆呼呼大睡。

醫生驚訝於他們的怠忽職守，但也知道他們忙了一整夜，出於同理心，醫生並沒有叫醒他們，而是直接推開了病房的門。

「……呃啊啊啊啊啊！啊啊啊啊！」

員警們被慘叫聲嚇醒，也不知道自己究竟是什麼時候睡著的，腦筋居然像喝醉了般昏昏沉沉。他們踉蹌著站起，趕忙衝進病房——

入目的赫然是一片刺目的血紅！

牆面、窗戶，甚至是天花板，全都是噴濺的血跡。

病床上，昨晚好不容易搶救回來的殺人魔王銘勝成了一灘爛肉，從頭到腳都被砸得血肉模糊，刺穿皮肉的斷骨上殘留著碎肉，被破開的顱骨則如被打碎的雞蛋般，流淌出紅紅白白的腦。

「嗚呃、呃啊啊啊天啊！天啊！」

「嘔……」

殯儀館的舊解剖室外，梁舒任和郭刑警的手機同時響了起來。

一股不祥之感湧上心頭。

他們對視一眼，各自接起了電話。

——王銘勝被殺了。

梁舒任錯愕。「什麼？」

郭刑警連解剖都不看了，立刻跑出去，趕往醫院。

梁舒任拿著手機，看向大門的方向，又看了看玻璃內正在進行的解剖，一時進退兩難。

忽然，又一名工作人員喊他：「梁檢！」

分身乏術的梁舒任檢察官轉頭，就見那工作人員踩著高跟鞋，朝他狂奔過來，戴著手套的手拿著一個證物袋，裡頭赫然是一枚相機記憶卡！

梁舒任眼睛睜大，心跳加快。「難道是……」

工作人員喘道：「剛才劉法醫說，受害者的胃裡沒、沒找到記憶卡，但白法醫之前，又那麼篤定，我就、我就又去找了一下受害者的物品。」她的表情興奮又離奇。「居然在受害者的外套內袋裡！之前、呵，好喘，之前可能是漏掉了！」

又一人喊道：「梁檢！」

梁舒任馬上轉頭，解剖室的門打開了，劉法醫面色古怪，衝他招手。「怪事了你快進來！」

梁舒任戴上口罩進去。「怎麼了？」

劉法醫帶他繞過解剖檯，梁舒任盡量不去看那被砸得血肉模糊的臉部。認識的人的屍身被毀成這副模樣，他心底一直相當沉重。

劉法醫指著屍體左肩頭。「你看這裡。」

那裡有一點斑駁的刺青紋路，劉法醫伸手過去搓一搓邊緣，顏色居然就掉了。

梁舒任一愣。「刺青是假的？」

「對。」劉法醫說著，點了點滑鼠，給梁舒任展示陸子涼參加各項游泳大賽時，媒體拍攝的照片。「但你看這個，陸子涼身上是真的有刺青，你看，他高中的這場比賽就有了，顯然不是最近才紋上的。可這具屍體的刺青，卻是仿上去的。」

梁舒任倒吸了一口氣。

他面色嚴肅，傾身仔仔細細地看了幾張陸子涼生前的參賽照片，又看向屍體左肩頭上，莫名退色剝落的刺青。

梁舒任一陣驚悚：「這不是陸子涼？這個人是誰？」

陰雨天的四合院古厝裡分外寂寥。

潮濕的腳印一路從大門走到了客廳，又從客廳走到了餐廳。

漂亮的紅木大圓桌邊，白清夙獨自坐在那兒。

他似乎在雨裡走了很久，渾身都濕透了，髮梢滴著水，深冬的寒意猶如夾著冰雪一般，不斷地往骨頭縫裡鑽，凍人神魂。

但白清夙好像感覺不到。

他麻木而空洞的眼睛盯著桌上的柿子。他的耳朵裡，腦海深處，全是嘈雜的聲音。

——嘻嘻……

——您要出來了嗎？您要出來了吧……

——啊，好想殺人……

白清夙重重地閉上眼睛。

原本寂靜的世界被小涼闖入，嘗過鮮活美好的顏色，就再也無法忍受寂靜了。當他覺得這幢他獨居多年的屋子竟然安靜得可怕時，耳朵就會聽見這些好似遙遠，卻又極近的鬼語。

他想要的是小涼的聲音，不是惡鬼的竊語。

然而那些低低竊竊的語句就如同甜美的蠱惑，每一句，都精準地叩在他內心深處最強烈的欲望上。

——害死小涼的人，一個都不能放過。

——給他們怎麼個死法好呢……

——要殺的人太多了啊……嘻……

惡鬼的低語越來越貼近，越來越大聲。

光線晦暗的餐廳內，白清夙站起了身。

他眼底濃郁的黑暗能夠匹敵夜色，抬起了濕透的腳步，要往外走——

手機忽然響了起來。

白清夙沒有接，第二通很快就又打了進來。悠揚的樂曲壓過了惡鬼的聲音，霎時間，真實世界的雨聲清晰了起來。

白清夙邊走，邊接起了電話。

梁舒任的嗓音傳進耳裡。儒雅的檢察官很少說話這麼急促。『你知道陸子涼有個雙胞胎兄弟嗎？』

白清夙嗯了聲。

『剛才有家屬找過來。那具在涵洞裡找到的屍體，是他哥哥陸子秋的！』

白清夙猛地頓住。

不可能。

就算是雙胞胎，他也不可能認錯自己覬覦多年的陸子涼。涵洞裡找到的就是小涼沒錯。

但……不排除屍體運回中心後，被調換的可能性。畢竟這段時間，小涼身邊總是有神明在介入。

白清夙猶如一片死寂的胸腔內，忽然再次怦怦作響。他的胸膛激烈起伏，問：「刺青呢？陸子秋不會有那個刺青。」

『刺青是假的。』

白清夙拿著手機的手驀地垂落下去。

——被損壞的屍體不是陸子涼的！

還有機會。

只要小涼的靈魂還沒離開，就還有機會活過來！

梁舒任的通話還在繼續。『……喂？清夙？你聽著，你今天得待在家裡，哪裡也別去，等一下會有警察去你家調查你的不在場證明，王銘勝被殺了……』

但白清夙沒有在聽。

他拿起老廟公給的那把大傘，再次冒雨跑了出去！

在陸子涼從紙紮人偶身上消失後，白清夙不知道第幾次去找那間半山腰上的城隍廟。他呼吸急促，腳步迫切，在山林之間不斷穿梭，走遍了每一條上山的小路。

但是找不到。

怎麼都找不到。

他就像是被神明遮了眼睛，再也看不見通往小廟的路。

而此時在月老的偏殿內，陸子涼睡飽了覺，神清氣爽地坐直起來。

「下雨了啊。」

地上不知何時已經擺好了接雨的盆子，陸子涼抬頭看了眼天花板，不明白那老廟公為什麼不乾脆請人來修一修，難道這間廟真的這麼窮，請不起維修師傅？

陸子涼跨過塑膠盆，走到殿外，到處都沒看到月老的身影，也不知道去了哪裡。這間小破廟本就香火不興，遇上雨天，更是一位香客都沒有，陸子涼走過小廊，在正殿外停下了腳步。

城隍爺的神像威武肅穆，陸子涼望著神像幾許，感覺不到裡頭棲息著神明。

他的心情忽然變得沉重，頭也不回地轉身，回到了寂寥的偏殿。

這場雨下了很久。

潮濕的寒意裹著寒風，不斷地撲進殿裡，陸子涼忍不住想闔起殿門，奈何他現在變回了鬼身，還是隻保有理智的鬼，屬於人間的物品對他來說重如千斤，別說是關門了，他連門環都拿不起來。

左右等不到月老回來，無聊的陸子涼開始在偏殿裡東摸西摸。他得動起來，腦子裡才不會總胡思亂想，想那段再無緣分的戀情。

突然，他發現自己居然能拿起供在桌上的水果。

「拜過的果然不一樣啊。」

陸子涼起了興致，在果盤裡精挑細選，拿了顆桃子咬著吃。

吃著甜美的水果，坐在門檻上聽雨，他閉著眼睛，第一次感受到了一份死後獨有的寧靜。遠離人間煙火，原來是這種感覺嗎？

這時，前方傳來雨打傘面的嘩啦聲響，陸子涼撩起眼皮，看見一個年輕女孩提著水果零食走上台階，進了正殿。不久，她就來到了偏殿，擺好供品，點上了香，對月老虔誠一拜。

「信女……家住在……求月老星君賜紅線給我……」

陸子涼挑起眉。

原來他當初求紅線的時候，是這個樣子啊？

他邊吃桃子，邊打量著女孩，聽她磕磕絆絆地嘀咕著，笑道：「那妳得說說妳喜歡什麼類型的人啊，妳不說人家月老怎麼知道？」

女孩定是聽不到他的聲音的，但離奇的是，陸子涼提醒了之後，女孩果然就開始描述自己的理想型。

「家世清白、五官端正的……唔，老實人。不用太有錢，但也不要太窮……」

陸子涼被逗笑了。

「哎，這個好！」陸子涼笑道：「我也覺得這種類型的不錯啊，感覺挺顧家。」

「那你自己怎麼不挑這種的？」

陸子涼轉頭，發現月老不知道什麼時候回來了。祂跨過門檻，嫌棄地睨了陸子涼一眼。

「淨挑些神經病。」

「……」陸子涼無法反駁。

月老聆聽了女孩的祈願，並賜了她紅線。

女孩高高興興地離開了。

陸子涼吃完了桃子，又去拿糖果吃，鼓著嘴道：「你真會給她牽一個家世清白的老實人啊？」

「別人的姻緣，不要隨便過問。」

「那你能不能把廟門關了？好冷。等有人來的時候再開嘛。」

「你冷？」月老手裡正捲著紅線，聞言凌厲地看他一眼。

下一秒，廟門就啪地闔上了。

月老把果盤一推。「吃什麼糖果，小孩子嗎？給我吃水果。」

陸子涼嘖道：「怎麼沒人拿柿子來拜啊。」

月老差點氣笑。「你還挑嘴？冷死你算了！」

陸子涼再次在不大的果盤裡挑挑揀揀，最後剝了橘子吃。「酸。」

月老像是在看白痴。「誰叫你吃完糖去吃橘子，就不能再吃一顆桃嗎？」

「看來你心情很糟啊。」陸子涼忍過嘴裡的酸意，好不容易才鼓起勇氣吃下一瓣。「發生什麼事了嗎？」

月老不說話。

陸子涼便道：「那不然你跟我科普一下，為什麼吃拜過的水果可以禦寒，糖果卻不行？」

「你靈體受創，太虛弱，拜過的水果沾染了神明的力量，可以幫助你恢復。不是禦寒。」

月老手裡全是熒熒發光的紅線，祂低著頭，道：「糖果也可以，但畢竟是人為加工的東西，不天然，效果就慢。」

「這太酸了……你吃不吃？」

「你給我自己吃完。不准浪費食物。」

「接我的鬼差什麼時候來？」

月老微頓一下。「快了。」

這時，外頭突然掀起一陣大風，震得木門隆隆作響。似乎有誰來了。

陸子涼轉頭。「這麼快啊？」

月老卻驀地站起來，臉色難看到了極點。

空氣中威壓頓增，外頭那獨屬於神靈的力量擴散開來，穿過了門板，威懾力非同尋常！

陸子涼也隱約覺出了不對。他緩緩站直，感受到那股力量特別熟悉，又轉頭看了看月老的表情，忽道：「難道……是陸子秋？」

月老冷冷地看向他。

陸子涼沉落的心陡然懸起，有點激動。「他沒事了，是嗎？他扛過了獻神祭典，成了城隍？」

他轉身就要開門——

「不准出去！」月老厲聲道。

那過於嚴厲的語氣把陸子涼狠狠嚇住！

月老把陸子涼給拽回來，按坐到跪拜椅上，聲線緊繃，極度嚴厲地重複道：「待在這裡，不准出去，聽見了沒有？」

陸子涼怔住了。

其實在此之前，有好幾次，陸子涼都能感覺到，月老像是想從陸子秋手裡保護他。不讓陸子秋靠他太近，也不讓陸子秋碰觸他。

但他不明白這是為什麼。

而月老顯然也沒有要解釋的打算。

祂年少的臉龐繃得很緊，獨自出了偏殿，在祂踏出去的那一刻，殿門再次啪地闔上，死死封住。

雨下得很大。

遠方電光驟閃，雷聲陣陣。

月老無聲無息地轉過廟廊，停住。

雨瀑順著廟簷嘩啦而落，已經真正成為一廟主位的陸子秋，就站在濺雨的石製洗手台前。這位新任的城隍在洗手。

月老的目光從祂搓洗的手，移到祂滿身的血汙上。

城隍這一整身簡直像是在血雨裡待過似的，連髮梢都在滴血，濃郁的血腥氣擴散開來，殘暴的氣息暴露無遺。

月老的神色震驚又惱怒，像是不敢置信，半晌，乾澀道：「你究竟幹了什麼？」

城隍頭也不抬。「殺了一隻惡鬼罷了。」

月老眼神複雜，怒道：「惡鬼？那是惡鬼嗎？他即便罪大惡極，也還是個活人！既是活人，就該用人間的法則，你這樣，算什麼？」

「活人？那種東西，不配當人。靈魂既然已經墮向惡鬼，就不要怪我親自出手，我處理王銘勝，理所當然。」城隍微笑。「你有意見嗎，同僚？」

月老難以置信。「你到底怎麼回事？你真的覺得自己的行徑沒有不妥？我們的管轄範圍裡還有更惡劣的惡鬼在，你為什麼偏偏處理王銘勝？你根本是私心作祟！」

城隍洗乾淨了手，關掉了水龍頭。

「從結果上來說，管轄範圍裡少了一個禍害，這不是好事嘛，計較什麼。」城隍道：「子涼在你殿裡？」

月老冷聲道：「你別想用這種樣子見他！」

城隍默了一下，道：「以一間小破廟的月老來說，你實在剽悍得異常啊。那隻動了你的法器，害子涼牽錯紅線的惡鬼，也是你親手抓下去的吧？我剛來的時候就覺得奇怪了，你究竟是什麼來歷，居然還能私藏禁忌法器。你的神格，好像並不低啊。」

月老冷笑。「我看你的境界倒是又跌了一層，有功夫管我，不如好好檢視一下自己，看看到底出了什麼毛病！」

「嗯，是該跌的。」城隍倒是不覺得奇怪，閒適道：「獻神祭典剛過不久，我的身體被惡意破壞了。」

月老皺起眉。「你的身體還好好的葬在廟後，怎麼可能被破壞。」

「那不是我的身體。」

「什麼意……」月老驀地頓住，睜大了眸子。「你該不會——」

「子涼的身體被警方發現了。我擔心他被解剖，就趕忙調換了屍體……哎，剛熬過祭典就得操心我家心肝的事，哥哥真的不好當啊。我因此暈厥了好幾個小時呢。」

城隍抬眸看著月老。

「你不會讓他就這麼下地府的，對吧？」

「……」

一陣難言的沉默。

陸子涼獨自在偏殿裡等了許久。

當門扉再次打開時，月老望著他，輕聲道：「接你的鬼差到了。」

陸子涼輕輕一顫。

他抬頭，看見月老的身後站著兩位穿著黑衣的鬼差。他再往後望，卻並沒有看見陸子秋的身影。

「……」陸子涼低聲道：「這樣啊。」

月老跨進門來，拿出了紙筆。「答應給你陳冤狀，我重新寫一份。你還有什麼心願嗎？說說看。」

和剛才吃了水果又吃糖的活潑樣子比起來，陸子涼顯得有點沉默。

陸子涼說：「沒有。就這樣吧。」

月老沉思幾許，提筆書寫。

「謝謝你當初願意給我一次機會。我，真的很感激。」

月老的筆頓了頓，指節捏緊。

「我本來對神明都沒什麼好感。」陸子涼輕笑道：「原來，真的有願意保佑我的神明啊。」

月老摺起寫好的陳冤狀，放入黑色信封，交給鬼差。才道：「說到底，還是你自己爭取的機會。人生在世，本就不該寄望神明。」

兩位鬼差走出了門，幽幽回眸，示意陸子涼跟上。

陸子涼最後看了月老一眼，道：「嗯，那我走啦。祝你……香火鼎盛？早點把漏水修一修吧。」

他望向鬼差們，正要跨出門檻——

「你不想知道你們的紅線有多重嗎？」

陸子涼猛地頓住。

旋即，一股力量將他拽得後退兩步，老舊的木門再次在他眼前轟然闔上！

陸子涼轉身，發現那個在鬼差進來時被藏起來的天秤法器，再一次地顯現在供桌上。

月老年少的臉龐上毫無表情，清亮的眼眸注視他。「你還有未秤的紅線嗎？」

陸子涼張了張口：「……有。」

在和白清夙約會的那個晚上，他有從白清夙身上取到一條紅線，就儲存在他的紅線戒指裡。

月老抬手，指尖撩起，一段熒熒發光的紅線就從陸子涼手裡飄出來，飛向天秤。

陸子涼覺得自己的心口好似怦怦急跳起來。

紅線緩緩飄落，落到了木盤上。

……啪！

天秤的兩端劇烈搖晃起來，鏈子叮噹作響！明明已經沒有復生的機會了，陸子涼還是忍不住屏息，看著標示刻度的紅線圈滑動，竟滑過了數字「陸」……

停在六格半的地方。

陸子涼靜默。

他在和白清夙分別後，一直刻意忽視的那股悲傷，突然就洶湧地衝上鼻腔！

一滴眼淚從他眼裡掉出來。

白清夙就像個未能實現的夢想。

明明被他狠狠傷害過，甚至曾經痛到想要徹底遺忘他，可心底深處卻還是隱隱期盼著，他們之間有緣。

陸子涼抬手抹掉眼淚，帶著點鼻音，玩笑道：「一場約會，多了半格呢。可惜和第八格還有點距離啊。」

月老望著他臉上的淚痕幾許，輕聲開口：「在年幼的時候被至親拋棄，你注定在情感上有所缺失，而且，你顯然也不想去改變這一點。我本以為，無論對方是個什麼樣的人，你直到最後都不會把自己的真心交出去。」

祂探出手，握在了陸子涼的指根，從中又拉出一截紅線來。

陸子涼茫然地看著這條線飄向了天秤。

「姻緣連接著兩個人，自然不會只秤一個人的線。」

那條屬於陸子涼的紅線落到木盤上，和原先的那一條融在了一起，散發出淡金色的光芒。

木盤下壓，標示刻度的紅線圈再次滑動，竟然一路滑過了「柒」，到達數字「捌」。甚至，還越過了「捌」，到達沒有刻度的位置。

陸子涼的眼睛緩緩睜大。

「你的紅線不再輕如鴻毛了呢，陸子涼。」

月老抬手，從天秤的另一端，取下那團暖融融的光球。

「為愛人犧牲自己……居然是你向我展現了這種重量。」祂將光球捧到陸子涼面前，無奈地嘆了口氣。「你沒有失敗。別傷心了。」

陸子涼濃密的睫毛一眨，淚珠再次落下來。他怔怔地抱緊了這團好不容易贖回來的命，不知所措道：「可是……可是我的屍體已經……」

「你的屍體沒事。」

月老按住他的肩膀，很輕地告訴他。

「閉上眼睛吧。」

巨大的驚喜讓陸子涼精神飄忽，他無法多做思考，乖乖地閉上了眼。

意識陷入黑暗之前，他聽見月老又嘆息一聲，似乎放他回去，對祂而言是個非常艱難的決定。

「你得好好保護自己。哪天真扛不住了……」

月老低喃。

「就來躲我的供桌底下吧。」

連下了一整個月的雨之後，便迎來了春暖花開的時節。

橫貫了整個寒冬的王銘勝連環殺人案，也終於告了一段落。

案子裡其實還有不少疑點，尤其是第四位受害者的身分認定，令檢警倍感困惑。然而由於最後進行屍檢的屍體確認為陸子秋，且在推定的死亡時間之後，不少警察都見過活著進醫院的陸子涼，最終判定遇害的人，是陸子秋無誤。

死因和白清夙法醫在涵洞裡判斷的完全一致。

而被錯認成受害者的陸子涼，則至今下落不明。

有人說曾在半山腰的城隍廟見過他。

承辦的檢察官和刑警曾親自去找過幾次，卻總是一無所獲。

天氣開始放晴了。

忙碌的地檢署內，梁舒任抽出難得的空檔，去敲白清夙辦公室的門。

裡頭一如既往地無人回應。

梁舒任直接推開門，果然看見白清夙和他昨晚下班前見到的一樣，坐在辦公桌前敲打鍵盤。

整間辦公室亂得像是被散彈槍掃過。

桌上和地上堆滿了各種案件資料，電腦旁則全是喝空的咖啡紙杯，更可怕的是，密閉的空間內，瀰漫著一股無法忽視的屍臭味。

梁舒任簡直用盡了修養，才沒有當場摀住鼻子。「聽說你又一連值了五天的班。你該不會跑了五天的現場和醫院，都沒洗澡吧？」

過了將近一分鐘，梁舒任都已經走進去把窗戶全部打開來通風了，白清夙才開口。

「洗了。」

那這屍臭是哪裡來的？梁舒任轉頭，看見一旁椅子上堆滿了換下來的髒衣服，感嘆：「啊。是它們啊。」

白清夙道：「有案件？我和你去。」

梁舒任說：「沒得去了。你們主任強行讓你休假，你沒看通知對吧。」

白清夙這才停下打著屍檢報告的手。他拿起手機，發現主任確實給他打了好幾通電話，而他居然一通都沒有聽見。

白清夙沉默幾秒，道：「耳朵裡太吵了。」

梁舒任皺眉，擔心地看著他。「快回去休息吧。你到底多久沒睡覺了？」

「我不想睡。」

「作為一個醫生，你不該說這種話啊。」梁舒任難得強勢地奪過滑鼠，替他存了檔，然後強行關機。「我知道陸子涼的失蹤對你打擊很大，可難道在我們找到他之前，你要一直這樣耗損自己嗎？」

白清夙沒說話。

梁舒任溫聲勸道：「既然沒發現屍體，他就一定還活著。認領陸子秋的那些人對陸子涼毫不關心，你是陸子涼唯一的家人了，連你都放棄希望，讓他怎麼辦。」

白清夙眼皮顫動，輕道：「小涼也許，就是不想回來。」

「為什麼這樣想？」

「就像我的家人，也都不想回到有我在的地方一樣。」

梁舒任默了一瞬，道：「不，我不覺得。你高中的時候那樣對他，他都願意原諒你，我不覺得他是在故意逃避你。」梁舒任拍拍白清夙的肩膀。「別多想了，快回家吧。你的臉色太難看了。」

白清夙終於收拾了東西，開車回那空落寂寥的四合院古厝。

院子裡的花都開了。

白清夙洗過澡，就坐在客房的床沿，看著那盞古舊夜燈。

那盞夜燈已經不足以解他對小涼的思念之情。

白清夙臉色蒼白，眼下青黑，他慢慢地站起來，走出了客房，穿過了果園，來道那間磚砌的倉庫。

倉庫在那日之後就沒有上鎖。

因為他每天都來。

即便睡在辦公室，也每天都來。

倉庫裡飄著以前留下來的淡淡線香味，白清夙路過紙紮人偶，走下樓梯，來到地下室。

他的身體像是記住了長久養成的習慣，腳步自動就走到博古架前，去觸摸那個最顯眼、最漂亮的彩色玻璃盒子。

他甚至都捨不得打開，擔心空氣會經年累月地損害那面珍貴的金牌，就每次都只是摸摸盒子，隔著玻璃盒蓋看看小涼送給他的禮物。

可也許是因為梁舒任和他提到了陸子涼，壓在心底的沉重思念，今天特別熬人，猶如沸滾的岩漿般，不斷地往他的內心深處侵蝕。白清夙忍了又忍，手指終究忍不住，要去碰玻璃盒子的金屬釦。

「唔……」

白清夙猛地滯住！

他抬眸望向屋子的深處。

他忽然發現，層層的博古架和木櫃子後面，隔在最深處的臥房裡，有淺淡的光芒透出。

這些夢幻而浪漫的光斑照映出來，在牆面和地板上，折出飄忽的影子。

有人開了擺在臥房裡面的古舊夜燈。

白清夙的心，忽然狂跳起來。

他抬步走過去，越靠近那些光怪陸離的光斑，他的心臟就跳得越快。

接著，他看見了床上的人。

那個熟悉的身影側躺在床上，睡得很熟。
是他的小涼。
白清夙怔在了原地。有那麼一秒，他懷疑這是哪隻惡鬼故意為他設計出來的幻境，他一踏進去，就會踩入險惡的陷阱，再也無法自控。
但在這般寂靜的地下室裡，他聽見了陸子涼的呼吸聲。
他是認得陸子涼的呼吸聲的。
陸子涼身上的一切，他都熟悉至極。
白清夙走到床邊，仔細端詳床上的人。柔軟的黑髮，修長的眉，濃密的睫毛，英挺的鼻梁，單薄優美的唇瓣……看起來很對。
白清夙忍不住伸手，指尖微顫著，輕輕捏住那柔軟的雙頰。
摸起來……也很對。
這是真正的小涼。不是依附著脆弱的紙紮人偶，而是擁有真實肉體的陸子涼。
白清夙的眼眶瞬間就紅了。
他靠在床沿，深深地凝望他。
許是那捏臉的舉動驚擾了陸子涼，濃密的睫毛開始顫動，接著，陸子涼睡意朦朧地睜開眼。「……唔嗯？」
白清夙喉頭發緊，好半晌，才發出聲音。「小涼。」

陸子涼眨了眨眼，清醒過來。「哎？你怎麼……幾點了？我睡過頭了嗎？還想去接你下班呢……」

白清夙握住他的手腕，喉結滾動，呼吸急促。

陸子涼一把將他拉到床上來，翻身跨坐在他身上，對他輕輕一笑。「被你提前發現了啊，驚喜嗎？」

白清夙扶住他的腰。「消瘦了一點。生病了？因為身體死過？」

陸子涼詫異。「這也摸得出來？」他傾下身子，一手撐在白清夙的頭側，凝視他道：「我現在可是還在病中啊，動不動就渾身發冷，還很睏……但實在太想見你了，就提前跑出來。」

他完全軟下了身子，胸膛貼著白清夙，湊到白清夙耳邊，悄聲問：「你會照顧我，直到我恢復健康嗎？」

白清夙耳根酥麻，環住他的腰，說：「會。你恢復健康後，我也會一直照顧你。」

陸子涼微笑。「你是要讓我一直住下來了？」

白清夙道：「我想要你永遠住下來。」

陸子涼再次撐起身子，望著白清夙的臉。白清夙這段時間明顯沒有休息好，陸子涼的拇指蹭過他眼下的淡淡青黑，很溫柔地撫摸他的臉，輕輕地問：「我不在的這段時間，你有偷偷殺人嗎？」

白清夙的目光一刻也離不開他，誠實道：「沒有。」

「沒去殺王銘勝？」

「沒有。」

陸子涼的手指梳過他的黑髮。「你忍住了啊。」終於垂首，在他唇上落下一吻。「真乖。」

白清夙雙手扶住他的臀，有點意猶未盡，低聲問：「我說沒殺，你就信我嗎？」

「嗯。」陸子涼彎起眉眼。「我相信你是守諾的。」

「可王銘勝確實被殺死了。」

「他罪有應得。不是你殺的，就好了。」

陸子涼低下頭，再次含住白清夙的唇，熱情的舌頭抵了進去，和愛人纏綿在一起。他親著親著，就笑了起來。

當年青澀的戀情終於成熟結果。原來小時候盼望著的一份獨屬於自己、不會被分走的愛，在成年後真的有成真的一天。

曾經的絕境都成了到達此處的必經之路，穿過黑暗，跨越深淵，此時回頭望去，已能釋然。

「我們之間連著紅線，你知道嗎？」

隔天早晨，吃早飯的時候，陸子涼笑著告訴白清夙。

「看起來很輕，其實很重的紅線。」他吸著麵，鼓著臉頰道：「在你不知道的時候，我們手上已經有對戒了。」

白清夙道：「我曾經看見過，現在又看不見了。」

陸子涼挑眉。「你在失落嗎？沒關係，你去上班後我立刻去買戒指，下班就給你戴上。」

白清夙把自己的蛋夾到他碗裡。「我這幾天被強制休假。」

「你幹了什麼被強制休假？」

「就是幹了太多事，才被休假。」

「哈哈哈哈——」

「你不在的時候我看了幾道食譜，想吃雞嗎？」

「又有雞該殺了？」

「嗯。」

「好啊，我就看看你廚藝有沒有長進。」

寂寥的四合院古厝再次被柔軟的溫度充盈。

暗了好長一段時間的屋燈，也開始天天點亮。

暖春已至。

陽光滿灑的果園裡，樹梢抽出了嫩芽。

來年的柿子，必定甜美豐收。

（全文完）

番外篇一　那些休養的小日子

自從陸子涼回來四合院住，照顧他就成了白清夙每天的日常。

經過幾天觀察，白清夙發現，身體還沒有完全康復的陸子涼真的很嗜睡。

一天二十四小時，陸子涼有將近十八小時是處於睡著，或是正要睡著的狀態。

睡到連東西都忘了吃。

看著依舊留在餐桌上的早餐，下班回來的白清夙沉默了。

他的小涼很不聽話。

翌日清早。

躲在被窩裡睡得正香的陸子涼感覺到有人用被子捲他。

「唔？」陸子涼睏得睜不開眼睛，茫然地哼出鼻音。「什麼啊……」

厚實的被子把陸子涼的手腳齊齊束縛住，捲成春捲狀。

陸子涼輕輕扭一下，掙不開，終於捨得將眼皮掀開一條縫，聲音懶洋洋的，玩笑道：

「嗯，怎麼，你要綁架我去上班嗎……嗚啊啊！」

一陣天旋地轉，陸子涼整個人被白清夙扛到了肩上！

陸子涼睜圓了眼睛，算是清醒過來了，錯愕道：「……白清夙你幹嘛？」

白清夙淡淡道：「該起床了。」

一大清早的被扛在肩上走實在太過嚇人，陸子涼徒勞地扭動幾下，最終放棄掙扎。「你要帶我去哪？這是什麼 play 嗎？」

「你如果真的想要什麼 play，就要快點好起來，小涼。」白清夙道：「到時候不管你想玩什麼，我全部都會滿足你。」

白清夙把毛毛蟲似的小涼扛到浴室，放在浴缸邊上坐好，然後把裝滿水的漱口杯遞到小涼嘴邊。

雙手被完全束縛住的陸子涼遲疑一瞬，瞄了白清夙兩眼，才湊上去含住杯沿，被白清夙餵了溫水漱口。

接著，就見白清夙將擠好牙膏的牙刷伸過來。

「……」陸子涼道：「你真的要這樣？」

白清夙一手撐著浴缸壁，湊近過來，輕柔哄他：「張嘴。」

陸子涼挑起眉看他幾秒，順從地張開嘴。

白清夙捧著他的臉，將牙刷探入他口中，從深處的臼齒開始輕柔仔細地刷起，由左到右，由下到上，沒有一顆放過。

陸子涼從他黑漆漆的眼中，看見了某種愉悅的滿足。

「……」

幫他把每一顆牙齒都刷得乾乾淨淨後，白清夙又浸濕毛巾，捧著小涼的下頜，從眼睛、鼻子、嘴巴，到整個臉蛋都仔仔細細地擦了一遍，連柔軟的耳朵都沒有放過。

耳朵是陸子涼敏感的地方，陸子涼忍耐幾秒，被束縛住的身體忍不住輕輕扭動，別開臉想躲。

「小涼。」

陸子涼立即頓住，乖乖地仰著臉給白清夙擦。他閉著眼，看似安靜又乖順，其實腳趾頭都悄悄絞在了一起。

敏感的耳朵被熱毛巾擦得粉粉嫩嫩。

浴室內的氣氛溫馨且和諧。

不久，白清夙終於滿意了。

他把陸子涼重新扛回肩上，要將其搬運出去。

沉默一路的陸子涼終於憋不住，開了口。

「白清夙，你真的很變態。」

回應他的，是輕拍在他屁股上的一巴掌。

陸子涼笑到不行。

「快點放我下來啦！」

被棉被層層捆住的陸子涼最終被扛到了餐廳，放在紅木扶手椅裡。

大圓桌上擺著熱騰騰的清湯麵。

陸子涼這陣子的胃口一直都不太好，看到喜歡的早餐，也沒有食慾大增的感覺。

但他還是露出笑容。「是我常點的那家啊，看起來很好吃！」

他等著白清夙幫他把棉被給剝了，卻見白清夙直接拉開椅子，在他旁邊落坐，並拿起筷子，端起碗，完全沒有要替他解開「棉被封印」的意思。

陸子涼忽然有不祥的預感。

不會吧？

果不其然，白清夙將碗端到他面前，夾起麵條，體貼地吹涼後，遞到他的嘴邊。

「啊。」白清夙用一個單音來哄他張嘴。

陸子涼本能地搖了下頭，接著，變成堅決地搖頭。「不，我不……」

「小涼。」

「這太羞恥了，讓我自己吃！」

「你昨天和前天都說會吃，但你說謊。」

「……我只是不小心睡過頭了！」

「不要找藉口。來，張嘴，吃飽就會好起來的。」

陸子涼望著他俊美的眉眼，聽著他冰冷卻輕柔的嗓音，情不自禁地張開了嘴……

美味的麵條被一口口地餵進嘴裡。

陸子涼慢慢吞嚥，再次在白清夙黑漆漆的眼眸裡，捕捉到那種愉悅的滿足情緒。

「……」

吃完早餐，白清夙對他道：「坐著等我，別亂跑。」

陸子涼就乖乖地坐著等。

他等來了一套保暖的外出運動服。白清夙終於替他解開棉被，讓他換掉睡衣，並蹲下來給他一腳套一個襪子，最後套上運動鞋。

「別一直窩在床上，多出去走走，或者到果園裡散散步。今天天黑前至少要走八千步。」

白清夙稍稍起身，撐著扶手，將陸子涼罩在他的陰影之中。他垂眸注視陸子涼，低聲道：「用走的，不要跑。還不可以做劇烈運動，知道嗎？」

「八千步啊……」陸子涼頸子微仰，眼睛彎起。「嗯，如果我做到了，有沒有什麼獎勵？」

白清夙道：「你想要什麼獎勵？」

陸子涼伸手扣住白清夙的後腦杓，把他拉下來，給他一個深長的吻。

「等你下班回來，我再跟你要。」

陸子涼貼著他的唇輕笑。

「現在，快點去上班吧，法醫。你要遲到了。」

最近，地檢署裡謠傳，白法醫在家裡偷偷飼養保育類動物。

有人說是石虎，有人說是穿山甲，還有人說是台灣長鬃山羊……

「你們說他養了什麼？」

梁舒任檢察官首次聽聞，不可置信。「山羊？哪裡來的山羊？」

另一名檢察官道：「他家不是有半個山頭的果園嗎？肯定是從深山下來覓食，被清夙給抓住了。」

其他人七嘴八舌起來。

「不，不像，我覺得是石虎。」

「聽說他養了雞啊，石虎會吃雞的吧？」

「哎，石虎和貓差不多，沒有嬌氣到要每天中午回去餵。」

「肯定是穿山甲好不好！」

梁舒任聽他們玩笑似的打嘴仗，心裡卻咯噔一聲。

白清夙每天中午都回家？

他在家裡藏了什麼要緊的東西，非得要這樣時時緊盯著？

自從陸子涼失蹤，白清夙的狀態都不太對勁，梁舒任很難把這件事往好處想。

正在此時，他注意到白清夙出了辦公室，似乎真的要趕著在午休時間回家一趟。

梁舒任趕緊開車跟上去。

繞過半個明石潭，就見白清夙剛停下車，一個眼熟的身影就從他家門裡蹦出來，整個掛到白清夙身上。

——那赫然是失蹤已久的陸子涼！

陸子涼修長的雙腿夾住白清夙的腰，雙臂摟在白清夙肩膀上，對著白清夙狂親一通。

這樣一步到位的接吻姿勢，沒有強悍的肌肉，實在很能做到。

眼見陸子涼沒有下來的意思，白清夙才伸手托住他的臀，道：「我說了，不要跑跑跳跳的。」

陸子涼對他露出陽光般的燦笑。

離午休結束還有一段時間，梁舒任帶著超商買的咖啡，回到地檢署。

等電梯時，同事和他搭話閒聊：「呦，回來得這麼早，你的午餐該不會就是那一杯吧？」

梁舒任莞爾。「我飽了。」

還提著便當的同事道：「……那你吃得還真快。」

梁舒任忽道：「你知道清夙養的是什麼嗎？」

同事一驚，追問：「你去偷看了？快快，快說那到底是什麼？」

梁舒任道：「小猴子。」

電梯門叮的一聲開了，梁舒任大步走進去，留同事一臉懵的傻在原地。

「不進來？」

「……靠你是在開玩笑對吧！」

◆

一天走八千步，對陸子涼來說本不是難事。

然而如今他還沒有完全恢復，精力有限，即便身體還不累，腦子已經開始當機了。

下午陽光正好，陸子涼扛著洶湧的睏意，強迫自己在果園裡散步。

眼皮似乎越來越沉重，腳步也開始不穩，正當陸子涼幾乎要直接昏睡過去時，手機響了起來！

陸子涼瞬間清醒，反射性地扶住樹幹穩住身體。他艱難地眨了眨眼，接起電話，就聽見白清夙偏冷的聲線低低地問。

『還醒著？』

「當然。」陸子涼有點心虛，語氣卻非常自信。

「我說了我會起來活動的，我說到做到。」

『你上午跑回去睡回籠覺了。』

「……」陸子涼笑。「不就八千步，我下午就能走完，上午多睡一下怎麼了？」

『要記得喝水。』

「有，我帶著水壺呢。」陸子涼昏昏欲睡地靠著樹幹，揉著眼睛，強打精神問：「你在幹嘛？」

『出來相驗，現在要回去了。』

「相驗啊，去醫院嗎？」

『有人腐爛在家裡。』

「呃……嗯，離你下班只剩三小時，我們晚餐吃什麼？」

『你想吃什麼？』

「我想想啊……」濃重的睏意再次突襲，陸子涼強撐著回應：「嗯……唔……」

『這麼難決定？』

「不然，嗯……不然我們……來吃……」

忽然，白清夙聽見電話那頭砰的一聲巨響，旋即是陸子涼變遠的痛哼。

「小涼？」白清夙頓住。

電話那頭沒有回應。

「小涼？」白清夙又喚了一次。

仍舊沒有回應。

白清夙簡直如墜冰窟。

他直接開門上車，僅僅用三分鐘就飆了回家！

他在果園某處找到了髒兮兮的小涼。

陸子涼倒在一棵灌木叢旁的地上，背對著他，手臂似乎在使勁，模樣看起來像是想起身，卻虛弱得辦不到。

白清夙衝過去，一把將人給抱起來。「小涼！」

陸子涼卻被嚇了一大跳！

他方才實在太睏，一時間沒撐住，從樹幹滑下去摔倒在地，正在通話的手機也直接噴飛，卡進灌木叢裡。此時，他正在努力地把卡住的手機給勾回來。

驟然被白清夙抱起，陸子涼非常吃驚。「你怎麼回來了？我手機卡在那裡面，一直勾不……等等、呃嗚……」

就見陸子涼突然臉色煞白，猛推開白清夙，偏過身去——

然後劇烈嘔吐起來！

白清夙心頭一緊，想撈住他。「哪裡不舒服？」

卻被陸子涼嚴厲的手勢給阻止！

陸子涼痛苦喘息。他摀著口鼻，蹬著腿往後挪，漂亮的眼睛裡含著生理性的淚水。鼻腔裡，滿是白清夙身上散發的，濃郁且可怕的屍臭。

「不，不要靠近我……」

陸子涼輕微哽咽，看起來非常委屈。

「你聞起來，太可怕了……」

◆

白清夙被小涼驅離果園，回到地檢署。

他很慢很慢地下車，很慢很慢地上樓，去敲梁舒任辦公室的門。

「請進……不等等，別進！」

梁舒任一看到是他，立刻改口。

「……」白清夙道：「能借我沐浴乳嗎？」

梁舒任自己也剛洗好澡，頭髮被毛巾擦得微亂。他把那瓶可以從頭洗到腳的男士沐浴乳遞過去，關心道：「陸子涼沒事吧？你走得這麼急。」

白清夙看他一眼，道：「沒事。」

「那就好。」

「原本沒事。」白清夙淡淡道：「但他見到我，就吐了。」

「……」梁舒任很努力地忍住，才沒有笑出來。他溫聲道：「也許你該擁有一瓶屬於自己的沐浴乳了，清夙。」

「……」

待會兒還有急迫的案子要處理，白清夙很快地洗好澡，強迫自己投入工作。

然而腦子裡總是迴盪著小涼可憐兮兮的嘔吐聲。

他忍不住多次低頭，嗅了嗅自己的衣領……

梁舒任見狀，忍笑忍得很辛苦。從不因屍臭而困擾的白法醫，終於也受到了致命的打擊。

而一整天都昏昏沉沉的陸子涼被那樣驟然一薰，徹底醒過神了。

眼皮不再沉重，腦子也不再當機。

他從灌木的枝椏欉裡撿出手機後，機警地頂著沾滿泥土的小髒臉，衝回浴室，狂按沐浴乳，把自己從頭到腳搓了個遍。

他從來沒有想過，自家愛人的懷抱，竟有一天會這般令人作嘔……

陸子涼渾身都搓起泡泡，搓得泡泡到處飛。搓著搓著，他扶住牆，忽然就笑彎了腰。

「哈哈哈哈哈哈哈——」

看來今天他真的可以一直清醒到晚上了。

歸功於屍臭的輔助，陸子涼的精神狀態來到了近幾日的高峰。

他重新換上一套外出運動服，沿著環湖棧道，一路慢慢地走到市區。

剛回到四合院時，他就曾誇下海口，說要去接白清夙下班。

實際上直到今天都沒能完成過。

「屍臭的作用真是驚人。」

難得準時在下班時間前抵達地檢署的陸子涼，不禁感慨了一句。

很快，大門裡走出一個熟悉的身影，陸子涼露出燦笑，朝那邊猛揮手。「帥哥，這邊！」

白清夙立刻就朝他走過來，卻在離他兩公尺的地方，猛然停住！白清夙微微垂首，像是想確認自己身上是否還留有可怕的味道。

陸子涼笑到不行。他兩步上前，湊到白清夙耳邊。「我幫你。」

然後就將臉埋進白清夙的頸側，深吸一口氣。

白清夙略微僵硬。他感覺到小涼的鼻尖輕蹭在脖子的肌膚上，像小動物似的亂動，帶起一片酥癢。

接著，小涼溫熱的氣息伴隨著笑音，撲在他的頸窩裡。

「真香。你洗了幾次澡？」

白清夙默了幾秒。「三次。」

陸子涼用力抱住他，既好笑又愧疚。「抱歉啊，就是那味道太突然了，我一時沒忍住……嗯，你當時那麼緊張我，我不該吐的……哈哈哈……」

白清夙輕輕攬住他，拍撫他的背。「是我的錯。你好些了嗎？」

「好多了。」

「你一路走過來的？」

「嗯。猜猜看，有八千步了嗎？」

白清夙道：「如果你沒有偷偷搭公車，應該要有的。」

陸子涼笑了，拿出手機，亮出今日步數。

上頭顯示七千九百多步。

「真可惜，今天還是差了一點呢。」陸子涼側過頭，嘴唇貼上白清夙的耳朵，輕飄飄地問：「你想怎麼懲罰我，嗯？」

白清夙的呼吸粗重了一瞬。

他慢慢地撫摸陸子涼的後腦杓，思考幾許。

「懲罰留到之後。」

白清夙低聲道：「留到你恢復健康之後。」

晚上決定吃火鍋。

賣場裡大家都推著推車，陸子涼便也推了一個，直奔生鮮區。

「這個時間，肉片可能所剩不多了啊。」陸子涼道：「你有忌口的嗎？」

白清夙道：「都好。」

「那就都拿一點？我看看，牛、羊、豬……雞就不要了吧？我們家太多了。」

「下次我也可以把雞肉切片。」

「哦，那倒不錯。」

陸子涼拿了幾盒火鍋肉片，又挑了些蔬菜和菌菇，一回頭，發現身邊推車裡多了幾包洋芋片，什麼口味都有。

陸子涼怔了一下。作為一名必須嚴格管控身體的運動選手，他是不太吃零食的，頂多偶爾來顆糖，像這種高熱量油炸食品，他甚至都想不起自己上一次吃是什麼時候。

他下意識地就認為這不是他的推車，左右張望起來，疑惑自己的推車去哪了，卻看見白清夙走回來，往那台推車上，又加了一包奶油洋蔥味的洋芋片。

陸子涼詫異幾秒，忽然就笑了。

「哈哈哈哈哈——」

白清夙抬眸望他。

陸子涼滿眼笑意。「天啊，你怎麼這麼可愛！你家裡的零食都藏在哪，我怎麼都沒發現哈哈——」

白清夙道：「在櫥櫃最上層。但有一陣子沒買了。」

「買，都買！」陸子涼摟住他的腰，另一手推推車，湊近他耳邊道：「想吃什麼我都買給你！」

白清夙凝視他一眼。

於是推車來到冷凍區，開始有不太營養的火鍋料進入推車。

並且越來越多……

眼看加工食品即將淹沒上來，陸子涼趕忙攔截。「好了好了！停停停停！stop——」

白清夙淡淡道：「小涼不是要都買給我嗎？」

陸子涼哄道：「我們才兩個人，吃不完的。這樣，你就挑三種，其它的我們下次哈，下次一定買。」

就聽旁邊一個媽媽對女兒道：「我們也只能挑三種哦，其它的都放回去！」

女兒一聽，大哭起來！

陸子涼倚在推車把手上，挑眉望向白清夙。

「要不你也哭一個？」

他迷人的笑容裡滿是期待，輕輕地說。

「你如果哭了，我也許會買哦。」

過多的火鍋料最終回到了賣場冷凍櫃。

他們回到家裡，一起將火鍋準備好。

清澈的雞湯湯底飄出鮮美的香氣，可口的蔬菜壓在底下，上頭則浮著火鍋料。

數一數，有四種。

陸子涼還是心軟多買了。

他們坐在檜木大圓桌邊涮肉吃，新掛上的電視正播著足球賽。

「今天過得怎麼樣？」陸子涼咬著蘑菇，問：「還順利嗎？」

白清夙把涮好的肉片都夾進他碗裡。「工作很多，但順利。今天很好。」微頓，改口道：

「特別好。」

陸子涼輕笑。「是因為我來接你下班了？」

「嗯。」

「那我明天也去接你。」

「好。」

「話說我結帳時才發現，你搬的那一大箱，居然全是沐浴乳？」

「對，準備放在辦公室用的。」

「……你自己要用到一整箱？」

「它現在是必需品。」

「哈哈哈哈——」

他們慢慢煮，慢慢吃，漸漸的，陸子涼的話少了起來。

白清夙注意到他有一陣子沒動筷，轉頭一看，赫然發現陸子涼垂著腦袋，一點一點的，竟是在打盹。

白清夙立刻把火關了，扶住他的臉。「小涼。」

「唔？」陸子涼眼睛都沒睜開，感覺到熟悉的氣息靠過來，就全無戒備地靠進那個懷抱裡。「嗯，我不行了，好睏……」

白清夙把他的雙臂環在自己頸上，將他托臀抱起來。「我說過，你撐不住了要和我說，不要直接睡。」

陸子涼摟緊他，把臉埋進他的頸窩裡，含糊道：「嗯……我現在說了啊……」

「要更早說。」

白清夙把他抱到浴室，開始重複早上的行程，給他刷牙洗臉。

陸子涼扭頭躲，他睏極了，委屈道：「不要，唔，我要去床上，我的被窩……」

白清夙無視抗議，單手捏住他的雙頰，把他的牙齒刷好，臉擦好，又把他的衣服給剝光了換上睡衣，才允許他進入被窩。

陸子涼一窩進棉被裡，立刻就睡沉了，呼吸聲輕微而平穩。

白清夙關掉大燈，就著夜燈繽紛朦朧的光線，凝望熟睡的陸子涼。

他撫摸陸子涼柔軟的髮絲，動作輕柔且珍惜。

許久，他在陸子涼唇上落下一個吻。

今天的小涼很努力了。

「快點恢復健康吧，小涼。」

番外篇二　青澀的校服

經過一段時間的悉心調養，陸子涼這具死過的身體，終於逐漸恢復到健康的水平。

雖然他依舊會忽然發冷，或是突然感到一陣莫名強烈的睏意，但總歸來說，發生的頻率已經大大降低，基本可以忽略不計。

陸子涼覺得可以忽略不計。

可惜白清夙不這麼覺得。

「你的食慾一直不是很好，體重沒有回去。」

躺在沙發上的陸子涼聞言，摸摸自己的肚子，挑眉道：「是嗎？這陣子總是吃飽睡睡飽吃，像過年一樣，我還覺得自己胖了。」

白清夙道：「你掉了將近四公斤。」

「你怎麼知道？」

「用看的就知道。」

「用看的啊……」陸子涼坐起來，翻身跨到白清夙身上，拉著他的手往自己腰上放，笑道：「用看的怎麼夠？來摸摸看，用摸得比較準。」

白清夙被迫按著他精實的腰，拇指本能地就摩娑起來。即便隔著布料，也能感覺到這副身軀誘人的熱度，讓人克制不住地生起想要將手探進去，與之緊緊相貼的渴望。

白清夙抿了下唇。

「怎麼樣，摸出什麼來了？或者……還想摸點別的？」陸子涼笑意盎然地傾身，在他耳畔低聲問：「之前沒走完的那八千步……是不是該罰我了？」

白清夙靜默一會兒，似乎在考慮。

就在陸子涼準備好要被扒光衣服時，白清夙忽然收緊手臂，將他給老老實實地扣進懷裡！白清夙乾燥的掌心從他的後腦杓一路撫到後頸，像是在安撫躁動的小貓似的，一下一下，慢慢地順毛。

陸子涼微怔了下。

他們已經很久沒做了，他也知道白清夙很想要他。他以為白清夙肯定會抵抗不住洶湧的欲望，立刻把他壓在沙發上辦了，沒想到白清夙竟然選擇忍耐。

陸子涼睫毛輕輕顫動，放軟身體趴在白清夙的懷裡，不再撩撥。他帶著笑音嘆道：「好吧。」

好吧，等我把那四公斤養回來再做——白清夙認為陸子涼是這個意思。

直到晚些時候，白清夙洗好澡出來，目擊到陸子涼的穿著，才意識到自己大錯特錯——

陸子涼竟穿著國中制服！

那校服明顯是新買的，雪白的襯衫搭配藍黑色的制服褲，穿在陸子涼高䠷優美的成年身軀上，顯得大小合宜。襯衫釦子乖巧地扣到了領口，左胸的位置，則用明黃色的線繡了他的名字，陸子涼。

此時陸子涼正躺在沙發扶手上，閉著眼打盹，他的黑髮垂落，臉頰被沙發布擠出些許柔軟的弧度。

——這畫面，簡直和當年白清夙將他誘拐回自己公寓時，一模一樣。

視覺上受到了強烈衝擊，白清夙心臟怦跳，當即定在了原地！

陸子涼聽見動靜，撩起眼皮望了過來，唇角微微勾起，露出英俊迷人的笑容。

「學長，」陸子涼笑著喚道：「你洗好久啊。」

白清夙的呼吸立刻粗重。某種殘暴的念頭直衝而起，在背脊上留下顫慄的電流！他握緊拳頭，停在原地沒有動，半晌，輕柔地警告：「小涼。」

要穿上這麼幼齒的校服，饒是陸子涼也是有點羞恥的，但看到白清夙明顯按耐不住地興奮，羞恥心瞬間就被拋到九霄雲外去。陸子涼手往下，拽住自己褲頭的鈕扣，修長的腿難耐地磨蹭沙發布，輕啞地懇求：「學長，快，快幫我解開啊……好難受……」

這般致命的邀請，白清夙根本無從抗拒。他立刻就硬了。他扔開擦著頭髮的毛巾，直接壓上沙發，將小涼整個罩在自己身下。

潮濕火熱的氣息壓迫下來，陸子涼呼吸加重，忍不住仰起頭去親他，邊輕啄他的唇，邊拉著他的手往下按。「這裡，這邊啊……」
白清夙扣著陸子涼深吻，單手解開校服褲的鈕扣，探進他的內褲裡握住那半硬的性器。
「啊！」陸子涼被快感刺激得彈動一下，感覺到白清夙帶有力度的撫弄，眼角飛起紅暈。
「啊嗯……哈啊學長，你的手，嗯，啊好大……」
白清夙幽黑的眼眸裡燃起狂熱。他一刻不離地注視著陸子涼。小涼身穿校服的模樣十分青澀，帶著點羞恥的稱呼和撒嬌，讓他們彷彿真的回到了小涼國一那年。
對一個才十出頭歲的少年做出這種行徑，完完全全是犯罪。
這個認知讓白清夙陷入不可言說的瘋狂！
他加重套弄的速度，讓小涼的性器徹底勃起。小涼舒服地哼叫，又有點慌亂地抓住他。
「不、等等……你再弄、我就要、射了！進來，快、已經好了……」
白清夙修長的手再次下挪，碰到嬌嫩的後穴，穴口潮濕柔軟，探進一指，帶著體溫的透明潤滑液流淌出來，淫靡又可愛。白清夙微微一頓。小涼自己擴張過了？
而此時的陸子涼已經等不及了。他迫不及待地拽下白清夙的褲子，從校服口袋裡拿出保險套，戴在白清夙粗壯的陰莖上，扶著它往自己穴口湊。「猶豫什麼，快點啊學長，快放進來，操我……呃、啊……！」
硬挺的性器猛地埋入體內，一路凶猛地頂入深處，陸子涼驟然仰起脖頸，叫喊聲崩斷，漂亮的眸子裡蓄起生理性淚水。

半晌，他才輕抽一口氣，喉嚨裡洩出帶點痛楚的嗚咽，眉毛蹙著，濃長的睫毛不斷顫抖。

小涼痛苦的聲音讓白清夙幾乎把持不住，他簡直用盡了意志力，才沒有立刻開始瘋狂抽插。

白清夙再次愛撫小涼的性器，親吻小涼敏感的耳朵，並開始解那雪白校服的釦子。他只解了兩三顆，低下頭，在陸子涼暴露出來的胸膛上落下連串的吻痕，又含住粉色的紅纓，將其吸吮至硬挺。

陸子涼從鼻腔裡發出舒爽的哼聲，柔韌的腰肢扭動了下，語帶笑音。「哈……你怎麼分辨，我是真痛還是裝的？你不是喜歡我這樣叫嗎？」

白清夙道：「我一聽就知道是不是真的。」下身開始緩緩抽出，再頂入。「小涼，你好緊，你應該讓我幫你準備的。這裡舒服嗎？」他精準地頂在了陸子涼的敏感點。

「嗯啊啊……你怎麼、又能……哈啊……啊……嗚嗯！」

「是這裡吧？你喜歡這裡。」白清夙開始加快，逮著那處軟肉狠頂，激烈的水聲啪啪作響，整個沙發都搖晃起來！

「啊啊啊啊……！我操，等等……啊……嗚啊啊……」

柔軟的穴肉緊緊吸附著肉棍，絕頂的快感讓白清夙雙眼發紅，他凶猛地抽插起來，意猶未盡，便用強健的臂膀摟住陸子涼的腰，將這副優美至極的軀體攬起來，抱坐在自己身上！

「啊呃……！」

過深的入侵讓陸子涼發出似痛苦又歡愉的呻吟。他漂亮的胸膛半裹在校服襯衫內，兩顆紅纓半遮半掩，青澀又誘人，格外給人想要狠狠凌虐他的衝動。

白清夙再也壓制不住黑暗殘忍的欲望，姿勢、力道、速度，全都再難溫柔。

他控制著陸子涼的身體，猶如凶猛的野獸逮著了闖入領地的羔羊，不顧無辜獵物的哭喊，大肆品嘗最美味柔軟的部分，直至將之吃乾抹淨，毫不留情。

「嗚嗚慢點……太深了……呵啊學長……清夙、清夙……慢點……嗯啊啊真的、真的要壞了……」

啜泣的求饒就如天籟一般，黏膩的精液沾得到處都是。汗水浸透了陸子涼的雪白校服，半透明的布料勾勒出他美麗的軀體，起伏的肌肉充滿了性張力，足以讓白清夙陷入下一輪的瘋狂。

「你是最完美的，小涼。」白清夙一邊用恐怖的性器死命搗他，一邊情不自禁地告白。「你是最特別的，最好的。你是唯一的……啊……小涼……」

白清夙興奮地喘息著，在沙發上把陸子涼翻來覆去地操，操到陸子涼都哭啞了，才終於發出滿足的喟嘆。

陸子涼渾身凌亂，幾乎要被操暈過去。昏沉間，他發覺那件他特意準備的校服，在這麼激烈的床事中竟然還勉強掛在身上，沒有被白清夙給撕掉。陸子涼彎起一抹笑。看來白清夙的變態癖好，又被他開發出了一個……

這麼想著，陸子涼闔上眼，心滿意足地睡了過去。

白清夙用毯子裹住他，把他抱回臥室床上。小涼的身體是一定要清理的，白清夙走到浴室，看了浴缸一眼，卻最終選擇用水盆和毛巾。

陸子涼在這裡住了好一段時日了，白清夙卻從未見過他使用浴缸。

也許應該找時間把家裡所有的浴缸都拆掉。

白清夙將水盆端到床邊，用毛巾溫柔地擦拭陸子涼布滿精液和吻痕的身軀。當看見那明顯紅腫、可憐兮兮的小穴時，白清夙一頓，自責登時湧上心頭。

他輕柔地將其清理乾淨，並仔細地上了藥，然而這一晚，白清夙還是沒能睡好。他不斷地醒來，去檢查陸子涼的體溫。

被摸額頭的次數太頻繁，陸子涼終於被弄醒了。他唔了一聲，伸長手臂，將白清夙的腦袋給摟到胸前。

白清夙感覺到陸子涼親了親他的髮頂。

「快睡。」陸子涼輕聲說。

白清夙靜了幾秒，手臂環住陸子涼的腰，慢慢闔上眼睛。

愛人的心跳聲猶如安眠之曲。

寧靜而柔軟的夜晚，他們相擁入眠。

（番外篇完）

後記

嗨大家，到了後記時間啦！

感謝所有讀完這部作品的朋友們，能夠和你們分享這個故事，實在是榮幸之至。

而且沒想到這部可以出書，真是太新奇了哈哈哈哈——

沒有意外的話，這將是我出版的第一本實體書！

其實回想起來，在創作這個故事的時候，幾乎沒有去想出書這件事，整顆心都懸在比賽和連載上。那時候每天都過得很興奮（？），因為比賽讓寫稿變得超級刺激，而開連載更是一件讓人期待不已的事。

也許對一些創作者來說，連載是件壓力很大的事，但在我這兒，連載就像興奮劑，適當的壓力會讓我變得很有精神。況且每部作品的連載體驗都是獨一無二的啊，超級珍貴，而在此間碰到的讀者，都是一期一會。

我知道有的讀者其實每次連載都在，但他們未必會和我搭話；而搭過話的，也未必下次還會再來。所以在我心裡，每一次因為連載而到來的短暫相遇，都很浪漫。

記得《牽到殺人魔》完稿那一刻，是比賽截稿日當天的凌晨一點多。那時我寫到腦子發昏，每寫好一篇，就在平台上更新一篇，回過神時才發現，已經這麼晚了。

大家都睡了呢，我總不好把人挖起來尖叫說：「哎，快看快看我完稿了耶我趕上了啊哈哈哈哈哈——」

寂靜的深夜裡，我只能對著螢幕自嗨一會兒，然後老實去睡覺。

結果起床後，就看到有個讀者恭喜我完稿，還說昨晚他每隔一段時間就刷新一下平台頁面，我更新一篇，他就看一篇，就這樣一路看到結局。

當下，我心中一陣溫暖：原來當時有人在陪我！

原以為是獨處的那一刻，其實我不是自己一個人呢。

至今想起那份陪伴，都仍然非常感動，這真的是只有開了連載，才能獲得的珍貴回憶呀。

現在居然可以出版了，心情真是既忐忑又期待，收到編輯的出版通知時，久久都沒辦法相信這是真實的。彷彿忽然間跨進了另一個領域，特別不可思議。

作為完稿的第四部作品，小涼真的太爭氣了啊（淚灑）。

陸子涼和白清夙是我一直很想嘗試的ＣＰ組合，所以即便沒寫大綱，創作過程也相當順利。除卻收尾階段因為時間太趕而陷入趕稿地獄，還因此生病了，整體來說，寫小涼是件很快樂的事。

安排著讓他遇到各種驚悚事件、獵奇變態、殺人魔……實在是太有趣了。

就是連載時大家都太害羞了，偶爾讓我有種在自嗨的寂寞感。下次追連載時，拜託大家嗨起來好嗎（笑）。

這個故事雖然有些許小虐，但到了最後，遍體鱗傷的小涼找到了他獨一無二的歸宿，而自小不受待見的白法醫，亦是如此。

希望讀完這部作品的大家，也能從他們倆身上分享到一點療癒的感覺，用來更愛自己。

最後，再次感謝喜歡小涼和白法醫的大家，期待未來也能繼續用有趣的故事和大家見面！

冰殊靛

牽到殺人魔

2023年7月27日　初版第1刷發行

作　　者　冰殊靛
插　　畫　重花

發 行 人　岩崎剛人
總　　監　呂慧君
編　　輯　陳育婷
美術設計　吳乃慧
印　　務　李明修（主任）、張加恩（主任）、張凱棋

台灣角川

發 行 所　台灣角川股份有限公司
地　　址　台北市中山區松江路223號3樓
電　　話　(02) 2515-3000
傳　　真　(02) 2515-0033
網　　址　www.kadokawa.com.tw
劃撥帳戶　台灣角川股份有限公司
劃撥帳號　19487412
法律顧問　有澤法律事務所
製　　版　尚騰印刷事業有限公司
I S B N　978-626-352-732-4

國家圖書館出版品預行編目 (CIP) 資料

牽到殺人魔 / 冰殊靛作. -- 初版. -- 臺北市：臺灣角川股份有限公司, 2023.07
　面；　公分
ISBN 978-626-352-732-4(平裝)

863.57　　112007660